Suzanne Berne

Ein Mord in der Nachbarschaft

ROMAN

Aus dem Amerikanischen
von Anette Grube

Paul Zsolnay Verlag

Die amerikanische Originalausgabe erschien
erstmals 1997 unter dem Titel
A Crime in the Neighborhood
bei Algonquin Books.

1 2 3 4 5 05 04 03 02 01

ISBN 3-552-04953-3

Satz: Satz für Satz. Barbara Reischmann, Leutkirch
Druck und Bindung: Friedrich Pustet, Regensburg
Printed in Germany

Für Ken

1

1972 WAR SPRING HILL so sicher, wie es ein Ort nahe einer Großstadt an der Ostküste nur sein konnte, einer dieser hastig aus dem Boden gestampften Vororte, in dem einstöckige Ziegelbauten und Doppelgaragen wie Kohlköpfe auf stillen grünen Rasenflächen prangten. Gelegentlich wurde ein Fahrrad gestohlen oder ein Hund von einem Auto angefahren, das dann einfach weiterfuhr. Hin und wieder hörten wir von einem Ladendieb im sechs Straßenzüge entfernten Einkaufszentrum von Spring Hill. Aber ansonsten wirkten sowohl das Einkaufszentrum als auch das Viertel selbst wie ganz und gar gewöhnliche Orte.

Dann, eines Sommernachmittags gegen halb sechs, kurz nachdem die meisten Läden im Einkaufszentrum geschlossen hatten, trug Miss Evelyn Crespo, von Beruf Floristin, eine Schachtel mit Orchideengestecken, bestimmt für eine am Abend stattfindende Hochzeit, zu ihrem Auto. Sie hatte ihren Wagen weit hinter dem Einkaufszentrum abgestellt, in der für Angestellte reservierten Parkplatzreihe am Fuß einer fast einen Hektar großen bewaldeten Anhöhe. Um diese Tageszeit fiel der dreieckige Schatten des Einkaufszentrums wie ein Keil auf den Hügel. Als Miss Crespo die Gestecke auf den Rücksitz legte, hörte sie vom schattigen Teil der Anhöhe einen Laut, den sie für das Miauen einer Katze hielt.

Die Sonne blendete sie, als sie sich ein paar Schritte von ihrem Auto entfernte und sich umsah. Nach einer Weile ertönte wieder das Miauen, oder was immer es war, ein kleines, leises Geräusch. Miss Crespo war eine schwergewichtige Frau, und es war ein heißer Tag, dennoch ging sie die Anhöhe hinauf, bis das Gelände flacher wurde, stieg über zerbrochene Flaschen, Heuschreckenpanzer und Kletterpflanzengestrüpp, um nachzusehen, ob das Miauen von einem verirrten Kätzchen stammte. Da sie nichts fand, bahnte sie sich vorsichtig einen Weg zurück zum Parkplatz, mußte sich einmal an einem Lorbeerbusch festhalten, um nicht zu fallen. Dann kehrte sie ins Einkaufszentrum zurück, schloß ihr Geschäft ab, winkte den Friseusen im Klip-'n'-Kurl-Friseursalon zu, trat durch die sich automatisch öffnende Glastür, ging mit dem Brautstrauß zu ihrem Wagen und fuhr nach Bethesda, um die Blumen abzuliefern. Der gesamte Vorgang hatte nicht länger als zehn Minuten gedauert.

Wie sich herausstellte, sollte Miss Crespo die Einzelheiten dieser zehn Minuten während der nächsten Wochen wieder und wieder erzählen, zuerst den Polizeibeamten des Montgomery County, die sie befragten, dann einem Detective, dann drei Zeitungsjournalisten, später ihrer Familie und ihren Nachbarn und schließlich ihren Kunden, die sich in ihrem Geschäft an die Kühlvitrine mit langstieligen Rosen, Tigerlilien und Nelken lehnten.

Sie beschrieb diese zehn Minuten so häufig, daß sie des Klangs ihrer eigenen Stimme überdrüssig wurde. Auch glaubte sie irgendwann nicht mehr, daß die Einzelheiten, die sie wieder und wieder schilderte, der Wahrheit entsprachen, wie es geschieht, wenn man eine Geschichte über sich selbst so oft erzählt, daß man den Wortlaut auswendig weiß. Denn Miss Crespo hatte an diesem Spätnachmittag Mitte Juli nicht etwa eine Katze gehört, die miaute, sondern einen kleinen Jungen, der hinter einem Lorbeergebüsch stöhnte, wo er keine zwanzig Minuten zuvor von einem Mann vergewaltigt worden war, der zudem versucht hatte, ihn zu erwürgen.

Im Polizeibericht, der in Auszügen in der *Post* veröffentlicht wurde, stand, daß Miss Crespo an diesem Nachmittag nichts Ungewöhnliches im Einkaufszentrum aufgefallen sei. Soweit sie wisse, hätten auch die anderen Ladenbesitzer nichts Ungewöhnliches bemerkt; die meisten von ihnen gaben an, an diesem Tag Stammkunden bedient zu haben. Eine ältere Frau, die ihren Hund in der Ridge Road ausführte, in der Nähe des großen Ziegelbaus, der zum Verteidigungsministerium gehört, behauptete jedoch, gesehen zu haben, wie kurz vor fünf Uhr ein Junge mit einem Mann in einem Auto sprach; der Mann, so meinte sie, hatte eine beginnende Glatze, aber an die Farbe oder das Fabrikat des Autos konnte sie sich nicht erinnern. Ein Jugendlicher, der bei Safeway aushalf und gerade neben der Mülltonne Pappkartons zerriß, hatte gehört, wie gegen halb sechs ein Wagen mit quietschenden Reifen vom Parkplatz fuhr, und als er aufblickte, sah er die Rücklichter eines braunen Coupés, möglicherweise eines Dodge, das glaubte er zumindest, als man ihm Zeichnungen verschiedener Autotypen vorlegte. Weder die Floristin noch sonst irgend jemand hatte einen Mann mit einem Jungen gesehen, und auf dem Hügel wurde den ganzen Tag über niemand gesichtet.

Es war Donnerstag, der 20. Juli. Der Name des Kindes lautete Boyd Arthur Ellison. Der Junge war gerade zwölf Jahre alt geworden. Er konnte der Polizei nicht mit einer Beschreibung des Täters helfen; denn als er früh am nächsten Morgen gefunden wurde, war der Täter noch einmal bei ihm gewesen und hatte beendet, was er begonnen hatte.

Der Reporter der *Post* rekonstruierte die Ereignisse später dahingehend, daß der Mann, der Boyd Ellison umgebracht hatte, gesehen haben mußte, wie die Floristin mit der Blumenschachtel zu ihrem Auto ging. Er duckte sich und kroch zu einer dichten Gruppe von Weymouths-Kiefern, die etwas weiter vom Einkaufszentrum entfernt standen. Von dort hatte er beobachtet, wie die Frau die Schachtel auf den Rücksitz legte und erstarrte, als sie ein Geräusch hörte. Er sah, wie sie sich ein paar Schritte von ihrem Auto entfernte, die Augen mit der Hand abschirmte, den Hügel inspizierte und sich dann langsam einen Weg durch das Gestrüpp die Anhöhe hinauf bahnte; das breite Gesicht schweißgebadet im Licht der späten Sonne, als sie stehenblieb, um erneut zu horchen. Bei der Suche zerriß sie sich ihre Nylonstrümpfe; sie bewahrte sie auf, um sie der Polizei zu zeigen. Er mußte gesehen haben, wie sie sich hinunterbeugte, einen gereizten Laut ausstieß und den Rock hochschob, um die blasse breite Laufmasche auf ihrer Wade zu betrachten.

Laut Polizeibericht war sie nur fünf Meter an dem Jungen vorbeigegangen; hätte sie sich etwas weiter nach links gewandt und etwas genauer geschaut, dann hätte sie vielleicht ein nacktes Schienbein gesehen, einen Fuß in einer weißen Sportsocke, halb von Laub bedeckt. Miss Crespo war aber kurzsichtig. Aus Eitelkeit vermied sie es, in der Öffentlichkeit ihre Brille zu tragen. Auch wenn sie sich etwas weiter nach links gewandt, auch wenn sie genauer hingesehen hätte – das zerkratzte Bein des Jungen hätte sie vielleicht nicht bemerkt. Was sie allerdings nicht hätte übersehen dürfen, wiewohl sie es wahrscheinlich nicht über sich brachte, es gegenüber der Polizei einzugestehen, war der schwarze Basketballschuh des Jungen, der mit heraushängendem Schnürsenkel den Hügel hinuntergerollt und im Rinnstein, nur ein paar Zentimeter von den Vorderrädern ihres Wagens entfernt, liegengeblieben war.

Während der gerichtlichen Untersuchung gaben Boyds Eltern, Walter und Sylvia Ellison, zu Protokoll, daß der

Tag, an dem ihr Sohn starb, begonnen habe wie jeder andere Sommertag seines Lebens. Seine Mutter weckte ihn um sieben Uhr, damit er mit seinem Vater frühstücken konnte, bevor Walter um acht zur Arbeit aufbrach. Soweit ich mich erinnere, war es ein schöner, heißer Morgen. Und ich stelle mir vor, daß die Familie auf der mit Fliegengitter geschützten Veranda frühstückte, wie es die meisten unserer Nachbarn im Sommer taten. Wie die meisten Väter überflog Walter Ellison wahrscheinlich die Zeitung, während er seine Grapefruit löffelte. Boyd trank ein Glas Orangensaft, aß ein englisches Muffin mit Himbeermarmelade und ein weichgekochtes Ei aus einem Porzellaneierbecher in Form eines Kükens mit einem Stückchen Eierschale auf dem Kopf. Während er noch auf sein Ei wartete, erzählte er seinem Vater von dem Buch, das er gerade las: *Der Ruf der Wildnis*; mein Bruder hatte es im Sommer zuvor gelesen. Walter aß seinen Toast, trank ein Glas Milch, küßte Boyd zum Abschied und sagte zu seiner Frau, daß er zur gewohnten Zeit nach Hause kommen würde. Dann küßte er auch sie und ging zur Arbeit.

Um Viertel nach sechs Uhr abends, als er sein Büro bei der Federal Reserve Bank verlassen wollte, rief seine Frau an, um ihm mitzuteilen, daß Boyd verschwunden sei. Sie hatte ihn um vier ins Einkaufszentrum geschickt, wo er Stecknadeln und eine Packung Fruchteis kaufen sollte, und er war nicht zurückgekehrt. Walter sagte, sie solle die Polizei informieren; er werde so bald wie möglich heimkommen.

Es war Walter, der ihn fand. Die ganze Nacht suchte Walter zusammen mit fünfzig anderen Männern aus der Nachbarschaft nach ihm, leuchtete mit der Taschenlampe unter fremde Hecken, hinter Garagen, in Gärten und rief und rief und rief. Die Männer aus dem Viertel bildeten zu dritt oder zu viert Suchtrupps, und jeder Trupp sandte regelmäßig jemanden aus, der sich erkundigte, ob die anderen Gruppen etwas gefunden hätten. Walters Gruppe suchte auf dem Parkplatz des Einkaufszentrums und entdeckte den schwarzen Schuh; zweimal durchkämmte sie den Hügel, ohne den Jungen zu finden. Erst beim drittenmal, als die Sonne aufging, sahen sie ihn – sah sein Vater ihn. Er ging in die Knie und bedeckte den Jungen mit seinem eigenen Körper, während ein anderer Mann zum Parkplatz lief, um von der Telefonzelle neben dem Einkaufszentrum einen Krankenwagen zu rufen.

Walter sagte zu dem Mann, der bei ihm geblieben war, daß er glaube, den Herzschlag seines Sohnes zu spüren. Aber das sei unmöglich gewesen, meinte der Gerichtsmediziner später; der Junge war zu diesem Zeitpunkt seit über elf Stunden tot. Als der Krankenwagen mit heulender Sirene auf den Parkplatz fuhr und als Boyds Leiche dann über den MacArthur Boulevard ins Sibley Hospital gebracht wurde, hatte noch niemand den drei Pfund schweren, konisch geformten Kalkstein gefunden, der unweit unter einem Lorbeerbusch lag und dazu benutzt worden war, dem Jungen den Hinterkopf einzuschlagen. Alles, woran sein Vater dachte, als er seinen Sohn an sich preßte und sich einbildete, seinen Herzschlag zu spüren, war, daß er ihn gefunden hatte.

2

DASS ICH MICH an dieses besonders grauenvolle Ereignis so genau erinnere, hat etwas mit meinem damaligen Alter zu tun, mehr noch mit dem, was meine Familie in jenem Sommer durchmachte, und zudem mit der Tatsache, daß ich den ermordeten Jungen gekannt hatte, wenn auch nur sehr flüchtig. Aber vor allem hat es damit zu tun, daß ich damals fanatisch beobachtete, was um mich herum geschah.

Würde man meine Mutter fragen, wie ich als Kind war, würde sie antworten, daß ich eins dieser kleinen Mädchen war, die nie viel sagten, aber immer *dabei* waren, besonders wenn gestritten wurde. Bei jedem Knatsch, bei jeder laut ausgetragenen Auseinandersetzung, bei jeder Unstimmigkeit an der Kasse im Supermarkt, überall war ich zu finden, als Zuschauerin. Obwohl ich klein war für mein Alter, drängelte ich mich in den Kreis der Schaulustigen, wenn auf dem Spielplatz eine Schlägerei im Gange war, blieb knapp außerhalb der Reichweite von Fußtritten und Faustschlägen stehen, aber nah genug, um nichts zu verpassen. Später spielte ich in meinem Zimmer die Szene nach, wiederholte Gesprächsfetzen vor dem Spiegel, überprüfte jede Beleidigung und jeden Stoß, um herauszufinden, wie es dazu gekommen war.

Ich wollte immer eine Erklärung haben. »Warum?« fragte ich meine Mutter, meinen Vater, jeden, der mir zuhörte. »Warum ist das passiert?« Mich faszinierte, wie die Leute es schafften, einander weh zu tun, was sie dazu brachte. Ich war nicht aus sentimentalen Gründen fasziniert; in jenen

Tagen galt mein Interesse der Mechanik. Ich wollte die treibende Kraft dahinter begreifen, die Rädchen im Getriebe erkennen.

Deshalb ist es nicht überraschend, obschon Boyd Ellisons Mörder nie gefunden wurde – es ist eine dieser unabgeschlossenen Geschichten, die eben im Leben passieren –, daß ich als Kind derart versessen darauf war, ihn dingfest zu machen, daß ich zeitweise zu wissen glaubte, wer es war.

Aber um diese Geschichte erzählen zu können, muß ich zunächst eine andere erzählen, eine weniger spektakuläre – außer vielleicht für Leute, die etwas Ähnliches durchgemacht haben.

An einem kalten Februarabend, als wir alle zusammen am Eßtisch saßen, Schweinekotelett und Kartoffelbrei aßen und überlegten, ob es schneien würde, und wenn ja, ob es genug schneien würde, daß die Schulen in Maryland am nächsten Tag geschlossen blieben, wandte sich meine Mutter plötzlich an meinen Vater, der aus dem Fenster starrte, und sagte beiläufig: »Ich weiß, daß du weißt, daß ich es weiß.«

Sie hätte den Mund aufmachen und ihn bitten können, ihr die Butter zu reichen, aber statt dessen war ein anderer Satz herausgekommen. Ein höchst merkwürdiger Satz, dachte ich damals. Ohne zu verstehen, wovon meine Mutter sprach, war mir klar, daß jede Menge Unterstellungen damit verbunden waren. Was wußte sie? Und wie konnte mein Vater wissen, daß sie etwas »wußte«, und mußte doch gleichzeitig daran erinnert werden, daß er über diese Information verfügte?

Als das jüngste von drei Kindern war ich daran gewöhnt, Gespräche am Eßtisch nicht zu verstehen. Ich aß weiter mein Kotelett. Aber es war unmöglich, zu ignorieren, was als nächstes geschah. Meine Mutter nahm ihren

Teller und warf ihn mit einer kleinen Bewegung aus dem Handgelenk wie eine Frisbeescheibe durch das Eßzimmer. Porzellan zerbrach. Kartoffelbrei und Soße klatschten gegen die Wand und auf den blauen Teppich und besprenkelten das weiße Hemd meines Vaters mit Fettflecken. Ein halbes Schweinekotelett landete oben auf der Anrichte.

Es war ein absurder und schrecklicher Augenblick, und er hätte wie viele solcher Augenblicke einem Film entstammen können – oben auf der Anrichte das Schweinekotelett, am Tisch meine Familie, die es mit offenem Mund anstarrte. Am liebsten hätte ich gelacht. Auch meine Mutter sah aus, als wollte sie lachen. Um ihre Augen bildeten sich Falten, und ihre Mundwinkel schossen in die Höhe. Aber im nächsten Moment langte sie zu und warf, einen nach dem anderen, den Teller meines Bruders, den meiner Schwester und schließlich auch meinen durchs Zimmer.

»Ich werde nicht so tun, als wüßte ich es nicht«, sagte sie. Dann stand sie auf und ging aus dem Zimmer. Wir sahen zu, wie die Schwingtür zur Küche hinter ihr zur Ruhe kam. Mein Vater hielt noch immer seine Gabel in der Hand.

Natürlich verbrachten viele Leute, die in den siebziger Jahren aufwuchsen, ihre Kindheit mal bei dem einen Elternteil, mal bei dem anderen, statt bei beiden gemeinsam. Und wenn sich die Eltern auch nicht scheiden ließen, so dachten sie doch darüber nach, oft laut, und fragten bisweilen ihre Kinder um Rat. Ich habe Horrorgeschichten gehört von in Flughäfen verbrachten Weihnachtsfesten, von Szenen auf Schulabschlußfeiern, von Fotoalben, in denen ein Elternteil überall herausgeschnitten war. Ich habe so viele derartige Geschichten gehört, daß sie nicht länger bemerkenswert sind – ja, es sind eigentlich überhaupt keine Geschichten mehr, sondern nur noch Klischees, und je vorhersehbarer sie sind, um so schlimmer sind sie: der geschiedene Vater heiratet eine Hexe, die seine Kinder nicht mag und ihn gegen sie aufhetzt; die geschiedene Mutter heiratet einen Wüstling, dem ihre Töchter zu gut gefallen. Aber jedes Klischee enthält ein Körnchen Wahrheit, und fest steht, daß in den siebziger Jahren im ganzen Land Ehen und politische Koalitionen zerbrachen, und zumindest was letztere betrifft, hatte es das noch nie zuvor gegeben.

Der Grund für die Scheidung meiner Eltern war vorhersehbar genug. Mein Vater traf sich mit einer anderen Frau. Was ihrer Geschichte eine etwas abweichende Wendung gab, war die Tatsache, daß diese andere Frau die jüngste Schwester meiner Mutter war, Ada, ihre Lieblingsschwester.

Meine Mutter hatte nie großes Vertrauen zu Männern. Ihrer Meinung nach mangelte es ihnen an Charakter. Als sie sieben Jahre alt war, starb ihr Vater an einer Lungenentzündung, nachdem er mitten im Winter in Baltimore betrunken auf einer Parkbank eingeschlafen war. Er hinterließ eine Frau mit vier kleinen Mädchen und keine Lebensversicherung. Sie zogen zu den Großeltern meiner Mutter, die wohlhabend waren, aber ein halbes Jahr später hatte der Großvater einen Schlaganfall. Seine letzten drei Jahre verbrachte er im Bett und rüttelte mit der gesunden Hand am Messingkopfteil. Bald stellte sich heraus, daß auch er für die Zukunft seiner Lieben nicht vorgesorgt hatte, und nachdem die Krankenschwestern und die Beerdigung bezahlt waren, standen sechs weibliche Wesen nahezu mittellos da, gerade als der Zweite Weltkrieg zu Ende ging.

Sie schafften es. Die beiden Frauen nahmen Näh- und Tipparbeiten an, aßen abends Cornflakes und zogen schließlich, dank eines Darlehens von einer Großtante, nach Bethesda, wo sie einen Laden für Geschenkartikel eröffneten und dort vor allem kleine Porzellanfiguren der Firma Hummel verkauften. Meine Mutter behauptet, daß sie und ihre Schwestern zu realistischen und vernünftigen Menschen heranwuchsen, Eigenschaften, die ihren männlichen Vorfahren gefehlt hatten. Während sie zerbrechliche Hirtenjungen und Gänsemädchen abstaubten, planten sie, wie sie unzerbrechlich werden würden.

»Wenn du verabredet bist, zahl immer selbst für deine Kinokarte«, wiesen sie einander streng an. »Sag niemals danke, wenn du nicht dankbar bist. Verschaff dir Respekt.«

Sie waren absolut loyal gegeneinander, vor allem wenn es um Männer ging. Sie wußten, wie zerbrechlich Männer sein konnten, wie leicht sie einem Husten erlagen, einem Herzflattern. Hatten sie es nicht mit eigenen Augen gesehen? Männer, tuschelten sie, trugen Krankheiten in sich. Abends saßen sie im Schneidersitz auf dem Bett und machten einander vor, wie man Männer mit fest verschlossenen Lippen küßt. Zieht ein Unterhemd *und* einen BH an, rieten die älteren Schwestern den jüngeren. Wappnet euch.

Meine Großmutter sagte immer, sie habe eine Tochter mit vier Köpfen in die Welt gesetzt, ein unheimliches Bild, und es ist nur schwer vorstellbar, daß es von der rundlichen alten Dame stammte, die in einer braunen Wollhose und mit Hausschuhen aus rosa Webpelz an den Füßen neben dem Heizkörper döste. Aber das Bild entsprach auf gewisse Art durchaus der Wahrheit. Wenn eine von ihnen schlecht behandelt wurde, übten meine Mutter und ihre Schwestern gemeinsam Rache, für gewöhnlich mit sorgfältig orchestrierten, bösartigen Scherzen. In einer Geschichte, die meine Mutter gern erzählte, traf sich ihre Schwester Claire mit einem Jungen, der seinen Freunden vorlog, er habe auf dem Rücksitz des väterlichen Autos Sex mit ihr gehabt. Zwei Tage später wurden die Ergebnisse der jährlichen Gesundheitsuntersuchung dieses Jungen, unterschrieben von der Krankenschwester der Schule, aus dem Krankenzimmer »gestohlen« und ans Schwarze Brett geheftet. Der Bericht beschrieb anhand graphischer Details den bedauerlichen Zustand des Jungen, eines Hermaphroditen, und empfahl einen chirurgischen Eingriff. Ich weiß nicht mehr, welche Schwester diesen Bericht gefälscht hatte, aber offensichtlich war die Fälschung so gut, daß sie als solche nicht erkannt wurde, bis die Schulkrankenschwester während einer Versammlung aufstand und erklärte, nichts damit zu tun zu haben.

Meine Mutter und ihre Schwestern traten in diesen Geschichten immer als ausgelassene, rachsüchtige Schwesternschaft auf: Fran, Claire, Lois und Ada, die sagenhaften Mayhew Girls – lustig, frech, mitfühlend und rücksichtslos, eine weibliche Privatarmee. Die Mayhew Girls, so dachte ich an sie. Es klang wie der Titel eines Buchs.

Meine Mutter und ihre Schwestern waren alle hochgewachsen, so daß der schnelle, gnadenlose Angriff vielleicht ihr besonderes Talent war. »So groß«, sagten sie und hielten Daumen und Zeigefinger ungefähr fünf Zentimeter auseinander, wenn ein nichtswürdiger Junge an ihnen vorbeiging. Die Entscheidung, ob sie damit einen speziellen Teil seiner Anatomie oder seinen Charakter im allgemeinen meinten, blieb ihm überlassen.

Noch immer stelle ich mir vor, daß die Mayhew Girls in diesen Geschichten nonnenhafte, knöchellange schwarze Röcke, weiße Blusen und verführerisch glänzende Lacklederschuhe anhatten. Sie schminkten sich die Lippen rot, aber sie trugen Unterwäsche, die ihre Mutter aus alten leinenen Kopfkissenbezügen genäht hatte. Sie rauchten Zigaretten und warfen mit lässigen Sprüchen wie »He, Alter« oder »Bleib sauber« um sich; doch ihre Leistungen in

Latein waren hervorragend, in der Badewanne zitierten sie Vergil, auf die Einkaufsliste schrieben sie »panis« statt »Brot«, und sie fragten einander Konjugationen ab, während sie sich die Augenbrauen zupften. Als Kind konnte ich, wie meine Großmutter, meine Tanten nur mit Mühe auseinanderhalten. In den Geschichten meiner Mutter waren sie so gut wie ununterscheidbar.

Das war natürlich die Version meiner Mutter. Die wahre Geschichte, wenn es sie denn gibt, muß mehr mit Elend zu tun gehabt haben. Die fünfziger Jahre waren keine Zeit, um komisch zu sein, und vier schlaksige vaterlose Mädchen mit Unterwäsche aus Kopfkissenbezügen müssen sich im kleinstädtischen Maryland unerträglich unnormal vorgekommen sein. Wahrscheinlich hielten sie zusammen wie Pech und Schwefel, weil jede Gruppe, der sie sich anschließen wollten, sie zurückwies. Ihre Loyalität untereinander war defensiv, selbstbezogen, engstirnig. Wir – sie.

Weshalb sie wahrscheinlich so grausam übertrieben, wenn es um eine von ihnen ging. »Neulich hat Claire angerufen«, konnte meine Mutter zu Ada sagen, während sie am Küchentisch saßen und im Kaffee rührten. »Zwei Stunden lang mußte ich mir ihr Gejammer anhören, weil ihr Hund so haart. ›Warum sammelst du die verdammten Haare nicht ein?‹ habe ich zu ihr gesagt. ›Und machst einen Perserteppich daraus?‹ Du weißt ja, wie Claire ist ...«

Oder sie legte nach einem Gespräch mit Tante Fran auf, um sofort Adas Nummer zu wählen. »Hör dir das an, ich habe gerade mit Frannie gesprochen. Sie hat sich eine neue Geschirrspülmaschine gekauft – du weißt ja, wie sie ist, man könnte meinen, sie hätte das Waldorf Astoria gekauft. ›Warum ziehst du nicht einfach in die Geschirrspülmaschine?‹ habe ich zu ihr gesagt. ›Sie scheint viel schicker zu sein als dein Haus ...‹«

Selbstverständlich hatte meine Mutter nichts von alledem wirklich gesagt. Vielleicht hatte sich Tante Claire kurz über ihren Hund beklagt; vielleicht hatte Tante Fran kurz mit ihrer neuen Geschirrspülmaschine angegeben. Aber meine Mutter hätte eine Gelegenheit verpaßt, ihrer gitterartigen Beziehung zu ihren Schwestern zu huldigen, hätte sie diese Details den Tatsachen entsprechend geschildert. Sie liebte es, mit geringschätziger Vertrautheit mit einer Schwester über eine andere zu reden. Und so selbstkritisch sie wahrscheinlich war, so gern kritisierte sie auch ihre Schwestern, so daß sie ihre eigenen Fehler ständig an den anderen bewundern konnte. »Wir sind alle empfindlich«, sagte sie stolz. »Du weißt ja, wie wir sind.«

Die einzige, die ihrem Röntgenblick bisweilen entging, war Ada. Ada war das Baby der Familie und zudem ein paar Zentimeter kleiner als die anderen drei. Als Kind war sie ungewöhnlich verschlossen gewesen, und deshalb galt sie als künstlerisch veranlagt. Sie verbrachte Stunden in ihrem Zimmer mit einer Schere und einem Stapel Zeitschriften, schnitt Filmstars aus und klebte sie in kleine Büchlein, die sie aus dickem Zeichenpapier zusammengeklammert hatte. Die Filmstars bekamen dann kleine Blasen mit Text, der meist Ada selbst betraf. »Ist Ada nicht das Gelbe vom Ei?« fragt Rita Hayworth David Niven in dem einzigen erhalten gebliebenen Büchlein. »Ist sie nicht der Kern der Kirsche?«

Wegen ihres künstlerischen Naturells erschien mir Ada exotischer als meine Mutter oder meine anderen Tanten. Während die meisten Frauen ihres Alters hochtoupierte Kurzhaarfrisuren und stufig geschnittenes Haar hatten, ließ sie sich eine lange Mähne wachsen. Sie hatte helles rotbraunes Haar, das sie mit der Hand aus der Stirn strich und am Hinterkopf zusammenfaßte. Sie trug meist silberne Armreifen, die klimperten, wenn sie sich das Haar zurückstrich, und wenn sie lachte, verschwanden ihre Augen. Insgeheim glaubte oder hoffte ich, ihr ähnlich zu sehen; mein Haar hat die gleiche Farbe, ist jedoch lockiger.

Aber Ada war schon immer anders als der Rest der Familie, und das lag nicht allein daran, daß sie schöner war. Sie sah nicht nur empfindsam, blühend und anmutig aus – und fühlte sich so –, sondern sie schien auch davon auszugehen, daß diese Eigenschaften ausreichten, um sie jedermann zu empfehlen. Ihr Lachen war entspannt und volltönend; ihre Gesten waren lässig, sogar wenn sie es angeblich eilig hatte. Ihre Oberarme waren sanft gerundet, und unter ihren dünnen bestickten Bauernblusen schwangen ihre vollen Brüste, ohne BH. Meine Mutter und meine Tanten konnten selbstkritisch sein bis zur Selbstaufgabe, Ada jedoch nicht. Ada *mochte,* wie sie aussah. Ich kenne ein paar unscheinbare Frauen, die wirklich glauben, daß sie schön oder sexy sind, und schließlich werden sie es auch; ich habe mich immer ein bißchen vor ihnen gefürchtet, so wie meine Mutter und ihre älteren Schwestern sich ein bißchen vor Ada gefürchtet haben. Sexuelle Ausstrahlung hat etwas Bezwingendes, und in voller Blüte wirkt jede andere Ausstrahlung daneben unbedeutend.

Merkwürdigerweise nahm meine Mutter Ada stets in Schutz. »Ach, sie hatte eine Menge um die Ohren«, sagte sie, wenn Fran oder Claire Ada der Faulheit bezichtigten, weil sie ihnen zu Weihnachten keine Geschenke geschickt oder ihre Geburtstage vergessen hatte. Meine Mutter brachte Eitelkeit eine gewisse Bewunderung entgegen, weil sie von Lebendigkeit zeugte, so wie biedere Menschen bisweilen Straßenhändler bewundern. »Du weißt doch, wie Ada ist«, sagte sie lachend. »Sie hat mit sich selbst genug zu tun.«

Und bis zu dem Jahr, in dem Boyd Ellison ermordet

wurde, war mir der Anblick von Tante Ada, wie sie mit ihrem langen lockigen Haar an unserem Resopaltisch saß und auf eine Papierserviette malte, während meine Mutter das Abendessen zubereitete, so vertraut wie der Anblick meines Bruders oder meiner Schwester. Ada hatte die Rolle als Künstlerin der Familie akzeptiert und war mit finanzieller Unterstützung ihrer älteren Schwestern ein Jahr lang auf eine Kunstakademie gegangen, bis sie das Studium abbrach, um Onkel Roger zu heiraten, den Geschäftsführer eines Steakhauses namens The Flaming Pit in Bethesda.

Ada gab Malunterricht in einer Grundschule in Rockville. Sie hatte selbst keine Kinder.

»Da ist ja die kleine Miss Marsha, unser Mädchen vom Mars«, sagte sie immer, wenn ich von der Schule nach Hause kam; dann fragte sie mich, was es »Neues« gebe. Sie hörte aufmerksam zu, gleichgültig, was ich erzählte, und zeichnete oft ein Bild dessen, was ich beschrieb. Nachdem ich geendet hatte, überreichte sie mir die Serviette. Wenn ich in einem Quiz gut abgeschnitten hatte, zeichnete sie eine Krone. Wenn ein anderes Kind meine Gefühle verletzt hatte, zeichnete sie dieses Kind, wie es von Pfeilen durchbohrt oder von einem Lastwagen überfahren wurde.

»Also wirklich, Ada«, sagte meine Mutter manchmal, »das ist nicht nett von dir.«

»Also wirklich«, sagte Ada dann, lachte und strich sich das Haar aus dem Gesicht.

Aber vor allem erinnere ich mich an ihren Geruch, einen verwirrenden Geruch, provokativ, fruchtig – ich habe ihn jetzt in der Nase, während ich daran denke –, ein Geruch wie von feuchten Aprikosen. Wenn sie sprach, hob sie die Oberlippe an wie ein Pferd, das versucht, eine Karotte zu fressen. Von den vier Schwestern heiratete sie als erste, mit Achtzehn.

»Ihr wißt doch, wie Ada ist«, sagte meine Mutter, wenn jemand fragte, warum.

Ich erwähne all diese Dinge, um auf Umwegen klarzumachen, daß meine Mutter meines Erachtens trotz der nur allzu verständlichen Vorbehalte, die eine schüchterne Frau einer unerschrockenen entgegenbringt, ihre Schwester Ada mehr liebte als meinen Vater. Sie vertraute ihr einfach. Sie vertraute ihr, wie man jemandem vertraut, den man voll und ganz versteht, was womöglich keine gute Idee ist, weil es so einen Menschen nicht gibt. Ada war für sie eine Sicherheit, eine Verbündete, Teil des Zukunftsplans, den meine Mutter sehr früh aufgestellt und stets beibehalten hatte. Adas Verrat schockierte meine Mutter wesentlich mehr als der meines Vaters, denn von seiner Seite aus hatte sie mehr oder weniger damit gerechnet. Obwohl sie so viele grausame und ausgefeilte Scherze miteinander ausgeheckt hatten, kam meine Mutter nie auf den Gedanken, daß eine ihrer Schwestern ihr einen Streich spielen würde.

Zwei Tage nach jenem kalten Februarabend, an dem meine Mutter unsere Teller durch die Luft segeln ließ, trafen Tante Fran und Tante Claire zu einem Besuch ein.

Sie standen vor der Haustür, nahezu identisch gekleidet: pastellfarbene Blusen und Tweedhosen; Tante Fran trug Stiefel. Zwei langbeinige Frauen über Vierzig, hängeschultrig, mit kurzem toastfarbenem Haar und besorgt blickenden braunen Augen, eckigere Versionen meiner Mutter. Tante Fran war die größte von ihnen, sie hatte ein kantiges Kinn und einen mageren Hals. Tante Claire hatte hervorstehende Augen, die gütig blickten und sie aussehen ließen wie einen Boston-Terrier.

Jedesmal, wenn meine Mutter eine ihrer Mayhew-Girls-Geschichten erzählte, stellte ich mir Fran und Claire elegant und unbekümmert vor, die Sorte Frau, die witzige Bemerkungen machte und scharlachrot geschminkte Lippen hatte, die Martinis trank und die Olive verschmähte, die in Stöckelschuhen sprinten konnte. Jedesmal, wenn ich sie sah, mußte ich mir eingestehen, wie gewöhnlich sie aussahen; aber diesmal wirkte ihre Gewöhnlichkeit gewollt. Tante Fran schleppte die beiden karierten Koffer, während Tante Claire ein riesiges Kissen mit einem halb fertig gestickten, leicht nach links geneigten Eiffelturm trug. Als sie vom Auto zum Haus gingen, wirkten sie wie zwei Armeekrankenschwestern derselben Division. »Hallo, Kinder«, riefen sie, als sie eintraten, mit heiseren honigsüßen Stimmen, die ebensogut saubere Bettwäsche und sterile Gaze hätten verlangen können.

Als sich Tante Fran herunterbeugte, um mich zu küssen, streifte ein hartes Barthaar meine Backe. Sie roch nach Erdnüssen und Pfefferminzbonbons. »Die sind für dich«, murmelte sie, als sie eine Tüte saure Drops in meine Tasche gleiten ließ.

In dieser Nacht schliefen meine Schwester und ich in Schlafsäcken auf dem Boden im Zimmer meines Bruders, um zwei Betten frei zu machen. Plötzlich war unser Haus erfüllt von rauhen flüsternden Frauenstimmen, von einem Zischeln, das ein Kind in den Wahnsinn treiben konnte, das sich davor fürchtete zu erfahren, warum sein Vater jeden Morgen mit roten Augen in die Arbeit fuhr, während seine Mutter wild entschlossen staubsaugte, die Treppe rauf, die Treppe runter, in jedem Zimmer, die Lippen zusammengekniffen wie ein Gladiator.

Mein Vater hatte gestanden. Warum oder wie weiß ich nicht; meine Mutter hat es nie erzählt, und sie ist nicht leicht zu befragen. Aber offensichtlich wurde während dieser Zeit der Versuch unternommen, »eine Lösung zu finden«. Ada wurde in ihr Haus in Bethesda verbannt, wo sie Aquarelle von fleischigen Pfirsichen und Birnen malte, während die beiden ältesten Schwestern in unserem Oldsmobile-Kombi hin und her fuhren, Nachrichten überbrachten, konferierten, theoretisierten, feierlich wie zwei Generäle. Eine hektische Aufregung umgab sie: Tante Fran hatte Mann und Sohn in Milwaukee zurückgelassen, Tante Claire ihre beiden Töchter und ihren Mann in Detroit. So schwierig die Situation für sie zweifellos gewesen sein muß, es war doch auch eine Art Urlaub. Kaum angekommen, kauften sie Mentholzigaretten, obwohl beide aufgehört hatten zu rauchen, und schon vor dem Abendessen tranken sie Weißwein. Nach dem Essen drapierten sie ihre langen Beine auf das Sofa, legten damit zumindest ein Anzeichen von Unbekümmertheit an den Tag, und bliesen perfekte Rauchringe an die Decke.

Ansonsten stickte Tante Claire an ihrem Kissenbezug, während sich Tante Fran auf den Boden legte und Streckübungen machte; ihre heiseren Stimmen wurden mit der Zeit immer heiserer, und sie überredeten meine Mutter, tagsüber auszugehen, um sich Schuhe zu kaufen. Zumindest erinnere ich mich daran, daß sie während dieser Zeit lauter neue Schuhe mit Plateausohlen trug, die aussahen wie Hufe.

Meine Tanten wechselten sich ab, die Zwillinge und mich in den Kombi zu scheuchen, kaum waren wir von der Schule zurück, um uns ins Einkaufszentrum zu verfrachten. Im Schlepptau der Tante, die uns begleitete, kauften wir Kaugummi und Bonbons im Drugstore und machten dann einen Schaufensterbummel, traten uns dabei gegenseitig auf die Fersen unserer Turnschuhe, kicherten über die Negligés im Schaufenster der Coy Boutique und standen schließlich vor der Tierhandlung, wo wir dabei zusahen, wie die tropischen Fische in den Aquarien zielstrebig aneinander vorbeischwammen. Diese Ablenkungsmanöver sollten unserer Mutter mehr Zeit geben, sich mit der Tante, die zu Hause geblieben war, »auszusprechen«. Aber wenn wir zurückkamen, saß sie jedesmal schweigend auf einem Küchenstuhl und starrte die goldenen Flecken auf der Resopalplatte des Tisches an.

Vielleicht redeten die Zwillinge und ich während dieser Woche über unsere Eltern. Vielleicht paßte ich eines Abends meine Schwester Julie ab und fragte sie, was ihrer Meinung nach los war. Aber ich glaube es nicht. Sie und Steven vertrauten einander alles an – schließlich waren sie Zwillinge, und mit Vierzehn schmiedeten sie miteinander und mit ihren Freunden Intrigen, die ich nicht begriff, bis ich selbst vierzehn war.

Außerdem verachtete mich Julie. Wann immer ich etwas von ihr wissen wollte, wiederholte sie lispelnd meine Frage. Damals hatte sie eine Vorliebe für englische Romane und sprach in einem Oxford-Tonfall, der direkt aus Evelyn Waugh stammte und jede Gemeinheit, die sie von sich gab, noch gemeiner klingen ließ. »Das Kind«, wurde ich von ihr und Steven genannt. »Marsha, der Morast« oder einfach nur »Morast«.

Meine Tanten redeten stundenlang mit meiner Mutter. Ihre Stimmen schwebten aus dem Wohnzimmer, senkten sich im Sturzflug zu einem Flüstern, wenn meine Mutter sie daran erinnerte, daß wir womöglich zuhörten, nur um sich wieder zu erheben, aufzusteigen wie mit den Flügeln flatternde Möwen. Bei ihrer Ankunft hatte mir Tante Claire eine Muschel von den Bermudas geschenkt. Ihr schimmerndes rosafarbenes Inneres machte mich verlegen, weil es mir wie eine übertriebene Version der breiten Oberlippe meiner Mutter vorkam. Meine Mutter hatte keineswegs eine Hasenscharte, aber ihre Lippe war breit und lief in der Mitte spitz zu. »Mach nur«, sagte Tante Claire, als ich zögerte, die Öffnung der Muschel an mein Ohr zu halten. »Hör, wie das Meer rauscht.« Von da an dachte ich immer an das klösterliche Rauschen der Muschel, wenn ich am Wohnzimmer vorbeikam und die Stimmen meiner Tanten hörte.

Beide meinten, meine Mutter solle meinem Vater die Zeit lassen, die er brauche, um »es« zu überwinden. »Nicht daß wir es *ihr* nachsehen«, sagten sie oft, manchmal unisono. »Glaub das bloß nicht. Du kennst uns doch.« Und sie nickten heftig mit den zerbrechlich wirkenden Köpfen mit den kurzen Haaren.

Wer weiß, warum mein Vater beschloß, während dieser Woche zu Hause zu bleiben. Vielleicht hielt er es für einen Beweis der Stärke oder – wahrscheinlicher – für einen Akt der Sühne. Frühmorgens, bevor er zur Arbeit aufbrach, und abends, nachdem er zurückgekommen war, zog mein Vater durchs Haus wie der Zigarettenrauch meiner Tanten. Vor dem Abendessen spielte er »As Time Goes By« und die einfacheren Passagen der »Mondscheinsonate« auf dem Klavier im Wohnzimmer; aber jetzt bat er mich nicht, die Seiten der Notenhefte umzublättern, und er patzte öfter als sonst. Nach dem Abendessen mischte er Scotch und Milch in einem Fred-Feuerstein-Glas und trank es im Stehen neben dem Kühlschrank.

Manchmal ging er auf unserer Veranda auf und ab. Noch öfter verschwand er. Ich begann, ihm durchs Haus nachzuschleichen, auch wenn ich eigentlich schon im Bett liegen sollte, und fand ihn an merkwürdigen Orten: neben dem Boiler im Keller oder in der Küche neben der Hintertür. Eines Abends sah ich ihn spät vor seiner Schlafzimmertür stehen.

»Hallo, du«, sagte er. Er sah aus wie jemand, der darauf wartet, ins Behandlungszimmer eines Zahnarzts gerufen zu werden.

Wir standen eine Weile im Flur nebeneinander, betrachteten den orangefarbenen Teppich mit dem sich überstürzenden Muster, das mich immer an stromaufwärts schwimmende Goldfische erinnerte. An manchen Stellen war der Teppich fast durchgetreten; ein paar der Goldfische waren nahezu verschwunden.

»Weißt du«, murmelte mein Vater, starrte dabei auf den Teppich und drehte am Knopf einer Manschette. »Weißt du, hier ist viel passiert. Eine Menge hat sich verändert. Nichts, was mit dir zu tun hat. Nichts hat mit dir zu tun, mein Schatz.« Er lächelte mich traurig an. »Mach einfach weiter wie bisher, Marsha, Liebes. Tu, was du tun mußt.«

»Aber ich habe gar nichts getan«, sagte ich.

»Ist schon in Ordnung.« Er schien mich einerseits unbedingt beruhigen zu wollen, andererseits war er sich offenbar nicht sicher, welche Richtung er dabei einschlagen sollte.

Nachts saß ich in meinem rosaroten Nachthemd im Schneidersitz auf meinem Bett und schrieb ihm auf einem Blatt aus meinem Notizbuch einen kurzen Brief. »Hallo, Dad. Das ist von Deiner Tochter Marsha. Bestimmt bist Du überrascht, weil Du einen Zettel in Deiner Tasche findest. Ich wollte Dir nur sagen, daß auch Du tun sollst, was Du tun mußt!« Der letzte Satz klang nicht ganz richtig, aber mir fiel nicht ein, wie ich ihn anders hätte formulieren können, und plötzlich war ich fürchterlich müde, deswegen taumelte ich nach unten und steckte den Zettel in seine Manteltasche.

Einen oder zwei Abende später saß ich zusammen mit meinem Vater und den Zwillingen im Wohnzimmer und sah im Fernsehen *Laugh-In* an. Ich hockte neben dem Sessel meines Vaters und hielt sein Handgelenk fest, doch mitten in der Sendung verspürte ich plötzlich das Bedürfnis, meine Mutter zu sehen. Ich sehnte mich nach ihr auf die

Art sehr kleiner Kinder und empfand dabei eine konfuse, weinerliche Lust.

Zuerst sah ich in der Küche nach, dann im Keller, überall fand ich Spuren von ihr – eine Kaffeetasse mit Lippenstiftabdruck, ein zerknülltes Papiertaschentuch. Schließlich, als ich auf Strümpfen den dunklen Flur im ersten Stock betrat, hörte ich zuerst ihre Stimme und dann die meiner Tanten, die sich im Schlafzimmer unterhielten.

Soweit ich verstand, bereiteten sie sich darauf vor, einander die Haare zu schneiden, und Tante Claire schlug vor, meiner Mutter im Bad eine Hennapackung aufzutragen.

»Zieh deine Bluse aus«, sagte eine von ihnen. Die Schlafzimmertür meiner Eltern war so eingehängt, daß sie sich auf den Flur öffnete; sie stand einen Spaltbreit offen, und ohne richtig nachzudenken, baute ich mich dahinter auf.

»Du weißt, daß du dich der Situation stellen mußt«, sagte Tante Claire. »Du mußt ihr die Stirn bieten. Und dann weitermachen.«

»Das ist leicht gesagt«, antwortete meine Mutter.

»Selbstverständlich«, sagte Tante Claire. »Trotzdem ist es richtig.«

»Du mußt alles vergessen, was Würde anbelangt«, sagte Tante Fran.

»Glaub mir«, sagte meine Mutter. »Würde ist mit das letzte, worüber ich dieser Tage nachdenke.«

Ich stellte mich so, daß ich durch den Spalt zwischen Tür und Rahmen schauen konnte. Ich hoffte und fürchtete – die Hoffnung überwog –, daß meine Tanten sich ausziehen würden. Ich glaubte, sie würden noch immer die Kopfkissen-Unterwäsche tragen, von der ich gehört hatte, und ich wollte wissen, wie sie aussah – ich holte sogar meine Brille aus der Tasche und setzte sie in Erwartung dieser Möglichkeit auf. Ich war auch daran interessiert, ihre Brüste zu sehen, die ich mir als Megaphone aus Fleisch mit einem knallroten Türknauf vorne drauf vorstellte. So sahen jedenfalls die Brüste in Stevens Zeichnungen aus, die er unter seinem Bett versteckte. Er nannte sie »Titten«. Ich bin nicht sicher, warum ich annahm, daß die Brüste meiner Mutter – ich hatte sie gelegentlich kurz in ihrem Schlafzimmer oder in der Frauenumkleidekabine im Schwimmbad gesehen – keine »Titten« waren, aber nichts, was zu meiner Mutter gehörte, erschien mir ungewöhnlich oder hätte jemand anders gehören können.

Meine Mutter und meine Tanten brachen ihr Gespräch plötzlich ab, und einen Augenblick lang dachte ich, daß sie mich hinter der Tür gesehen hätten. Aber dann fingen sie wieder an, und jetzt redeten sie mit der gestelzten Beiläufigkeit von Leuten, die gezwungen sind, ein sie interessierendes Thema aufzugeben.

»Das wird dir Auftrieb geben«, sagte Tante Claire zu meiner Mutter. Sie stand dicht hinter ihr und fuhr mit den Fingern langsam von unten nach oben durch ihr Haar, wobei sie sich beide im Spiegel über der Frisierkommode betrachteten. »Kastanienbraune Strähnen. Das ist alles.«

»Ich weiß nicht«, sagte meine Mutter in quengeligem Tonfall.

Tante Fran setzte sich auf die Bettkante und zog ihre Turnschuhe aus. »Du hast wirklich eine süße Figur, Lois«, sagte sie und lächelte den Rücken meiner Mutter an. »Wirklich. Was für ein niedliches kleines Paket.« Sie beugte sich vor und gab meiner Mutter einen Klaps auf den Po.

Meine Mutter, die sich ernst im Spiegel musterte, drehte den Kopf von der einen zur anderen Seite, Tante Claires Finger fuhren ihr noch immer durchs Haar. »Meint ihr nicht, daß ich albern aussehen werde?«

Tante Claire nahm die Hand aus dem Haar meiner Mutter und legte sie ihr locker auf die Schulter. »Du wirst wunderschön aussehen. Du siehst jetzt schon wunderschön aus.«

»Ha«, sagte meine Mutter.

»Ach, du hast ja keine Ahnung.« Tante Fran schob ihre grüne Tweedhose über die Hüften, stand auf, um sie bis zu den Knien zu schütteln, stieg dann aus der Hose und ließ sie auf dem Boden liegen. Sie trug schlichte weiße Unterwäsche, unter dem weißen Stoff schaute oben an jedem Bein ein Rand dunkler, stark gekräuselter Haare hervor. Als sie ihre Bluse aufknöpfte, sah ich ein Stück Spitzeneinsatz ihres Büstenhalters. Mit offener Bluse setzte sie sich wieder aufs Bett und schlug die Beine übereinander. »Du warst schon immer die Schönste von uns.«

»War ich nicht«, sagte meine Mutter, aber sie lächelte ein bißchen in den Spiegel; dabei hob sich ein Ende ihrer breiten Lippe.

»Viel schöner als Ada«, sagte Tante Claire.

»Ada wird dick«, sagte Tante Fran und betrachtete wieder ihre langen, muskulösen Beine.

»Ich will nicht über Ada reden.« Meine Mutter schüttelte Tante Claires Hand ab und ging ins Bad, wo ich sie nicht mehr sehen konnte. Tante Claire blickte zu Tante Fran und zog die Augenbrauen hoch. Tante Fran zuckte die Achseln.

»Zieh Rock und Bluse aus«, rief Tante Claire meiner Mutter nach. »Und hol die Schere. Wir schneiden dir das Haar, während sich das Henna auflöst.« Sie ließ sich auf das Bett neben Tante Fran plumpsen und begann, ihre Bluse aufzuknöpfen. »Ich will meine Haare nur zwei Zentimeter kürzer. Und du?«

»Ach, mir egal. Ich hab sie mir letzte Woche schneiden lassen. Ich mach nur mit, damit ich auch dabei bin.«

Tante Claire lächelte, während sie die Bluse auszog. Sie

trug überhaupt keinen Büstenhalter. Statt der zwei erwarteten Kegel sah ich mich einem Paar kleiner, flacher Augen gegenüber, hafermehlfarben bis auf die braunen, hervorstehenden Knopfiris – bizarres, nahezu schreckliches, allzu menschliches Fleisch.

Auch Tante Fran hatte ihre Bluse ausgezogen und stand jetzt in BH und weißer Unterhose neben dem Bett. Sie sah aus wie eine Giraffe, sie war so groß und sehnig, so unnatürlich lässig, als sie das Gewicht von einem Bein auf das andere verlagerte, ihre Beinmuskeln anspannte, ihren schmalen kleinen Kopf plötzlich hob und ihr Spiegelbild anblinzelte. Tante Claire beugte sich auf dem Bett nach vorn, um ihre Slipper und dann ihre Nylonkniestrümpfe auszuziehen. Ihr blasser Rücken war mit großen bräunlichen Flecken übersät, wie der Bauch eines Hundes.

Sie richtete sich wieder auf, fuhr sich mit einer Hand durchs Haar, gähnte und blickte dann zum Bad. »Lo?« rief sie. »Bist du soweit?«

Meine Tanten seufzten beide, als meine Mutter plötzlich wieder hereinkam. Um ihren Kopf hatte sie ein grünes Handtuch geschlungen; ansonsten war sie völlig nackt. Es war erstaunlich traurig, meine Mutter nackt zu sehen. Ich hatte sie schon mal nackt gesehen, aber das war lange her, dachte ich, und es war bestimmt nicht auf diese Art. Sie sah geschrumpft und knochig und weiß aus – und unerwartet haarig. Und sie sah künstlich aus, wie eine Schaufensterpuppe, die erst noch angezogen werden muß. Eine schmale rötliche Narbe, die ich vergessen hatte, an die ich mich jetzt aber erinnerte, verlief längs über ihren Unterleib und endete in dichtem Kraushaar.

War es das, was mein Vater sah, wenn er sie nachts in ihrem gemeinsamen Schlafzimmer anschaute? Ich stellte mir vor, daß meine Mutter von ihm verlangte, die Narbe anzufassen, sie zu berühren. Er hätte Angst; im letzten Augenblick würden seine Finger zurückzucken. Und ich vermutete, daß diese Narbe die Wurzel ihrer Probleme war, ihrer Streitereien, ihres Schweigens; der Körper meiner Mutter hätte vollkommen sein sollen, so wie meiner vollkommen war. Sie stemmte eine Hand in die Hüfte, stützte sich mit der anderen an den Türrahmen und wartete.

»Schau dich nur an«, rief Tante Fran. »Die schaumgeborene Venus.«

Meine Mutter lächelte verständnislos. Die Gläser meiner Brille beschlugen. Ich schloß die Augen und zählte zweimal in Zehnerschritten bis hundert. Als ich aufhörte zu zählen, war meine Mutter wieder ins Bad gegangen.

Am nächsten Abend saß ich mit Tante Claire und meiner Mutter auf ihrem Bett. Plötzlich stand meine Mutter auf und riß die Tür des Schlafzimmerschranks auf, in dem die Anzüge meines Vaters ordentlich an der Stange hingen. »Vermutlich sollten wir die alten Sachen weggeben«, sagte sie. Vielleicht bildete ich es mir nur ein, aber das Knarzen der Treppe schien mein Vater verursacht zu haben, der wieder in die Küche hinunterging.

»Lo«, sagte Tante Claire, »so kann man damit nicht umgehen.«

»Dann sag mir, wie man damit umgeht«, sagte meine Mutter und kniff die Lippen zusammen.

Zu diesem Zeitpunkt sprach sie von meinem Vater bereits in der Vergangenheitsform. »Larry mochte diese Sendung«, sagte sie einmal, als wir alle im Wohnzimmer saßen und versuchten, fernzusehen.

Er blickte auf und erschauderte leicht.

»Larry hat seine Grapefruit immer erst gegessen, wenn er seinen Kaffee getrunken hatte«, sagte sie zu meinen Tanten am Frühstückstisch, »denn mit Kaffee zusammen, fand er, hinterlassen sie einen schimmligen Nachgeschmack.«

Und mein Vater saß daneben, die Kaffeetasse in der Hand, die Grapefruit unberührt vor sich.

Wenn sie einmal angefangen hatte, konnte sie nicht mehr aufhören. Der schnelle Affront. Die grausame, humorvolle Rache. Die Anwesenheit der Mayhew Girls im Haus inspirierte sie.

»Am Sex kann es nicht liegen, daß sie ihn will«, sagte sie am letzten Morgen ihres Besuchs laut zu Tante Fran, gerade als mein Vater zur Arbeit aufbrach. »Sein Ding hat seit Jahren keine Batterien mehr.«

Die Zwillinge grinsten sich nervös an.

»Lois.« Tante Fran machte über die Schachtel mit Frühstücksflocken hinweg eine Kopfbewegung in meine Richtung.

»Ach, sie wissen doch nicht mal, was Sex ist«, sagte meine Mutter.

»Lois«, sagte Tante Claire.

Aber meine Mutter sprach bereits weiter. »Schließlich sind es seine Kinder.«

Und dann sagte mein Vater an der Tür: »Jetzt reicht es.«

Wir blickten alle auf. Er stand da in seinem dunkelblauen Mantel, den Hut in der Hand auf halber Höhe zum Kopf, als wollte er meine Mutter grüßen. Mein Zettel mußte noch in seiner Manteltasche sein; sobald er die Hand in die Tasche steckte, würde er zwischen seinen Fingern rascheln, klein wie der Zettel aus einem chinesischen Glückskeks.

Während ich mich jetzt an diesen Augenblick erinnere, verdichtet er sich, wird grünlich und zäh; ein Schatten treibt vor den Küchenfenstern vorbei und verdunkelt den Raum. Weit weg auf der Straße beginnt ein Hund zu bellen. Im klaren Frost dieses Morgens tragen Geräusche weit; der Hund könnte genausogut in unserer Küche bellen. Jemand schreit den Hund an, er solle aufhören. Der

Hund bellt lauter. Mein Vater steht noch immer neben der Tür, noch immer in einer Haltung, als wolle er sich verabschieden oder Glückwünsche aussprechen oder vielleicht auch um etwas bitten, den Hut in der Hand.

Der Schatten zieht vorbei; Sonnenlicht flutet erneut durch die Fenster; der Hund hört auf zu bellen. Mein Vater starrt meine Mutter an, und sie starrt ihn an.

»Jetzt reicht es«, sagt er.

Und in sachlichem, nahezu freundlichem Tonfall sagt meine Mutter: »Ganz meine Meinung.«

3

Mein Vater und Tante Ada verrieten sich durch die Art von kleinen, absichtlichen Indiskretionen, die die Leute offenbar leicht begehen, wenn sie etwas getan haben, wofür sie sich schämen. Mein Vater hatte an der rechten Hüfte, knapp oberhalb der Leiste, ein pflaumengroßes Muttermal. Es war dunkelrot, sah empfindlich aus und hatte die Form eines Hasen mit nur einem Ohr. Ich erinnere mich, daß es mir eines Tages auffiel, als er aus der Dusche trat. Es war ein sehr unschuldig wirkendes Muttermal.

Eines Sonntagabends saßen meine Mutter, mein Vater, Ada und Onkel Roger in unserem Wohnzimmer, tranken Bier und sahen einen Bericht über Präsident Nixons Chinareise.

»Diese Reise bedeutet den Beginn einer neuen Ära«, sagte meine Mutter. »Endlich schließt sich die Welt zusammen.«

»Hoffentlich wird Nixon nicht zum Kommunisten«, sagte Onkel Roger, der Kommunisten haßte, wie die Leute heutzutage Smog hassen.

»Wenn es nach Roger ginge, würden die Kommunisten mit einem scharlachroten K gebrandmarkt«, sagte Ada und schnippte mit einem Fingernagel gegen seinen Oberschenkel.

»Ich habe gehört«, sagte Onkel Roger, »daß echte Kommunisten alle eine kleine Tätowierung haben, die sie vorzeigen, um ihre Parteiloyalität unter Beweis zu stellen. Sie müssen sie an der Tür vorzeigen, bevor sie an Versammlungen teilnehmen dürfen.«

Und mein Vater sagte: »Rog, wahrscheinlich hältst du jeden mit einem Muttermal für einen Kommunisten.«

Es war nur natürlich und logisch, daß Ada in diesem Augenblick kicherte und sagte: »Dich zum Beispiel, Genosse Larry.«

»Genosse Larry«, wiederholte meine Mutter, den Mund besonders fest zusammengekniffen.

Aber ich bin mit dieser Geschichte nicht zufrieden, obschon es die einzige ist, die mir meine Mutter über meinen Vater und Ada erzählt hat, und das auch nur einmal. Obwohl sie für gewöhnlich ehrlich ist, hat meine Mutter diesmal übertrieben. Das Bild von ihr als naiver Idealistin ist zu abgedroschen, ebenso wie das von Onkel Roger als rotgesichtigem McCarthy-Anhänger, meinem Vater als fehlbarem Sozialkritiker und Ada als angeheiterter Ehebrecherin, die vergißt, den Mund zu halten. Ich glaube, daß die vier im Wohnzimmer saßen und sahen, wie Nixon von der Großen Mauer in China winkte, und ich glaube auch, daß meine Mutter an diesem Tag herausfand, daß ihr Mann und ihre Schwester eine Affäre hatten, ich glaube jedoch nicht, daß sie es auf so plumpe Weise erkannte, wie sie es darstellte. Vielleicht gefiel ihr diese Geschichte, weil sie kompliziert genug war, um glaubhaft zu sein, und weil Ada und mein Vater darin die Bösen waren; vor allem Ada wirkt nachlässig, gedankenlos, eine Frau, die niemand als Schwester vermissen würde. Jeder, der die Version meiner Mutter hört, sieht Ada vor sich, wie sie die bestrumpften Beine auf den Tisch legt. Im Wohnzimmer flackert blaues Licht. Mein Vater ragt in seinem Sessel auf, die obersten Knöpfe seines Hemdes offen, so daß der Rand seines Unterhemds zu sehen ist. Onkel Roger ißt auf dem Sofa Brezeln und stößt Ada hin und wieder an, damit sie ihm noch ein Bier holt. Meine Mutter sitzt die ganze Zeit über aufrecht in ihrem Schaukelstuhl; wenn sie gestrickt hätte, hätte sie in dieser Szene gestrickt.

Keine dieser Figuren hat große Ähnlichkeit mit den Menschen, die ich kannte. Wie in Karikaturen bleiben ein paar Züge in vergröberter Form erkennbar. Ansonsten wirkt die Geschichte meiner Mutter, als hätte sie sie übernommen, wie eine Erzählung, die ihr irgendwie aufgefallen war – wie die neuen Schuhe, die sie sich ständig kaufte –, weil sie ins Bild paßte und weil sie sich damit ein bißchen besser fühlte.

Aber wie auch immer sie es herausfand – sie fand es heraus. Ich stelle mir vor, daß meine Mutter vom Fernseher aufblickte und bemerkte, wie mein Vater Ada ansah. Auch meine Version der Geschichte hat ihre übernommene Seite: denn ich erkenne in diesem Blick die ungeheuchelte, sinnliche Selbstvergessenheit, die ich gelegentlich zwischen einem Schauspieler und einer Schauspielerin in Filmen sehe; sie begehren einander und können einander nicht haben und kriegen sich – im Film zumindest – auch nie. Ich glaube, daß mein Vater Ada ansah wie ein Mann, der aufgewühlt war von etwas, was er als wunderschön empfand. Sein Blick war voller Anerkennung, durchdrungen von Begehren. Begehren im Gesicht eines Mannes kann häßlich sein, aber das Gesicht meines Vaters sah an diesem Abend nahezu rein aus. Da saß er, ein gefestigt wirkender Mann von Zweiundvierzig, mit einem schmalen Kinn, ovaler Nickelbrille, breiten, langen rötlichbraunen Koteletten und hoher blasser Stirn – der sich freudig anheimgab. Er wollte Ada, und dieses Verlangen verlieh seinen Zügen eine ungewohnte Strenge, so daß meine Mutter Knochen sah, wo sein Gesicht fleischig gewesen war, sie sah die Umrisse seines Schädels, als ob die Kraft seiner Sehnsucht begonnen hätte, ihn zu verzehren.

Was meiner Mutter die Wahrheit verriet, war nicht, daß mein Vater sie nie so angesehen hätte. Sie kannte den Blick, wiewohl sie ihn seit einiger Zeit nicht mehr bemerkt hatte. Sie wußte, woher er rührte, nicht etwa von einer nur in der Phantasie existierenden Erfahrung, sondern von der Vorfreude auf eine wirkliche.

Nixon winkte von der Großen Mauer. Onkel Roger trank sein Bier. Meine Mutter schaukelte in ihrem Schaukelstuhl. Schließlich sah sie Ada an. Ada blickte nicht zu meinem Vater, sondern betrachtete ihre gepflegten Fingernägel, die an diesem Abend mondfarben wie Perlen lackiert waren.

Ich stelle mir vor, daß meine Mutter den weiteren Verlauf dieses Februarabends im Wohnzimmer überstand, indem sie aufmerksam auf alles achtete, was in den Nachrichten über Nixons Besuch in China berichtet wurde. Sie beugte sich vor und fixierte den Bildschirm, während die Fernsehkommentatoren darüber spekulierten, wie der Handel mit China Amerika verändern würde. Das wurde während der nächsten Wochen zu ihrer Obsession: Nixons Chinareise und die Frage, wie sich die Welt veränderte.

Auch die Zwillinge und ich waren an diesem Abend im Wohnzimmer; wir lagen auf dem Teppich, das Kinn auf die Hände gestützt, und blickten auf den Fernseher, obschon ich bezweifle, daß wir aufmerksam bei der Sache waren, da wir glaubten, daß Berichtenswertes nur Leuten, die wir nicht kannten, zustieß. In einem Moment, mit einem Blick hatte sich das Leben für uns unwiderruflich verändert, und wir hatten nichts davon mitbekommen.

»Das ist Geschichte«, sagte meine Mutter wieder und wieder in diesem Jahr, wenn sie Artikel aus der *Post* vorlas oder uns erzählte, was sie in den *CBS Evening News with Walter Cronkite* gehört hatte. Gouverneur Wallace wurde in Laurel angeschossen, nur eine halbe Stunde von unserem Wohnort entfernt; der Watergate-Einbruch; die Ermordung von elf Sportlern aus Israel bei den Olympischen

Spielen. Ich hörte kaum hin. »Das ist *Geschichte*«, beharrte sie, als würde sie mich jemandem vorstellen, den ich bereits kennen sollte.

Eines Abends probierte sie ein Rezept für Hähnchen-Kroketten aus, die sie jedoch versalzte. Eine Woche später teilten uns die Chiltons, unsere direkten Nachbarn, mit, daß sie nach Rhode Island zögen und ihr Haus an jemanden namens Green verkauft hätten. Julie fiel in einer Matheprüfung durch. Von unserem Haus brach ein Regenabflußrohr ab. Auch diese Vorfälle schienen in den Augen meiner Mutter historische Bedeutung zu haben. Sie nahm sie mit großer Eindringlichkeit wahr. »Was kommt als nächstes?« fragte sie oft. »Kannst du mir bitte sagen, was als nächstes passieren wird?«

Aber erst nachdem mein Vater uns verlassen hatte und Boyd Ellison ermordet worden war, begann auch ich mich zu fragen, was als nächstes passieren würde. Boyd Ellisons Familie lebte nur zwei Straßen weiter, in einem Haus aus den fünfziger Jahren mit einem japanischen Ahorn im Vorgarten. Ich kam daran vorbei, wann immer ich mit dem Fahrrad durch die Nachbarschaft fuhr. An Halloween im Jahr zuvor hatte ich an seine Tür geklopft und »Trick or treat« gerufen, als die Tür aufging und mich eine dunkelhaarige Frau ansah. An Halloween davor hatte Boyd, als Fernsehapparat verkleidet, bei uns geklopft; sein Kostüm bestand aus einer Schachtel, und an seinem Kopf war mit Schnur eine echte Antenne befestigt. Ich sah ihn oft auf dem Spielplatz, obwohl er in eine andere Schule ging – ein kleiner blonder Junge mit einem eckigen Kopf, der immer um etwas bat: einen Bissen von deinem Sandwich, eine Runde mit deinem Fahrrad fahren. Einmal wollte er meine Brille aufsetzen. Er reizte und bedrängte uns, manchmal schikanierte er uns auch. Er bat um Dinge, von denen er wußte, daß wir sie lieber nicht hergaben.

Steven, obwohl er zwei Jahre älter war, war kurze Zeit in Boyds Pfadfindergruppe gewesen. Als sich die Jungs an einem Sonntagnachmittag in unserem Haus trafen, saß Boyd im Schneidersitz in meinem Keller, übte Seemannsknoten und schnitzte aus Seife Kuchen. Er wollte einen extra Schokoladenkeks. Er wollte einen Schluck vom Kaffee meiner Mutter. Er schnitt sich mit seinem Taschenmesser in den Daumen und kam, mit einem besonders schönen Handtuch meiner Mutter um die Hand gewickelt, aus dem Bad und fragte, ob er das Handtuch mit nach Hause nehmen könnte.

»Nein«, sagte meine Mutter, freundlicher, als ich es für angemessen hielt, und gab ihm statt dessen ein Pflaster.

Obwohl es verrückt klingt, frage ich mich manchmal, ob all das Bitten und Betteln etwas mit dem zu tun hatte, was ihm schließlich zustieß. Vermutlich habe ich mich das auch damals gefragt. Irgendwie schien Boyd darum gebeten zu haben, um dieses »Etwas«, was immer irgendwo lauert, bereit, dein Leben in etwas Nichtwiedererkennbares zu verwandeln. Denn auch auf diese Weise kann sich das Leben verändern: Man kann um das bitten, was einem passiert, ohne sich dessen bewußt zu sein. Vielleicht ist es das, was man unter Schicksal versteht.

Aber andererseits könnte das Schicksal etwas weit Schrecklicheres sein: etwas, was man hätte vermeiden können. Vielleicht ist das Schicksal nichts weiter als ein unglücklicher Zufall – der aufgefangene Blick, das falsche Wort, die Entscheidung, an einem heißen Julinachmittag eine Abkürzung durch den Wald hinter einem Einkaufszentrum zu nehmen.

Nach fünf Tagen reisten Tante Fran und Tante Claire wieder ab, beide heiser vom vielen Reden und vielen Rauchen, beide begierig, ihre eigenen Familien wiederzusehen und sich zu entspannen, indem sie sich um Leute mit lösbaren Problemen kümmerten. Beide hatten versucht, Ada zu überreden, besuchsweise mitzukommen, aber Ada hatte sich geweigert. »Ich bin hier glücklich«, soll sie gesagt haben. Aber vor ihrer Abreise verbrachte jede einen halben Tag mit Ada, um »ihre Version der Geschichte« in Erfahrung zu bringen; leider schien sich keine von beiden so recht sicher, was sie bezüglich der Geschichte, die Ada ihnen erzählt hatte, verlauten lassen sollte.

Der Gedanke, daß sie irrigerweise davon ausgegangen waren, Ada würde sich ebenso als ihre Schwester fühlen, wie sie sich als Adas Schwester fühlten, muß sie schockiert haben.

»Also, es ist nicht so, daß sie sich verändert hätte«, sagte Tante Claire am letzten Nachmittag zu meiner Mutter. Sie drängten sich alle drei in der Speisekammer und räumten unser Service mit dem blauen Rand weg. »Ich komme mir nur vor, als hätte ich nicht gewußt, wer sie ist.«

Meine Mutter sah mich in einer paar Metern Entfernung unter dem Eßtisch sitzen. »Marsha, raus mit dir. Deine Tanten und ich unterhalten uns.«

Ich ging ins Wohnzimmer und hockte mich hinter das Sofa.

»Ich glaube nicht, daß Ada das wollte«, sagte Tante Claire zögernd und mit leiser Stimme. »Zumindest glaube ich nicht, daß sie vorhatte, es zu wollen.«

»Meiner Meinung nach geht es nur um Sex«, sagte Tante Fran.

»Bitte, Fran«, sagte meine Mutter gereizt.

»Meinst du, daß du ihr jemals verzeihen kannst?« fragte Tante Claire. »Wirklich verzeihen?« Sie reichte meiner Mutter ein Weinglas zum Polieren.

Alle drei hielten Gläser gegen das Licht, um sie auf Wasserflecken zu überprüfen.

»Ich glaube, Ada ist eifersüchtig auf dich«, fuhr Tante Claire nach einer Weile fort, da meine Mutter nichts sagte. »Sie wollte immer haben, was du hast.«

»Und das wäre?« fragte meine Mutter und zog die Augenbrauen zusammen.

»Kinder. Das, was man unter einer ›richtigen Familie‹ versteht, mit Larry, der beruflich Erfolg hat und so, oder zumindest reicht es zu einem bequemen Leben. Dieses Haus. Du hast immer was zu tun – du weißt schon, was ich meine, so wie eine Frau mit einem guten Leben immer was zu tun hat. Schule, Erledigungen, Geburtstagspartys.«

»Erledigungen«, sagte meine Mutter. »Geburtstagspartys.«

»Hör mal, ich will dir was sagen. Ich wette, daß dein Leben für sie immer so ... *festgelegt* schien.«

»Jetzt ist es jedenfalls festgelegt.«

»Du hörst mir nicht zu, Lo. Du darfst nicht zulassen, daß sie dir alles wegnimmt. Du hast immer noch eine Familie. Du hast immer noch deine Kinder. Ich glaube nicht, daß Larry euch verlassen will.«

Meine Mutter nahm ein anderes Weinglas und hielt es verkehrt herum am Stiel, so daß es über dem Boden baumelte. »Mich interessiert nicht länger, was Larry will«, sagte sie.

»Tu's nicht«, hörte ich Tante Fran sagen, und das heisere Flehen in ihrer Stimme erstaunte mich, so daß ich diese Unterhaltung nie vergessen habe. »Tu's nicht«, sagte sie.

Sie wäre verflogen, die Verknalltheit meines Vaters in Ada. Er war in erster Linie ein sanftmütiger Mensch mit einer Schwäche für Leidenschaft, ein Vorort-Vater, belastet mit dem Herzen eines russischen Helden, aber ohne irgendeine Art von Ausgleich durch einen großen Intellekt oder eine von Ironie geprägte Weltsicht. Die Sehnsucht als solche, der Leichtsinn, sie verlockten ihn. Auch Ada verspürte den Wunsch, etwas Dramatisches, Großes, Verhängnisvolles zu tun. Ihr Leben war so durchschnittlich, und sie selbst waren durchschnittlich genug, um auf einen so gewöhnlichen Ausweg zu verfallen, der alles erschüttern sollte.

Meine Mutter hingegen war nicht durchschnittlich.

Sehr schnell verwandelten sich ihr Kummer und ihr Zorn in etwas weniger Persönliches: Mein Vater und Ada wurden die Strafe dafür, daß sie sich sicher gefühlt hatte. Sie hätte die Affäre kommen sehen müssen. Es gab Hinweise, sagte sie zu Tante Fran und Tante Claire – ein zu lang hinausgezögertes Lächeln, zuviel Hilfe beim Anziehen des Mantels an Weihnachten, die Tatsache, daß beide zufällig an ein und demselben Tag dasselbe Restaurant erwähnten. Sie hatte nicht aufgepaßt. Und deswegen war sie verantwortlich für die Affäre. Die Affäre war die Strafe dafür, daß sie vergessen hatte, daß die Welt ein unheilvoller Ort ist und schon immer war.

Mein Vater zog an einem Dienstagmorgen aus, am Tag nach der Abreise meiner Tanten, gleich nachdem wir zur Schule gegangen waren. Und für eine Weile schien unser Leben die enormen Veränderungen, die sich vollzogen, nicht widerzuspiegeln. Wir waren daran gewöhnt, nach Hause zu kommen und nur meine Mutter anzutreffen; mein Vater fuhr selten früher als eine halbe Stunde vor dem Abendessen in die Einfahrt, und er war oft schon aus dem Haus, um einen Kunden zu treffen, bevor ich meinen Orangensaft ausgetrunken hatte. Und so konnte ich jeden Nachmittag, wenn ich durch die Tür getreten war, meine Jacke ausgezogen und meine Schulbücher auf den Boden geworfen hatte, ein paar Augenblicke lang glauben, daß nichts passiert war.

Zuerst wohnte mein Vater in einem Howard Johnson's nahe dem neuen Watergate-Hotel; nach ein paar Wochen mietete er eine Einzimmerwohnung am MacArthur Boulevard, nahe am Staubecken und nicht weit entfernt von der Firma, in der er als Immobilienmakler arbeitete. Das Fenster ging hinaus auf eine gedrungene kleine Betonburg an einer Ecke des Beckens, wahrscheinlich dazu gedacht, Pumpen und Teile des Filtersystems unterzubringen. Wenn wir ihn besuchten, kniete ich mich oft auf sein neues ausklappbares Sofa und sah hinunter auf die vier mit Zinnen versehenen Türme der Burg und malte mir aus, wie es wohl wäre, dort zu wohnen.

Mein Vater schien unfähig, seine Wohnung weiter einzurichten oder wohnlich zu gestalten, nachdem er das Schlafsofa gekauft hatte. Monatelang aß er stehend in seiner winzigen leeren Küche. Er kaufte sich einen kleinen Schwarzweißfernseher, den er auf eine Kiste stellte. Unterwäsche und Socken bewahrte er in einem Koffer auf. Wann immer wir ihn besuchten, saßen wir alle auf dem Holzboden und aßen chinesisches Essen aus Pappschachteln oder Pizza von Papptellern und tranken Coca-Cola aus Plastikbechern, die mein Vater spülte und für weiteren Gebrauch aufhob. Ansonsten machte er keine Anstalten, die Wohnung sauberzuhalten, und als er ein paar Wochen lang dort gelebt hatte, wirbelten Staubflocken auf, und Spinnennetze segelten vom Fensterbrett, sobald wir zur Tür hereinkamen.

Meine Mutter ging unterdessen jeden Abend allein durch unser Haus, öffnete Wandschränke, Kleiderschränke, Schubladen. Im Keller packte sie gewissenhaft beschriftete Kisten mit Winterkleidung, alten Spielsachen und Christbaumschmuck aus, nur um alles wieder einzupacken. Eines Nachmittags kam ich nach Hause, und alle diese neu gepackten Kisten standen am Straßenrand, um weggeworfen zu werden. Während der nächsten Wochen rangierte sie Kisten mit Büchern aus, Schachteln mit Fotos, geheimnisvolle Kisten, auf denen nur »Speicher« oder »Andenken« stand. Manche Kisten waren überhaupt nicht beschriftet. Ich glaube, nach einer Weile wußte nicht einmal mehr sie, was sie wegwarf.

Nachts, wenn wir schon im Bett waren, machte sie sauber. Manchmal wachten wir vom Rumpeln der Möbel auf, die sie im Erdgeschoß verschob, oder vom Klappern der Teller in der Geschirrspülmaschine, die sie zum zweiten- oder drittenmal laufen ließ, oder vom Scheppern der Schublade mit dem Tafelsilber, die sie ausleerte, um das alte Papier herauszureißen. Sie putzte alle Fenster, was Tage gedauert haben muß. Sie schrubbte den gelb-grün karierten Linoleumboden in der Küche. Eines Morgens waren alle gelben Karos weiß.

Im Haus trug sie immer eins von Stevens Baseballshirts und ein Paar Basketballsneakers, die ihm nicht mehr paßten. Er war bereits so groß wie sie, und seine Schuhe mußten zwei Nummern größer sein als ihre. In seinen Sachen sah sie überraschend jung aus, trotz der tiefen Falten, die von ihrer Nase zum Mund verliefen. Eines Tages sagte ich ihr, daß sie mir früher besser gefallen habe. Sie sah mich einen langen Augenblick an, ein Ausrufezeichen aus Schmiere auf der Stirn. Dann sagte sie: »Da kann ich auch nichts machen.«

Ihr gewaltigstes Projekt in dieser Zeit war es, den Eßtisch abzubeizen und zu versiegeln. Sie und Steven trugen ihn hinaus auf die geschlossene Veranda und legten den Fußboden mit alten Zeitungen aus. Während der nächsten zwei Wochen stand meine Mutter jeden Abend, ungeachtet des Wetters, auf der Veranda. Zuerst schmirgelte sie die Tischplatte ab, dann die Tischbeine, dann beizte sie den Tisch zweimal, und schließlich lackierte sie ihn. Der Tisch hatte danach einen schönen Kirschholzton, der abends, wenn sie beschloß, die Kerzen anzuzünden, warm schimmerte. Sie nannte den Tisch ihre »pièce de résistance«.

In den ersten Wochen nach der Trennung meiner Eltern riefen Tante Fran und Tante Claire meine Mutter jeden Tag an. »Oh, hallo«, sagte sie mit tonloser Stimme, die mir verriet, daß es eine ihrer Schwestern war und nicht jemand, für den sie gutgelaunt klingen mußte. »Nein, mir geht's gut.« Für gewöhnlich sprach sie mit einer von ihnen, wenn ich nachmittags von der Schule nach Hause kam. Während ich den Kühlschrank öffnete, sah sie mir von ihrem Küchenstuhl aus zu, einen Ellenbogen auf den Tisch gestützt, und schwang das lange Telefonkabel wie ein Sprungseil, so daß es auf dem Boden aufschlug.

Wenn sie zu dieser Zeit den kleinen Schrein von Schnappschüssen auf meinem Schreibtisch bemerkte – Fotos von meinem Vater, wie er im Garten arbeitet, meinem Vater, der in Onkel Rogers Restaurant einen Hamburger ißt, meinem Vater, der in einem Kanu auf dem C&O-Kanal paddelt –, so erwähnte sie es nicht. Vielleicht erriet sie mein Geheimnis: daß es mir zunehmend schwer fiel, ihn mir vorzustellen, wenn ich nicht mit ihm zusammen war. Ich schloß die Augen und konzentrierte mich, und nach ein paar Augenblicken sah ich seine rötlichbraunen Koteletten, dann seine kleinen Ohren, seine Nickelbrille, und schließlich wurde sein längliches Gesicht erkennbar, er lächelte bedauernd, seine blauen Augen klein und unscharf hinter den Gläsern. Wenn ich mich bemühte, genau hinzusehen, nahm ich ihren Ausdruck wahr, der manchmal zerstreut, manchmal freundlich und manchmal etwas kühl war.

Ich versuchte auch, loyal zu bleiben und mich an die Dinge zu erinnern, die ihm etwas bedeuteten, und vor dem Zubettgehen daran zu denken. In der Dusche schmetterte er jeden Morgen ein paar Takte von »Singin' in the Rain«. Er liebte dicke Socken und das melancholische Licht spätsommerlicher Abende. Er mähte gern den Rasen, weil das Mähen den zarten Duft des Grases zum Leben erweckte. »Nektar und Ambrosia«, sagte er oft, wenn er vor dem Abendessen auf seinem Stuhl saß – mit einem Glas Scotch und einer Tüte Maischips. Er zelebrierte kleine Notwendigkeiten und Annehmlichkeiten auf eine Weise, die einem klarmachte, daß man sich für nahezu alles begeistern konnte, wenn man es sich nur in den Kopf setzte.

Er war auf seine bescheidene Art ein sinnlicher Mensch und verfügte über die Fähigkeit des sinnlichen Menschen, der Welt um sich herum die Kanten zu nehmen. Nachdem er an jenem kalten Dienstagmorgen ausgezogen war, wirkte unser Haus zugig, voll harter Oberflächen und muffiger Gerüche.

Die Trennung war auch für ihn schwer. Eines Sonntags, ungefähr sechs Wochen nachdem er ausgezogen war, saßen mein Vater und ich im Schneidersitz auf dem Boden seiner Wohnung, aßen Trauben und sahen im Fernsehen ein Footballspiel. Die Zwillinge lagen auf der Schlafcouch, lasen alte Fernsehzeitschriften und flüsterten miteinander. Puritanisch, wie Teenager sind, standen sie von Anfang an auf seiten meiner Mutter. Untereinander nannten sie meinen Vater einen Versager, in seiner Gegenwart waren sie auf schroffe Weise höflich.

Draußen hatte der Himmel die Farbe einer vielbenutzten Napfkuchenform angenommen. Der Wind beutelte die Äste der Roßkastanien auf der anderen Straßenseite und trieb Zweige und Bonbonpapier über den Gehsteig.

Ich stellte mir vor, wir wären polnische Flüchtlinge und die Wohnung meines Vaters wäre ein Güterwaggon. Wir waren unterwegs zur Grenze, wo mein Vater uns auf irgendeine Weise in Sicherheit bringen würde, und sogar

Julie war dankbar. Ich hörte, wie die Zuschauer im Fernsehen jubelten, und aß noch eine Beere. Das war unsere letzte Ration. Ich stellte mir vor, ich wäre dünn und blaß und mein Vater trüge mich durch den Schnee.

»Sollen wir Pizza bestellen?« fragte er in einer Werbepause.

Ich boxte ihn ins Bein, nur um ihn zu berühren. Dann blickte ich auf und sah, daß seine Wangen naß waren. Ich fragte ihn, warum er weine, und ich spürte, daß die Zwillinge in meinem Rücken aufhörten zu lesen. Mein Vater trocknete sich das Gesicht mit dem Hemdsärmel und sagte, er sei allergisch gegen den Lack, mit dem seine Vermieterin den Fußboden gestrichen habe.

Ob meine Mutter Ada in dieser Zeit gesehen hat? Wahrscheinlich ja, zumindest einmal. Trotz ihres energiegeladenen Stoizismus war sie schließlich auch nur ein Mensch.

Sie werden sich im Einkaufszentrum verabredet haben, an irgendeinem öffentlichen Ort, wie argwöhnische Menschen, die sich zum ersten Rendezvous treffen. Meine Mutter wollte die Möglichkeit eines hysterischen Anfalls – von ihr oder Ada – ausschließen. Auf unterschiedliche Weise waren sie beide umsichtige Frauen. Statt zu heulen oder sich gegenseitig mit den Fingernägeln zu zerkratzen, gingen sie im ersten Stock durch das Einkaufszentrum, zwei große Frauen in weiten Parkas und Lederstiefeln, meine Mutter hatte die Handtasche mit dem gerissenen Riemen, den sie mit einer Sicherheitsnadel zusammengesteckt hatte, über der Schulter. Beider Ellenbogen zeigten aufeinander; sie könnten sich die Sonderangebote anläßlich Washingtons Geburtstag angesehen haben. Sie sprachen leise und blickten dabei auf ihre Stiefel; wenn sie an der Coy Boutique vorbeikamen, vermieden sie es, die hauchdünnen Negligés anzusehen.

Gelegentlich stießen sie mit den Ellenbogen zusammen, woraufhin sie auseinandertaumelten. Ada ließ das Gesicht meiner Mutter nicht aus den Augen, hielt Ausschau nach einer Öffnung, nach der Chance, sich entschuldigen zu können.

Sie hatte nie gewollt, daß es so weit kommen würde. Soviel ich weiß, war Ada die prosaischste und kurzsichtigste der Mayhew Girls, eine Frau, die sich in Gesellschaft der Schwester, die sie hinterging, des Mannes, den sie betrog, und des Mannes, mit dem sie schlief, wirklich für den Zustand ihres Nagellacks interessierte.

Können wir das Ganze nicht einfach vergessen? könnte sie eine Spur weinerlich gesagt haben.

Aber das stimmt nicht ganz, die Weinerlichkeit. Ada war auch die lustigste der Schwestern, diejenige, die am leichtesten lachte, die sofort bereit war, eine Kränkung zu verzeihen. An Weihnachten schenkten sie einander immer Ohrringe, aber meine Mutter und meine Tanten kauften offenbar immer Perlenstecker, während Ada ihnen lange baumelnde Silberohrringe mit Mondsteinen, Türkisen oder Jade schenkte. Bei Familientreffen machten meine Mutter und meine Tanten Hackfleisch- oder Schmorbraten; Ada hingegen kochte ein Lammcurry oder Chili rellenos. »Da bist du ja«, rief sie, wenn sie einen sah, als wäre man jemand, den zu treffen sie gehofft hatte. Sie war nahezu schön; sie war nahezu großzügig. Es war eine Erleichterung, wenn sie da war.

Also: *Können wir das Ganze nicht einfach vergessen?* könnte sie leise lächelnd gesagt haben, weil sie tatsächlich glaubte, daß Vergessen möglich war.

Aber meine Mutter ging weiter. Vielleicht schüttelte sie den Kopf. Vielleicht machte sie mit ihrer freien Hand, mit der, die sich nicht am Riemen der Tasche festhielt, eine Bewegung, als hätte sie ein Beil in der Hand. Vielleicht lächelte sie ebenfalls leise. Deswegen war sie schließlich gekommen, wegen des mutigen Vergnügens der Verweigerung.

Ihre Gesichter blieben blaß. Als sie das Einkaufszentrum verließen, gingen sie getrennt über den schmutzigen Schnee zu ihren Autos, die an entgegengesetzten Enden des Parkplatzes standen, und jede saß ein paar Minuten lang hinter dem Lenkrad, bevor sie den Motor anließ und losfuhr.

An einem bewölkten Nachmittag Ende März kam ich vor den Zwillingen von der Schule nach Hause und fand an der Haustür einen Zettel. BIN BEIM EINKAUFEN, stand darauf – bei mehreren Buchstaben hatte der Kugelschreiber, den meine Mutter benutzt hatte, das Papier durchritzt. Es sah meiner Mutter nicht ähnlich, nicht dazusein, wenn ich von der Schule nach Hause kam, aber während der letzten Wochen war sie in vieler Hinsicht nicht wie früher gewesen, so daß diese Verhaltensweise auch nicht weiter bemerkenswert war.

Ich hatte mich gerade umgedreht, um unter der Treppe nach dem Ersatzschlüssel für die Küchentür zu suchen, als Tante Adas alter roter VW-Käfer auf die Einfahrt fuhr.

»Da bist du ja«, rief sie.

Sie trug eine dunkle Sonnenbrille und einen gelben Pullover mit aufgenähten Sonnenblumen um den Halsausschnitt, die zu ihren großen weißen Sonnenblumenohrringen aus Plastik paßten. Das Gestell ihrer Sonnenbrille war ebenfalls aus weißem Plastik und nahezu quadratisch, so daß ihr Gesicht aussah wie ein Haus mit dunklen Fenstern.

»Hallo«, sagte sie leise, als ich auf ihren Wagen zuging. Als sie bemerkte, daß ich ihre Ohrringe ansah, sagte sie: »Sind sie nicht süß?« Sie nahm einen ab und gab ihn mir. »Behalt ihn. Wenn wir uns wiedersehen, werden wir einander erkennen, weil wir die beiden sind, die nur einen Ohrring tragen.« Ihre eckigen Gläser waren undurchdringlich, und sie roch stark nach billigem Maiglöckchenparfum.

Dann lachte sie plötzlich. »Jetzt komm schon, Kleine. Ich bin's doch nur. Ada. So ein schlechter Mensch bin ich nun auch wieder nicht.« Sie sah aus wie Ada, mit ihren silbernen Armreifen und ihrem kastanienbraunen Haar, das dieselbe Farbe hatte wie meins, sie sah so vertraut aus, daß ich lächeln mußte.

Sie lächelte ebenfalls und nahm ein Blatt Skizzenpapier in die Hand, das auf dem Sitz neben ihr gelegen hatte. »Ich hab ein Bild gemalt. Ich bin den weiten Weg hierhergekommen, um damit anzugeben.«

Mit einem Kohlestift hatte sie eine Frau gezeichnet, die durch ein Teleskop blickt. In der Ferne ging eine winzige Figur über einen Hügel davon. Das sah die Frau durch das Teleskop.

»Das bin ich.« Ada streckte einen Finger aus dem Fenster und deutete auf die Frau am Teleskop. Ihr Fingernagel war schmutzig; der rosa Lack war fast ganz abgeblättert. »Und das ist deine Mama.«

Ich trat einen Schritt zurück, preßte meine Bücher an die Brust.

»Ach, Liebes. Ich wollte dich nicht erschrecken.« Ada zog das Bild zurück in den Wagen, dann seufzte sie und legte den Kopf an die Lehne des Sitzes. Ihr Hals war lang und bleich. Jetzt, da sie mich nicht mehr anblickte, konnte ich ihre Augen hinter der Sonnenbrille sehen; sie schienen kleiner als früher. Die oberen Augenlider hingen nach unten. Ihr Haar war kürzer und dunkler. Insgesamt sah sie anders aus, nicht eigentlich verändert, sondern vielmehr in einen Teil von sich selbst gesunken, der mir nie zuvor aufgefallen war. Sie schloß die Augen, ihre Brust hob und senkte sich langsam. Ihr Kopf rutschte auf die Seite. Ich dachte, sie würde einschlafen.

Auf der anderen Straßenseite kam Mrs. Morris heraus und stellte sich auf die Treppe, aber nachdem ich ihr zugewinkt hatte, drehte sie sich um und ging zurück ins Haus. Schließlich schlug Ada die Augen wieder auf.

»Kann ich dich um einen Gefallen bitten, Marsha?« Sie hielt inne und blickte ihre Hände auf dem Lenkrad an. Nach einer Weile sagte sie: »Erzähl deiner Mom nicht, daß ich vorbeigekommen bin. Ja? Ich glaube, das, was ich ihr sagen wollte, war doch keine so gute Idee.«

»Was wolltest du ihr sagen?« Ich stellte einen Fuß genau vor den anderen, Ferse an Zehen. Dann trat ich zwei Schritte zurück, Ferse, Zehen, Ferse. Ich wünschte, sie würde wegfahren. Meine Mutter konnte jeden Augenblick nach Hause kommen. Das volle Ausmaß ihrer Entfremdung verstand ich zwar nicht, aber ich hatte genug begriffen, um zu wissen, daß Ada nichts auf unserer Einfahrt zu suchen hatte.

Als hätte sie meine Gedanken gelesen, ließ Ada plötzlich den Motor an. Es dauerte ein bißchen, bis er auf Touren kam, er spotzte wie ein alter Rasenmäher. Sie verzog das Gesicht, lehnte sich gegen das Lenkrad, ihre Wangen waren jetzt gerötet und sahen feucht aus. Dann sagte sie etwas, was im Motorenlärm unterging.

Mit nur einem Ohrring sah ihr Gesicht unausgewogen aus; aber wenn man einfach so an ihr vorbeigekommen wäre, hätte man wahrscheinlich eine Weile gebraucht, um festzustellen, was nicht stimmte: wie bei einem dieser Bilder mit eingebauten Fehlern, auf dem ein Mädchen nur vier Finger hat oder an einem Fuß einen Slipper trägt und am anderen einen Schnürschuh. Ich wollte ihr mit dem zweiten Ohrring nachlaufen, aber bevor ich mich in Trab gesetzt hatte, war sie auf der Straße und zu weit weg, als daß ich sie noch hätte einholen können. Und so ging ich ins Haus und versteckte den Ohrring in der Schublade mit meiner Unterwäsche.

Zwei Abende nach Adas Besuch kam Onkel Roger zu uns, und er und meine Mutter blieben sehr lange auf und unterhielten sich im Wohnzimmer. Onkel Roger war Grieche. Sein Nachname lautete Doudoumopolous; jahrelang war dies das längste Wort, das ich buchstabieren konnte. Er hatte eine hohe gefurchte Stirn und unter schweren Lidern braune Augen mit geplatzten Äderchen in den Winkeln. Meine Mutter erzählte mir einmal, daß er in seiner Jugend sehr gut ausgesehen habe – sie gebrauchte das Wort »flott« –, aber sein extravaganter Schnurrbart erinnerte mich immer an Seetang. An diesem Abend warf er mir eine Kußhand zu, als ich blinzelnd oben an der Treppe stand, aber er sagte nicht hallo.

»Geh ins Bett«, sagte meine Mutter von unten und hob die Hand wie ein Verkehrspolizist. Ihre nackte Ferse, die aus dem Schuh rutschte, war das letzte, was ich von ihr sah, als sie im Wohnzimmer verschwand.

Ein paar Minuten lang horchte ich, wie sich ihre Stimmen hoben und senkten, aber ich konnte nicht verstehen, was sie sagten; nach einer Weile roch ich den Gestank von Onkel Rogers Zigarre; nie zuvor hatte meine Mutter zugelassen, daß er im Haus rauchte.

»Auf Wiedersehen«, sagte meine Mutter zu Onkel Roger, als er ging. Ich wachte auf, als die Fliegengittertür zufiel. »Wenn es dir nichts ausmacht, wäre es mir lieber, wenn wir diese kleine Episode für uns behielten.«

Die »Episode«, fand ich viel später heraus, bestand darin, daß Ada und mein Vater gemeinsam übers Wochenende verschwunden waren.

Wenn ich jetzt darüber nachdenke, überrascht mich

das nicht. Menschen, die so weit gegangen sind, gehen auch noch ein bißchen weiter. Ein unbekümmerter Schritt – und es spielt kaum mehr eine Rolle, welche weiteren Unbekümmertheiten folgen. So kann es zumindest der unbekümmerten Person erscheinen.

Aber ich bin nicht länger sicher, daß ich verstehe, warum Ada meine Mutter besuchen wollte, bevor sie mit meinem Vater in ihr heimliches Wochenende aufbrach. Vielleicht wollte sie es sich ausreden lassen. Oder zählte sie auf die Verbitterung meiner Mutter, die sie antreiben sollte zu tun, wofür sie sonst nicht den Mut aufbrächte?

Ich stelle mir vor, wie Ada in ihrem kleinen roten Auto unsere Straße entlangfuhr, vor sich hin murmelte, die Sätze wiederholte, die sie einstudiert hatte, wie ihre Knöchel weiß wurden, weil sie das Lenkrad so fest umklammerte. Diese kleinen hellen Augen, der trotzige Mund, die runden Schultern, all das dichte, fuchsfarbene Haar. Sie wollte ihre Schwester nicht so leicht davonkommen lassen – oder selbst nicht so leicht davongelassen werden. Aber dann war meine Mutter nicht da, sondern nur ich, die ich meine Bücher an die Brust drückte. Und sie verlor den Mut.

Aber worum wollte sie kämpfen? Das ist die Frage, die mich nicht losläßt – ob sich Ada letztlich selbst davon überzeugte, daß sie meinen Vater liebte oder meine Mutter haßte. Eines von beiden muß sie veranlaßt haben, zu tun, was sie tat.

Oder hatte sie nur einen schrecklichen Fehler gemacht? Und als sie mittendrin steckte, wußte sie nicht, wie sie wieder herauskommen sollte. Oder vielleicht verliebte sie sich sogar in ihre eigene Verwirrung – da war endlich ihre große Leidenschaft, ihre Chance, anders zu sein, außergewöhnlich, und ihre Schwestern zu zwingen, nicht länger zu behaupten, sie wüßten, wer sie war. Für eine

Weile zumindest war ihr Fehler vielleicht als Tapferkeit durchgegangen.

Denn die Wahrheit ist: Fehler sind das wirkliche Leben. Fehler nötigen uns, etwas zu erkennen, was wir nie erkennen wollten, deswegen handeln Geschichten von Fehlern. Fehler sind die Augenblicke, in denen wir nicht wissen, was mit uns als nächstes passieren wird. Ein entsetzlicher, erheiternder Gedanke. Und während wir ihn denken, tastet sich unser geheimes Traumleben ans Tageslicht.

Mein Vater und Ada stahlen sich also zwei gemeinsame Tage, fuhren ans Meer, vermutlich nach Virginia Beach, weil es nah war. Sie mieteten sich ein Motelzimmer mit Blick auf den Ozean, mit einem kleinen Betonbalkon, auf dem sie abends mit ihren Drinks saßen. Sie hatten Mäntel an, denn eine kalte Meeresbrise schlug ihnen ins Gesicht, während sie sich abwechselnd in die Augen und zum Sand hinunter blickten. Sie sahen zu, wie die Wellen auf den Strand zurollten, schauten über die Brandung hinweg in die flache weite Ferne. Diese Spanne ermutigte sie; vielleicht erschien sie ihnen wie eine offene Grenze zwischen sich selbst und dem Rest der Welt.

4

Im April zogen die Chiltons aus dem Haus nebenan aus, nahmen ihr süßes schielendes Baby mit und ließen einen zerbrochenen Picknicktisch und eine quadratische Rasenfläche voller Unkraut zurück für den Mann, der einzog. Sein Name war Mr. Green. Eines Morgens wachte ich auf, setzte meine Brille auf und sah einen orangefarbenen Umzugswagen auf der Straße stehen, aus dem Stühle und Tische ausgeladen wurden.

»Jemand zieht ins Haus der Chiltons ein«, verkündete ich beim Frühstück.

»Ja?« sagte meine Mutter hinter der Zeitung. Sie saß jetzt auf dem Platz meines Vaters; niemand saß auf ihrem. »Wie sehen sie aus?« fragte sie schließlich und blätterte die Zeitung um.

»Normal«, sagte ich. »Es ist ein Mann.«

Es freute mich, daß ich unseren neuen Nachbarn als erste entdeckt hatte; es gab mir eine Art Anrecht auf ihn. Ansonsten fiel mir nur auf, daß er Junggeselle zu sein schien, was in unserer Nachbarschaft ungewöhnlich war, mich jedoch befriedigte, weil ich jetzt keine fremden Kinder kennenlernen und sie zum Tischtennisspielen in unseren Keller einladen mußte. Hinsichtlich Mr. Green konnten keinerlei Erwartungen an mich gestellt werden, außer daß ich mich höflich verhielt, weswegen ich ihm an diesem Nachmittag zuwinkte, als Julie und ich vom Einkaufszentrum nach Hause kamen. Er lud Kisten aus dem Wagen. Ich erinnere mich, daß er stehenblieb und eine Kiste auf dem Knie balancierte, um ebenfalls zu winken. Er war ein untersetzter Mann mit einem rosigen Gesicht, auf langweilige Weise vertraut, wiewohl er niemandem, den ich kannte, wirklich ähnlich sah. Als er den Kopf senkte, sah ich, daß er eine kahle Stelle hatte, geformt wie ein Herz.

»Er sieht wie ein Fiesling aus«, sagte Julie.

Im März und Anfang April hatte es viel geregnet, und dann wurde es plötzlich sehr heiß. In wenigen Tagen verwandelte sich der große Garten vor unserem Haus von einer braunen Matte in ein brodelndes Durcheinander von Farben. Der Flieder und die Glyzinie blühten, ebenso die Azaleen und der Holzapfelbaum. Tulpen, Osterglokken, Iris trieben wie Speere aus dem Boden. Blumendüfte sättigten die Luft, sickerten durch offene Fenster, unter Türen hindurch und in die Polster des Sofas. Apfelblüten verstopften die Dachrinnen; auf den Windschutzscheiben der Autos sammelte sich grünlicher Blütenstaub, der sich an den Scheibenwischern aufhäufte.

Eine Art Gesetzlosigkeit steckte alle an. Die achtjährige Luann Lauder von nebenan schmierte sich eines Sonntagmorgens mit Zahnpasta ein und lief, nur mit der Unterhose bekleidet, durch den Garten. Boyd Ellison tauchte auf dem Spielplatz auf mit einem Fahrrad mit zehn Gängen, das er angeblich zum Geburtstag bekommen hatte, das aber genauso aussah wie das Fahrrad von unserem Nachbarn David Bridgeman, das vor kurzem gestohlen worden war. Eichelhäher kreischten den ganzen Tag lang. Und das Gras war so unnatürlich grün wie vor einem Gewitter, wenn die Atmosphäre sich auflädt und einem die Haare zu Berge stehen.

Dennoch war unsere Nachbarschaft alles andere als gesetzlos. Wenn ich heute durch Spring Hill fahre, kommt es mir mit seinen ordentlichen Rasenflächen, den zurückgeschnittenen Hartriegelbäumen und den spotzenden Rasenmähern wie der auf eindrucksvolle Weise harmloseste Ort der Welt vor. Unser Haus war das älteste in der Straße, wie die Nachbildung eines Bungalows aus der Zeit, als die Menschen den Sommer noch am Fluß verbrachten. Vor dem Haus befanden sich eine mit Fliegengitter geschützte Veranda, schattenspendende Bäume und ein großer Vorgarten auf der Kuppe eines Hügels, von wo aus man die halbe Straße überblickte.

1972 waren die Vororte Washingtons, ähnlich der Stadt selbst, schäbige, provinzielle Gegenden. Der Whitehurst Freeway führte noch an einer Klebstoff-Fabrik vorbei, die im Sommer einen so ranzigen Geruch nach gekochten Pferdehufen verströmte, daß die Autofahrer auch an den heißesten Tagen die Fenster schlossen. Der Freeway endete hinter dem wie eine Festung geformten Watergate Complex, der damals nur als elegante Wohngegend bekannt war. Heuschrecken hüpften gegen die Fliegengitter der Häuser – überall, bis hinauf nach Capitol Hill. Im Frühjahr zuvor waren Millionen von Heuschrecken nach einem siebzehnjährigen Schlaf aus der Erde gekrochen, zirpten eine Woche lang wie verrückt und starben dann. Ihre dicken braunen Leichen türmten sich zu Haufen auf, so daß wir Gummistiefel anziehen mußten, wenn wir ins Freie gingen. In Sommernächten war die ganze Stadt von einschläferndem Insektenlärm erfüllt, der vom Asphalt in die Bäume abstrahlte.

Soweit ich mich erinnere, wurden die Vororte Washingtons erst während der Reagan-Jahre zu teuren Wohngegenden. Während seiner Präsidentschaft strömte Geld in Kleinstädte, die zuvor schäbig und verschlafen waren und oft aus nicht mehr als zwei Tankstellen, einer Baptisten-Kirche und einem Postamt bestanden. Plötzlich hatte jedes Provinznest eine Niederlassung für ausländische Autos, ein Feinkostgeschäft und eine Bank im Stil kolonialer

Ziegelbauten. Einkaufszentren wurden aus dem Boden gestampft. Bürobauten entstanden in Rockville; die Computerindustrie siedelte sich um den Beltway an. Auf der anderen Seite des Potomac verschwand Roslyn mit den blaßgrünen Weiden unter einem Dickicht von Wolkenkratzern. Jaguare und Daimlers standen in den Garagen entlang der Sagamore Road, parkten am nicht mehr existierenden Rummelplatz am Fluß. Wäre mein Vater Immobilienmakler geblieben, wären wir vielleicht reich geworden. Aus kleinen Häusern wurden große, aus großen wurden herrschaftliche Villen, und je größer die Häuser wurden, um so weniger schienen die Menschen, die darin wohnten, über ihre Nachbarn zu wissen. Bis es schließlich vorkommen konnte, daß im Nebenhaus jemand ermordet wurde, dessen Namen man nie zuvor gehört hatte.

Heute wohnen in unserem Viertel vor allem junge Anwälte, ein paar Systemanalytiker, ein oder zwei Lobbyisten und vielleicht ein pensionierter Zwei-Sterne-General. Vor zwanzig Jahren lebten dort überwiegend einfache Regierungsangestellte, dazu ein paar Versicherungsgutachter, Apotheker und kleine Ladenbesitzer. Sie fuhren Chevrolets und verbeulte Ford-Kombis. Auf den Kaminsimsen in ihren getäfelten Wohnzimmern standen Bowlingtrophäen, sie luden ihre Nachbarn zu Eistee und gemischten Nüssen ein, während ihre Kleinen im Kinderzimmer Fangen spielten. Obwohl es gerüchteweise hieß, das Ziegelgebäude des Verteidigungsministeriums hinter dem Einkaufszentrum sei in Wahrheit der geheime unterirdische Bunker des Präsidenten, in dem er sich im Fall eines Atomkriegs verstecken würde, während wir schmelzen müßten, machte sich keiner unserer Nachbarn wirklich Sorgen wegen der Zukunft.

Ihre politischen Ansichten waren planlos. Die meisten hatten Nixon gewählt; zwei Wahlperioden zuvor hatten sie für Kennedy gestimmt. Für sie wie für den Rest des Landes war Kennedy eine romantische Entscheidung. Nixon schien pragmatischer. Sie hörten es am ausdruckslosen Klang seiner Stimme, an der Art, wie er »Meine am*ari*kanischen Mitbürger« sagte. Die Zeiten verlangten nach Pragmatismus. Die Sowjets, die Chinesen, die Studentenproteste, der Krieg in Vietnam waren zu berücksichtigen. Nixon mit seinem Schaufelgesicht, seinen unglücklich und entschlossen dreinblickenden kleinen Augen, würde damit fertig. Er war sparsam und bodenständig. Er hatte keine Illusionen. Er war jemand, dem man vertrauen konnte.

Es war natürlich noch früh im Jahr 1972. Unsere Nachbarn nannten Nixon wie alle anderen Tricky Dick, aber über verlogene Politiker Witze zu machen war nur eine Möglichkeit, clever zu erscheinen; sie glaubten nicht, daß er schlimmer sei als andere Politiker. Oder vielmehr hatten sie noch die Illusion, daß es so etwas wie eine schlechte Regierung nicht gibt – sondern höchstens ein paar schlechte Politiker. Auch sperrten sie nachts ihre Haustüren noch nicht ab, und sie dachten nicht mal im Traum daran, das Wort »dysfunktional« auf Familien anzuwenden.

Vietnam war für die meisten etwas Fernes, ein flüchtiger Eindruck vom Dschungel oder von einem Reisfeld in den Abendnachrichten. Der Kalte Krieg schien irgendwo weit weg eingefroren. Unsere Nachbarn ließen sich höchstens dazu aktivieren, eine Petition zu unterschreiben, die meine Mutter im Januar herumgehen ließ und die verhindern sollte, daß das Wäldchen hinter dem Einkaufszentrum für eine Parkgarage abgeholzt würde.

In jenen Tagen liebte ich noch den stillen Blick von unserer Veranda auf die Ziegelhäuser der Morris' und der Sperlings mit ihren rechteckigen Rasenflächen und den eckig geschnittenen Hecken. Ich liebte den Anblick der jeden Mittwochmorgen auf der Straße aufgereihten blechernen Mülltonnen. Ich liebte ordentliche Laubhaufen. Ich liebte auch den erregenden Geruch von Feuerzeugbenzin und Holzkohle an Sommerabenden, wenn aus jedem Garten ein Lagerplatz, aus der Straße ein Fluß wurde und wir zum leisen Gemurmel der Fernsehgeräte durch die dunklen Gärten liefen.

Dann verließ uns mein Vater, und ein paar Monate später wurde Boyd Ellison hinter dem Einkaufszentrum von Spring Hill umgebracht, und das, was in unserer Nachbarschaft passierte, wirkte immer weniger wie das, was in Nachbarschaften normalerweise passiert.

Die Lehrerin in meiner fünften Klasse, Miss Sullivan, las jeden Nachmittag, bevor die Glocke zum Unterrichtsende läutete, ein paar Seiten aus *Der Hund von Baskerville* vor, während wir in Notizbücher zeichneten oder die Köpfe auf die Tische legten. Diese sumpfigen, schwefligen Moore verfolgten mich wie ein immer wiederkehrender Traum; jeden Nachmittag versank ich darin, mein Haar vom Wind zerzaust, mein Blick getrübt vom gelben Licht; ich entspannte mich erst wieder, wenn ich durch den Nebel und die zugige Düsternis des Hauses von Baskerville zurückkroch auf meinen Platz in der Clara-Barton-Grundschule. Wann immer Sherlock Holmes ein kleines Detail auffiel, das, wie ich wußte, später von Bedeutung sein würde, klammerte ich mich an der Kante meines Pults fest und hielt den Atem an. Eines Nachmittags muß mein Gesicht rot angelaufen sein, denn ich hörte jemanden lachen. Miss Sullivan blickte auf und fixierte mich mit ihren mädchenhaften Forellenaugen.

»Marsha«, sagte sie traurig. »Gibt es etwa einen Witz, den du dem Rest der Klasse erzählen möchtest?«

Der Trick, so wurde mir klar, bestand darin, sich nichts entgehen zu lassen.

Und so begann ich, am Tag nachdem Mr. Green, unser neuer Nachbar, eingezogen war, eine Art Tagebuch zu führen, in dem ich meine Wanderungen durch unser Haus dokumentierte. Ich hielt die fadenscheinigen Stellen im Orientläufer im Flur fest, die abgetretenen Stellen auf der Treppe, den verbrannten Fleck auf der Rückseite des Lampenschirms im Wohnzimmer. Das Fliegengitter in der Verandatür hatte sich in einer Ecke gelöst, stand vom Metallrahmen ab wie ein eingerolltes Blatt. Von der Stereoanlage war der Knopf zur Regulierung der Lautstärke abgefallen und hatte eine gespaltene Knospe aus Metall hinterlassen. Steven hatte blaue Tinte auf dem Sofa verschüttet, und wenn man das linke Polster anhob, kam darunter ein dunkelblauer Fleck in Form eines Elchgeweihs zum Vorschein. Mir war früher nie aufgefallen, daß es in unserem Haus so viele beschädigte Dinge gab. Bald schien es, als könnte ich nichts ansehen, ohne einen Makel daran zu entdecken.

Auf den Umschlag des Notizbuches schrieb ich »Beweise«.

Mr. Green war keine besonders interessante Person, aber zu dieser Zeit wurde ich auf ihn aufmerksam, zuerst nur beiläufig, während ich auf der Veranda saß. Jeden Morgen verließ er das Haus mit einer Papiertüte und einer Thermoskanne mit Kaffee. Er stieg in sein Auto, setzte vorsichtig rückwärts aus seiner Einfahrt und fuhr dann die Straße entlang, hatte dabei immer ein Auge auf radfahrende Kinder.

Abends kehrte er zurück, stets zur gleichen Zeit. Mütter riefen durch die Fliegengittertüren ihre Kinder zum Abendessen ins Haus; Väter in Hemdsärmeln und mit gelockerten Krawatten zogen grüne Gartenschläuche über den Rasen, um die Sträucher zu wässern. Ich glaube, er war damals zwischen fünfundvierzig und fünfzig. Abgesehen von der kahlen Stelle war sein auffälligstes Merkmal eine lange Nase, die irgendwie überhaupt nicht zu der rosaroten Anonymität seines Gesichts paßte. Das war der Mr. Green, den ich zu beobachten begann, jeden Abend und jeden Morgen, während ich auf der Veranda saß und auf das Gekreisch der Spottdrosseln in unserem Holzapfelbaum hörte.

Meistens ging er geradewegs vom Haus zum Wagen oder vom Wagen zum Haus, dieses Muster durchbrach er nur, wenn er mit einem klappernden mechanischen Rasenmäher Gras mähte oder wenn er Unkraut jätete, das immer an der gleichen Stelle wuchs, neben der Treppe vor seinem Haus. Am Wochenende saß er nachmittags im schattigen Garten hinter seinem Haus, wo eine riesige Blutbuche aus ihrem Erdteich aufragte wie eine Wasserfontäne. Aber abgesehen von dem Winken am Tag, als er eingezogen war, hatten wir keine Grüße mehr ausgetauscht.

Dann, eines Samstagabends, als ich nahe am Zaun in unserem Garten kauerte, hörte ich eine Männerstimme »Hallo« sagen, und ich blickte auf und sah einen grauen Schatten; dann wurde hinter einem Fliederbusch plötzlich Mr. Green erkennbar.

Ich hatte vor mich hin gesungen, während ich ein Ameisendorf baute in einer schattigen Ecke, die ich immer für absolut geheim gehalten hatte. Mein Herz zog sich zusammen, als mir klar wurde, daß mich jemand dabei beobachtet hatte, wie ich winzige Ameisen-Farmen und Ameisen-Wohnhäuser baute und »Where Have All the Flowers Gone« sang, ein Lied, das mir immer die Tränen in die Augen trieb, und deshalb sang ich es.

»Hallo«, sagte ich und blinzelte.

Wir sahen einander eine Weile an.

»Was baust du da?« sagte er schließlich. Fliederblätter streiften sein Gesicht, während er mit den Knöcheln knackte.

»Das ist ein wissenschaftliches Projekt.«

»Aha«, sagte er und begann sich zurückzuziehen.

»Für die Schule.« Sein Mangel an Interesse ermutigte mich. »Letztes Jahr haben wir Amöben durchgenommen.«

»Amöben«, wiederholte er.

»Man sieht sie nur durchs Mikroskop. Und auch dann nur, wenn man genau aufpaßt. Wir haben auch ein Kuhauge durch die Lupe angeschaut.«

»Ja«, sagte er, als hätte er das schon gewußt. »Dann also auf Wiedersehen.«

Und er ging langsam durch seinen Garten, an seiner Blutbuche und seinem Campingstuhl vorbei, die beiden Stufen zur Hintertür hinauf und ins Haus. Das war wahrscheinlich das erste private Gespräch, das ich je mit einem Mann geführt hatte, der weder mein Vater noch einer meiner Onkel war. Es hinterließ bei mir ein Gefühl, das zwischen Aufregung und Enttäuschung schwankte, und noch etwas, was ich auch heute noch nicht wirklich benennen kann. Es war keine großartige Unterhaltung, aber sie blieb mir als so unangenehm in Erinnerung, daß ich mich jetzt noch frage, ob es diese kleine Störung, diese stille winzige Grenzüberschreitung war, die mich als erstes gegen Mr. Green einnahm.

Es wurde Juni. Die Schulferien begannen. Hurrikan Agnes fegte über die Stadt hinweg, riß Äste von den Bäumen, legte Stromleitungen lahm und hinterließ seengroße Pfützen auf der Straße. Ein paar Tage später sahen die Zwillinge im MacArthur-Kino heimlich einen ab Siebzehn freigegebenen Thriller, der ihre Ausdrucksweise für Tage prägte. Sie verhörten sich gegenseitig, brüllten Fragen und richteten dabei den Strahl einer Taschenlampe in die Augen des anderen. *Wann hatten Sie zum letztenmal Sex mit einem Huhn? Haben Sie je einen Schweinehoden gegessen? War das Schwein noch am Leben?*

Meine Mutter hatte mittlerweile den College-Bierkrug meines Vaters vom Kaminsims im Wohnzimmer genommen und zum Klobürstenbehältnis in der Erdgeschoßtoilette umfunktioniert.

Weil sie meinem Vater nicht gestattete, zu uns nach Hause zu kommen, traf er uns an Samstagnachmittagen häufig auf Parkplätzen, manchmal auf dem Parkplatz der Bowling- oder der Rollschuhbahn, manchmal auf dem Parkplatz hinter dem Einkaufszentrum. Steven legte stets Wert darauf, ihm die Hand zu schütteln und ihm alles, was während der Woche passiert war, in einer Sturzflut überzuversichtlichen Geplappers zu erzählen. Julie stand ein wenig abseits und lächelte das kryptische Lächeln, das sie vor dem Badezimmerspiegel geübt hatte. Ich wartete, bis er mit den beiden fertig war, damit er mich hochheben und ganz allein umarmen konnte, worauf ich mein Gesicht gegen sein gestärktes weißes Hemd preßte und meine Arme fest um seinen Hals schlang.

An einem warmen Samstag nicht lange nach dem Hurrikan traf uns mein Vater auf dem Parkplatz des Einkaufszentrums und schenkte jedem von uns eine wasserdichte Armbanduhr mit einem Band aus gestreiftem Stoff. Er sagte, er müsse auf eine kurze Geschäftsreise gehen, vielleicht für zwei Wochen. Nach Delaware, sagte er. Zu einer Immobilienmaklerkonferenz. Anschließend würde er vielleicht noch kurz Urlaub machen. Insgesamt wäre er höchstens drei Wochen weg. Er überreichte mir meine Uhr und sagte, daß die Zeit »über kurz oder lang« vergehen würde.

»Das ist ein Wortspiel, Liebes«, fügte er hinzu. Dann

summte er ein paar Takte von »As Time Goes By«. »Marshamallow«, sagte er und ging vor mir in die Hocke. »Nicht weinen, mein Liebling.«

»O Gott«, murmelte Julie. »Verschone uns, Sarah Bernhardt junior.«

Sie hatte sich, um meinen Vater zu ärgern, in ein altes, hautenges schwarzes Satinkleid meiner Mutter gequetscht, dessen Oberteil Mottenlöcher aufwies. Die Augen hatte sie sich mit einem Augenbrauenstift schwarz umrandet, und über ihrer Oberlippe befand sich ein Schönheitsfleck von der Größe eines Reißnagels.

»Ich dachte, wir würden bowlen gehen«, sagte sie, eine Hand in die Hüfte gestützt.

Mein Vater räusperte sich und versuchte, seinen Hals von meinen Armen zu befreien. »Heute nicht.«

»Was machen wir dann heute?« fragte Steven.

»Heute reden wir miteinander.«

Ich trat zurück. Die Zwillinge stöhnten und verdrehten die Augen. Julie stützte auch die andere Hand in die Hüfte.

»Ich wollte euch Kindern sagen ...« Mein Vater hielt inne, richtete sich auf und lehnte sich an seinen Wagen. »Ich wollte euch sagen, ich will, daß ihr wißt, daß es mir leid tut, wie sich alles entwickelt hat. Ich wünschte, es wäre anders, aber es ist, wie es ist.«

»Wie?« sagte Julie.

»Was wie?« sagte mein Vater und schien überrascht. Er hatte uns sehr ernst angesehen.

»Wie ist was?«

Er wurde rot hinter seiner Nickelbrille. »Unser Leben. Eure Mutter und ich ...«

»Ach«, sagte Julie. »Das weiß ich doch alles.« Sie nahm die Hände von den Hüften und wandte sich ab. »Weißt du was?« sagte sie zu Steven. »Ich brauch was aus dem Drugstore.«

»Kann das nicht warten?« sagte mein Vater.

»Dad«, sagte Julie böse. »Ich habe meine *Periode.*«

Steven kicherte.

»Na gut«, sagte mein Vater hilflos.

»Ich habe auch meine Periode«, sagte Steven und folgte Julie und ihrem engen Kleid über den Parkplatz; er kicherte nicht mehr und blickte sich ein-, zweimal um, sein seidiger kurzer Pferdeschwanz wippte.

Als sie fort waren, lehnten mein Vater und ich am Auto. Eine Möwe flog über uns hinweg, was so weit im Landesinneren ungewöhnlich war. Ich wies meinen Vater darauf hin, daß sie sich wohl verirrt hatte.

»Hör mal«, sagte er schließlich. »Wegen der kleinen Reise, die ich mache. Das ist keine große Sache. Du wirst kaum merken, daß ich weg bin. Das ist schon okay.« Er tätschelte mir zärtlich den Kopf. »Ich bin bald wieder da.«

Bereits damals wußte ich, daß er log.

Nein, das stimmt nicht. Ich würde gern glauben, daß ich vorbereitet war auf das, was als nächstes passierte; aber ich war daran gewöhnt, für bare Münze zu nehmen, was mein Vater sagte; und als ich später am Nachmittag im Schlepptau der Zwillinge nach Hause ging, waren meine Gedanken wahrscheinlich nicht angsterfüllter als die Gedanken irgendeines Kindes, dessen Eltern sich getrennt haben und das von seinen älteren Geschwistern nicht beachtet wird.

Mein Vater hatte an diesem Nachmittag nicht besonders ernst gewirkt. Seine Nickelbrille saß nicht schief; die Haare standen ihm nicht zu Berge. So wie ich mich jetzt an diesen Tag erinnere, sah er nur bedrückt aus, als er auf dem Parkplatz des Einkaufszentrums von Spring Hill in die Hocke ging und mich auf Armeslänge von sich hielt.

»Ich bin bald wieder da«, sagte er, ohne zu stocken.

In meiner Vorstellung kreist eine Möwe über uns, die

Nachmittagssonne glitzert auf ihren ausgestreckten Flügeln. Mein Vater beugt sich über mich. Seine Koteletten kitzeln mich an der Wange. »Es ist, wie es ist«, flüstert er. »Wie ist es?« flüstere ich.

Auf dem Nachhauseweg fuhr Boyd Ellison auf seinem Fahrrad an den Zwillingen und mir vorbei. Er stand auf den Pedalen und beugte sich über den Lenker, konzentriert wie ein Hexenmeister. Ich weiß nicht mehr, ob er uns zuwinkte. »Komischer Kauz«, sagte Julie, als er an uns vorbeiflitzte. Steven sagte: »Ich frage mich, warum uns Dad diese Uhren geschenkt hat.« »Ist doch egal«, sagte Julie. »Meine ist scheußlich.«

Um dem höhnischen Ton der Zwillinge zu entkommen, die laut aus ihrem Jahrbuch vorlasen (»Mary Alice Neider brillierte in der Unterstufenaufführung von *Liebes Leid und Lust*«), kletterte ich später an diesem Nachmittag so hoch wie möglich hinauf in den Holzapfelbaum und versteckte mich im Geäst.

Es wurde langsam Abend. Im Haus der Lauders nebenan lief das Radio, und ich hörte Wortfetzen, meist ging es um Wahlergebnisse; es war ein Wahljahr, und selbst ich begriff den Unterschied zwischen Demokraten und Republikanern. Wir waren Demokraten. Die Luft kühlte ab, und auf dem Ast, auf dem ich saß und Flechten abzupfte, roch ich den Geruch von gemähtem Gras und Teer und hörte Kinder im nächsten Straßenzug *Red Rover, Red Rover* schreien. Sie schienen in den Abend hineinzurufen, der näher und näher kam, während Autos auf Einfahrten fuhren, Fliegengittertüren quietschten und zuschlugen und hier und dort ein Licht anging. Und plötzlich war alles blau.

Meine Mutter rief mich von der Verandatür aus zum Abendessen. Sie stand da und sah in den Garten, fuhr sich mit der Hand durchs Haar, bevor sie mich noch einmal rief. Nach einer Weile trat sie langsam auf das dunkle Gras und rief: »Marsha? Marsha vom Mars?«

Sie kam dicht an meinem Baum vorbei, eine Hand befingerte jetzt den Kragen ihrer Bluse. Ich sah eine gegabelte Linie weißer Kopfhaut in ihrem braunen Haar und einen Ketchupfleck auf der blassen Innenseite ihres Arms nahe am Ellenbogen. Nasses Gras klebte an ihren Sandalen. Hätte sie nach links oben geblickt, hätte sie mich gesehen, wie ich sie, versteckt im Laub des Holzapfelbaums, beobachtete. Aber sie blickte nicht auf. Sie ging zum Beet mit den Lilien und blieb dort eine ganze Weile stehen und strich ihren Baumwollrock glatt. Schließlich langte sie in den offenen Kragen ihrer Bluse und faßte sich an den Hals.

Sie sah über die Hecke in den Garten unseres neuen Nachbarn, wo sein bootsähnlicher Dodge auf der Einfahrt vor Anker gegangen war. »Marsha?« rief meine Mutter erneut, diesmal lauter; als sie meinen Namen rief, schwebten die ersten blechernen, dschungelartigen Takte einer Jazzmelodie aus Mr. Greens Küchenfenster. Auf der anderen Straßenseite setzte der Rasensprenger der Morris' ein. Eine graue Katze, aus deren Maul etwas baumelte, schlich in den Garten und glitt dann in die Hecke wie ein Aal. Meine Mutter schwankte leicht neben den Lilien, preßte die Fersen in das Gras, ihr Rock bauschte sich um ihre nackten Knie.

Ich verlagerte meine Stellung im Baum, um sie besser beobachten zu können, schob mir Blätter aus dem Gesicht, ein Spinnennetz verfing sich in meiner Hand, und schlagartig rutschte meine Mutter aus meinem Gesichtsfeld, ich konnte den Ast, an dem ich mich festgeklammert hatte, nicht länger fassen, und ich merkte, wie ich den Halt verlor, mein Kopf schlug gegen einen anderen Ast, und ich stürzte, stürzte geradewegs auf den Boden.

Mir blieb erst einmal die Luft weg, und einen wilden, wattigen Augenblick lang dachte ich, ich sei tot.

Als ich erneut Luft in mich einsog, beugte sich bereits meine Mutter über mich und hielt mich unter den Armen. »Alles in Ordnung«, sagte sie mehrmals keuchend. Sie klopfte mir auf den Rücken, schlug mich zwischen die Schulterblätter.

Ihre Lippen formten ein vollendetes O, als ich ihr das Gesicht zuwandte. Wir brauchten beide mehrere Minuten, bis uns klar wurde, daß ich mir einen Knöchel gebrochen hatte.

In der Aufregung, mich so schnell wie möglich ins Krankenhaus zu bringen, wo mein Bein geröntgt und bis zum Knie in einen bedeutend aussehenden weißen Gips gelegt wurde, vergaß meine Mutter, nach der Post zu sehen, und so fand sie erst am Sonntag nachmittag, nachdem wir Thunfischsalat, Roggenbrot und Dillpickles zu Mittag gegessen hatten und sie die Teller abgewaschen und weggestellt hatte, die Nachricht von meinem Vater, handgeschrieben auf einem Notizzettel, auf dem oben stand: »Lawrence Eberhardt«.

»Lois«, schrieb mein Vater, »wenn Du diese Nachricht liest, werde ich bereits unterwegs sein. Ada und ich haben beschlossen, es zu versuchen. Ich weiß, daß es Dir schwerfallen wird, es zu verstehen, aber ich will weder Dir noch den Kindern weh tun. Das ist die Wahrheit. In Liebe, Larry.«

Mein Vater war nicht zu einer Immobilienmaklerkonferenz nach Delaware gefahren. Nachdem er uns auf dem Parkplatz des Einkaufszentrums getroffen hatte, war er nicht einmal mehr in seine Wohnung am MacArthur Boulevard zurückgekehrt. Am Montag erschien er nicht in seinem Büro, um sich an seinen Scandia-Schreibtisch aus hellem Holz mit der nachgemachten Bibliothekslampe aus Messing mit dem grünen Schirm zu setzen, vor sich das

Glas voller Pfefferminzdrops. An diesem Samstag holte mein Vater, nachdem er sich von uns verabschiedet hatte, Ada in Bethesda ab, und zusammen fuhren sie bis nach Connecticut, wo sie übernachteten. Am nächsten Tag fuhren sie nach Maine und nahmen eine Fähre nach Nova Scotia.

All das fand ich später heraus. Von der Nachricht meines Vaters erfuhr ich, weil ich am Telefonapparat im Schlafzimmer meiner Mutter, das Bein hochgelegt auf einem Kissen, mithörte, wie sie in der Küche nacheinander mit meinen beiden Tanten telefonierte.

»Ach du meine Güte«, sagte Tante Fran, nachdem sie ihr die Nachricht vorgelesen hatte. »Ach, Lois. Tut mir leid, aber das ist lächerlich.«

»Dir mag es lächerlich vorkommen –«

»Was ich nicht begreife«, fuhr Tante Fran fort, ohne zuzuhören, »ist, warum er sie unbedingt will.« Fast konnte ich sie hinzufügen hören: Oder warum sie ihn will.

»Weißt du, wie ich mir vorstelle, daß ich in zehn Jahren sein werde?« sagte meine Mutter. »Ich werde unglaublich fett sein und in einem Wohnwagen leben, mit zugezogenen Jalousien. Niemand besucht mich, und ich esse von morgens bis abends Kartoffelchips. Die Leute wissen nur, daß ich existiere, weil ab und zu eine leere Kartoffelchipstüte durchs Fenster fliegt.«

»Lois. So weit wird es nie kommen.«

»Woher willst du das wissen? Niemand weiß, was mir passieren wird.«

»Niemand weiß grundsätzlich, was passieren wird«, sagte Tante Fran tadelnd.

Auf der anderen Straßenseite ging das Licht bei Familie Morris aus. Vier Häuser weiter übte David Bridgeman, der noch immer seinem gestohlenen Fahrrad nachtrauerte, »Greensleeves« auf seiner Blockflöte, blies tremolierende

Alttöne, während ich auf die Straßenlampen und beleuchteten Rasenflächen hinaussah.

Tante Fran sagte: »Warum glaubst du, daß er fort ist?«

Ich hörte, wie meine Mutter auf dem Küchenhocker hin und her rutschte. Dann sagte sie: »Ich weiß es nicht. Er hat immer geglaubt, daß er was versäumt. Irgendein großes Schicksal oder so was. Sie ist genauso. Du weißt ja, wie Ada ist.« Sie hielt inne und machte einen Laut tief in der Kehle.

Dann rutschte sie wieder auf dem Hocker hin und her, und der schrammte über den Boden. »Marsha? Marsha? Hörst du oben mit? Leg augenblicklich auf.«

In meinem Knöchel pochte es, als ich das Gipsbein vom Kissen meiner Mutter hob. »Hast du eine Medizin, die ich nehmen kann?« sagte ich in wehleidig tragischem Tonfall. »Mein Fuß tut weh.«

Später, nachdem ich mit zwei Aspirin mit Orangengeschmack ins Bett geschickt worden war, hob ich den Hörer erneut ab, als meine Mutter mit Tante Claire sprach.

»Er hat einmal zu mir gesagt, daß er es hasse, voraussehen zu können, wie sein Leben verlaufen wird. Er hat gesagt, dabei würde er sich fühlen, als wäre er bereits tot.«

»Also, was sie jetzt tun, ist sicher nicht voraussehbar«, sagte Tante Claire.

»Er ist ein echter Romantiker«, sagte meine Mutter. »Romantiker sind normalerweise Mistkerle, falls du das noch nicht bemerkt hast.«

Meine Mutter benutzte so gut wie nie Kraftausdrücke, und aus ihrem Mund klangen sie falsch ausgesprochen. Tante Claire hustete. »Tja«, sagte sie. Durch das Schlafzimmerfenster meiner Mutter sah ich das blaue Licht des Fernsehers der Lauders, der in ihrem Wohnzimmer im Haus nebenan lief. Ein Junikäfer flog gegen das Fliegengitter.

»Glaubst du, daß er zurückkommen wird?« murmelte Tante Claire schließlich.

»Ich weiß nicht.«

»Meinst du, daß er fort ist in der *Erwartung*, zurückzukommen?«

Meine Mutter antwortete nicht.

Tante Claire hustete noch einmal. »Vermutlich wird er nicht so schnell zurückkommen. Er ist durcheinander«, fügte sie nach einer Weile leise hinzu. »Und wahrscheinlich schämt er sich. Das dürfen wir nicht vergessen. Und Ada ist auch verantwortlich. Ich habe schon immer gesagt, daß sie eifersüchtig auf dich ist. Womöglich war sie es, die Larry auf die Idee gebracht hat.«

Ein paar Straßen weiter bellte ein Hund. Dann, wie es mir vorkam nach langer Zeit, sagte meine Mutter: »Ungefähr eine Woche bevor er weg ist, habe ich Larry gesagt, daß ich die Scheidung eingereicht habe.«

»Wollte er sich denn nicht auch scheiden lassen?« Über die Telefonleitung klang Tante Claires Stimme blechern und starrsinnig. »Lois?« sagte sie. »Lois, bist du noch da?«

Weit weg heulte eine Sirene. Ein Krankenwagen war unterwegs zum Sibley Hospital. Im Haus der Morris' begannen ihre Terrier zu kläffen. »Hilfe«, rief jemand in der Sendung, die die Lauders sahen, aber dann war Lachen zu hören, und ich wußte, daß es eine Komödie war.

Meine Mutter war am nächsten Morgen vor dem Frühstück im Wohnzimmer und sprühte Möbelpolitur auf den Couchtisch. Als ich es in die Küche geschafft hatte, sah ich, daß sie die Papiertüten, die zwischen dem Kühlschrank und der Wand gesteckt hatten, bereits weggeworfen, das Abtropfgestell geputzt, das Spülbecken gescheuert, den Toaster poliert und alle verbrannten Brotkrumen herausgeschüttelt hatte. Sie hatte sogar das hölzerne Regal mit den Gewürzgläsern gewaschen und sie alphabetisch geordnet.

»Hallo, Marsmädchen«, sagte sie. »Schlafen die Zwillinge noch?« Sie trug eine lange orangefarbene Bluse und einen khakifarbenen Rock, Dinge, die ich nie zuvor an ihr gesehen hatte.

»Ich habe was gebacken.« Sie zog ein Blech mit süßen Schnecken aus dem Backrohr und stellte es auf den Herd. Sie tätschelte mir die Schulter. »In Ordnung. Krieg keinen Schluckauf. Willst du eine Tasse Kaffee?«

Noch nie hatte sie mir Kaffee angeboten; immer hieß es, Kaffee würde mein Wachstum hemmen. Ich starrte sie an, und sie goß etwas Kaffee in eine Tasse und dann Milch bis fast zum Rand. Sie stellte die Tasse auf die Küchentheke und legte eine Schnecke auf einen Teller. Während ich auf einen Hocker kletterte, hielt sie meine Krücken, dann setzte sie sich neben mich, und ich aß.

»Paß auf, ich weiß, daß du gestern abend am Telefon mitgehört hast«, sagte sie, als ich mit meiner Schnecke fertig war.

Ihr schmales Gesicht schien noch schmaler, und ihre Augen waren gerötet, aber sie bemühte sich, gefaßt zu wirken. »Okay, ist schon in Ordnung, aber laß es bitte nicht zur Gewohnheit werden. Ich mach dir einen Vorschlag. Es wird dir bessergehen, wenn du etwas zu tun hast. Was hältst du davon, dir in diesem Sommer ein Hobby zu suchen?«

»Ich experimentiere mit Schimmel«, sagte ich. »Ich züchte drei verschiedene Schimmelarten in Gläsern.«

»Das ist ein Anfang.« Sie stand auf und schenkte sich eine Tasse Kaffee ein.

An diesem Nachmittag machte sie jedes Zimmer sauber, auch den Speicher, und dann wusch sie das Auto. Jeden Morgen in dieser Woche buk sie etwas anderes zum Frühstück: Mokkakuchen, Blaubeerkuchen, Muffins mit Ananas und Pekannüssen.

Die Zwillinge veranstalteten auf der Veranda Backgammon-Turniere, gelegentlich gestatteten sie mir mitzuspielen, ließen mich aber nie gewinnen. Meine Mutter shampoonierte den Teppich. Sie erledigte die Wäsche und nähte Knöpfe an, wo immer sie an unseren Kleidungsstücken fehlten. Sie nahm uns zum Supermarkt mit und kaufte acht Tüten voller Lebensmittel, die wir gemeinsam auspackten. Jeden Abend kochte sie etwas aus dem Kochbuch von *Better Homes & Gardens*, oder sie ließ die Zwillinge Rezepte ausprobieren, die sie lustig fanden. Eines Abends entschieden sie sich für kreolische Krabben im Reisring und getüpfelten Melonensalat.

»Rodney, Sie närrischer Feinschmecker«, rief Julie. Sie und Steven nannten sich häufig Rodney und Felicia in der Meinung, die Namen würden aristokratisch klingen.

Sie hatten Schürzen um, stritten sich in schneidendem englischem Tonfall und schubsten sich gegenseitig aus dem Weg. Meine Mutter hatte sich oben hingelegt. Ich saß in der Küche und sah ihnen dabei zu, wie sie um die Spüle wuselten, Melonenkugeln stachen, die Krabben mit einem Messer hackten und die Schalen den Ausguß hinunterspülten. Wenn der Fortgang meines Vaters sie aus dem Gleichgewicht gebracht hatte, würden sie es mir gewiß nicht erzählen. Sie nannten sich bloß immer öfter Rodney und Felicia, bis es schien, als hätten auch die Zwillinge die Stadt verlassen.

»Du nimmst den Darm nicht aus den Krabben«, sagte ich.

»Was weißt du schon von Därmen«, sagte Julie.

»Da ist Krabbenkacke drin.«

»O bitte«, sagte Julie. »Das ist ja ekelhaft.«

»Du hast doch davon gehört, Morast, oder?« Steven

blickte mich über die Schulter an. »Du wirst wahrscheinlich zur Adoption freigegeben, wenn Mom und Dad sich scheiden lassen.«

»Es gibt da ein neues Gesetz.« Julie strich sich das Haar aus den Augen. »Das besagt, daß alle Kinder unter Zwölf Mündel des Staats werden, wenn ihre Eltern sich trennen.«

»Das stimmt überhaupt nicht.«

»O doch, altes morastiges Ding«, sagte Julie. »Traurig, aber wahr.«

»Pech gehabt, Mädchen«, sagte Steven.

»Halt den Mund«, sagte ich.

»Selbstverständlich wird dich niemand adoptieren *wollen.*« Steven schleuderte ein Papierhandtuch in den Mülleimer. »Dann wirst du ins Waisenhaus müssen.«

»Hast du mal *Oliver Twist* gelesen?« sagte Julie und kam auf mich zu. Sie hatte Finger wie Zangen, und wenn sie einen zwickte, hinterließen sie Eindrücke, die oft stundenlang zu sehen waren.

»Nein«, heulte ich. »Halt den Mund. Sei still.«

»Hoffnungsloser Fall, Felicia«, sagte Steven.

»Einfach schrecklich, Rodney.« Julie zog sich seufzend zurück.

Ich stapfte aus der Küche und humpelte nach oben, um meine Mutter zu suchen. Sie lag mit einem Waschlappen über den Augen auf dem Bett.

»Mommy«, sagte ich, »Julie und Steven –«

»Psst«, sagte sie bestimmt, ohne den Kopf zu bewegen. »Ich denke nach.«

»Worüber denkst du nach?« fragte ich.

Meine Mutter nahm den Waschlappen vom Gesicht. »Wie wir überleben können«, sagte sie.

5

Eine Woche nachdem mein Vater und Ada verschwunden waren, beschloß meine Mutter, unser Haus zu verkaufen.

Obwohl ich diesen Entschluß nie verstanden habe, war er verständlich. Zweimal war sie von Männern im Stich gelassen worden, die nicht für die Zukunft vorgesorgt hatten; diesmal hatte sie etwas, was Geld wert war – ein Haus und alles, was sich darin befand. Es war auf ihren Namen eingetragen, weil mein Vater ironischerweise davon ausgegangen war, daß seine Investitionen auf diese Weise sicher wären für den Fall, daß einer seiner Klienten gegen ihn prozessierte.

Ein rot-weiß-blaues »Zu verkaufen«-Schild tauchte auf dem Rasen vor unserem Haus auf, einsam und feindselig vor dem weichen Gras und dem Rhododendron. Um das Haus zu verkaufen, engagierte meine Mutter einen Makler von der Firma meines Vaters, einen ausgezehrten Mann namens Harold McBride, in dessen langen Fingern Gummigelenke steckten, so daß er den Daumen bis zum Handgelenk zurückbiegen konnte.

»Tut mir leid wegen all der Unannehmlichkeiten, Lois«, sagte er, als er zum erstenmal auftauchte, ein junges japanisches Paar im Schlepptau, das identische blaue Blazer anhatte. »Tut mir wirklich leid. Wenn ich helfen kann.«

»Tut uns leid«, wiederholte das japanische Paar, das hinter ihm stand und verwirrt schien.

»Ach, ist schon in Ordnung«, sagte meine Mutter und hielt ihnen die Tür auf.

Jahrelanges Abstauben und Verachten von Gänsemädchen aus Porzellan schlug ihr entgegen wie der Potpourri-Geruch der Coy Boutique: Halt den Mund. Zieh ein Unterhemd *und* einen BH an. Wappne dich. Wie ihre Mutter, die nach dem Krieg mit vier vaterlosen Mädchen allein dastand, kam sie zurecht.

So schnell, als würde sie einen Fisch ausnehmen, hob sie das Geld von den gemeinsamen Giro- und Sparkonten ab und zahlte es auf einem Konto auf ihren Namen ein. Unser Taschengeld wurde gekürzt; mir war es egal, aber die Zwillinge beschwerten sich, und Julie drohte damit, ihre Kleider zu verkaufen. »Nur zu«, sagte meine Mutter. »Aber ich kriege fünfzig Prozent, weil ich sie schließlich bezahlt habe.« Als ich sie fragte, ob wir Geld hätten, sagte sie: »Genug. Für den Augenblick.«

Sie begann Telefonnummern zu wählen, die sie in den Stellenanzeigen der Zeitung eingekreist hatte. Sie schrieb einen Arbeitsplan für uns vier und klebte ihn an den Kühlschrank: »MONTAG. Marsha – Tisch decken. Julie – Geschirr spülen. Steven – Abfall wegbringen. Lois – einkaufen/Abendessen. DIENSTAG. Marsha – fegen. Lois – Wäsche/Abendessen ...«

Der erste Job meiner Mutter bestand darin, als Teilzeitkraft telefonisch Zeitschriftenabonnements zu verkaufen.

Von mittags bis siebzehn Uhr saß sie mit zusammengepreßten Knöcheln am Küchentisch und sprach mit Fremden im ganzen Land. Während sie eine Nummer wählte, runzelte sie die Stirn, als hätte sie auf sandige Salatblätter gebissen. Und man sah ihr an, wenn am anderen Ende jemand abnahm, denn sie riß die Augen auf, und ihre Augenbrauen schossen in die Höhe. »Hal-lo. Hier spricht Lois Eberhardt vom Peterman-Wolff-Zeitschriftenvertrieb. Kennen Sie unser Sommersonderangebot von zwei, ja wirklich, zwei Zeitschriften Ihrer Wahl für den unglaublich günstigen Preis von ... Nein? Sie haben noch *nie* von unserem Sonderangebot gehört?« Ihre Stimme klang so überrascht, daß sich ihre Stirn in Falten legte.

Sie hatte eine schriftliche Vorlage, der sie folgte, sowie ein Blatt mit alternativen Antworten, je nachdem, welche Fragen der Kunde stellte. Sie sagte, daß sie »geschaßt« werden könnte, wenn sie auch nur etwas abwich. Aufpasser von Peterman-Wolff konnten unser Telefon abhören; sie würden sie melden, wenn sie auch nur »Wie ist das Wetter in Sandusky?« fragte.

Diese Regel erschien meiner Mutter sinnvoll. »Wenn man ein Erfolgsrezept hat«, sagte sie zu uns, »dann sollte man sich daran halten. Das ist ein Naturgesetz.«

Ihr Rezept für diese Zeit enthielt kaum Abwechslung. Um Punkt halb acht gab es Frühstück auf der Veranda, im Radio liefen Nachrichten, der Tisch war am Abend zuvor gedeckt worden. Orangensaft, Weizenschrot, Kaffee für sie, Milch für mich, Fresca für Julie – die eine Diät machte – und nichts für Steven, der das Frühstück normalerweise verschlief. Wir saßen auf zusammenklappbaren Regiestühlen. Ich durfte mein Nachthemd anbehalten, Julie hatte ein T-Shirt und eine alte Gymnastikhose an, aber meine Mutter war geschminkt und trug Ohrringe, einen ordentlichen Rock, Bluse und Sandalen, auch wenn sie nicht plante, zu einem Vorstellungsgespräch zu gehen. Wenn wir mit dem Frühstück fertig waren und die Teller gespült hatten, studierte sie die Stellenanzeigen oder schrieb eine Einkaufsliste, oder sie steckte die Wäsche in die Waschmaschine. Sie erwähnte nie, daß Onkel Roger meinen Vater und Tante Ada mittlerweile in einer winzigen Hafenstadt namens Annapolis Royal in Nova Scotia aufgespürt hatte, wo sie in einem gemieteten Zimmer lebten. Ich erfuhr davon, weil ich heimlich lauschte.

Montag- und Mittwochvormittage waren reserviert für

Vorstellungsgespräche – Zeitschriften verkaufen nannte sie eine »Überbrückung«. Diesen Sommer stellte sie sich für Jobs als Sekretärin, Verwaltungsassistentin, Datentypistin, Verkäuferin, Empfangsdame vor. Für jedes Gespräch zog sie eins ihrer Kostüme an – sie hatte zwei, ein kirschrotes Leinenensemble von Woodward & Lothrop und ein nahezu identisches aus einem noppigen lachsrosa Stoff – und verbrachte eine halbe Stunde vor ihrem Schlafzimmerspiegel, drehte sich hin und her und versuchte, sich aus jedem Winkel in Augenschein zu nehmen. »Wie sehe ich aus?« fragte sie Julie und streckte die Arme aus. »Sehe ich professionell aus?«

Sie kam stets gegen halb zwölf nach Hause und aß zu Mittag, bevor sie mit ihren Telefonanrufen begann. Das Mittagessen war so unwandelbar wie das Frühstück: Karottenstifte und Käsesandwiches. Sonntags machte meine Mutter immer zwanzig Käsesandwiches – zwei Scheiben Brot, zwei Scheiben Käse, ein Klecks Butter – und steckte sie in den Gefrierschrank. Jeden Werktagmorgen nahm sie vier davon wieder heraus, um sie aufzutauen. Wir müßten sparen, sagte sie.

»Wie war's?« fragte Julie, wenn sie von einem Vorstellungsgespräch kam.

»Ach, weißt du«, sagte sie dann und blickte auf ihren Teller. »Das zieht sich immer in die Länge.«

Um fünf Uhr legte sie den Telefonhörer auf, trug zwanzig Minuten lang die Verkäufe des Tages in ein vinylgebundenes Logbuch von Peterman-Wolff ein, frischte ihren Lippenstift auf, ging hinaus in den Garten neben dem Haus und setzte sich in das letzte bißchen Sonne zu Julie und Steven, die glänzend wie Ölsardinen in Liegestühlen lagen, die sie ein Stück hinter die Rhododendronbüsche gezerrt hatten. In diesem Sommer hatten sie angefangen, Zigaretten zu rauchen, und kurz bevor meine Mutter herauskam, taten sie sich wichtig damit, die Kippen unter den Rhododendron zu werfen. Julie fächelte die Luft mit einer Zeitschrift. Steven kramte Minzdrops für sie beide hervor.

»Wenn du uns verpetzt«, warnte mich Julie, die ihre Tennismütze tief in die Stirn gezogen hatte, »werde ich dir Enthaarungscreme auf die Augenbrauen schmieren, während du schläfst.«

Aber ich hatte keinerlei Absicht, sie zu verpetzen. Daß sie rauchten, erschien mir verwegen und reif, und insgeheim liebte ich es, sie akzentschwer mit leisen nasalen Stimmen sagen zu hören: »Fluppe, Darling?«

Frühstück und Mittagessen waren zwar spartanisch, das Abendessen war jedoch zunehmend von Ehrgeiz geprägt. Ich vermißte das Ritual, das daraus bestand, daß ich mich neben meinen Vater stellte, der vor dem Abendessen Klavier spielte, und das Notenheft für ihn umblätterte, wann immer er nickte. Aber meine Mutter versuchte diesen Verlust wettzumachen, indem sie Melodien von Cat Stevens pfiff, während sie in der Küche das Essen zubereitete. Nicht nur, daß sie den Tisch jeden Abend mit ihrem Minton-Porzellan und dem Silberbesteck deckte, sie stellte auch das Radio auf einen Folk-Rock-Sender ein, zündete Kerzen an und füllte die Vase mit frischen Blumen. Sie machte kalte Gurkensuppe und Salate mit Artischockenherzen. Sie machte Sachen mit Oliven. Am Abend des Geburtstags der Zwillinge briet sie zwei Stück Federwild aus Cornwall und servierte sie mit Kokosnußraspeln bestreut, so daß sie aussahen wie Schrumpfköpfe.

Manchmal sprachen wir beim Abendessen über Politik, das neue Lieblingsthema meiner Mutter.

»Was haltet ihr davon?« sagte sie zum Beispiel. »Wußtet ihr, daß John Mitchell als Nixons Wahlkampfmanager zurückgetreten ist?«

Julie blinzelte ihren Teller an; Steven klopfte mit der Gabel gegen seine Schneidezähne.

»Er behauptet, es habe nichts mit der Abhörgeschichte zu tun. Er behauptet, seine Frau habe ihn gebeten, aufzuhören.« Meine Mutter zog eine Augenbraue in die Höhe. »Wißt ihr, was ich glaube? Männer geben ihren Job nicht auf, nur weil ihre Frauen es wollen.«

Sie trank jetzt Weißwein zum Abendessen, etwas, was sie nie zuvor getan hatte. Im Lauf des Essens wurden ihre politischen Spekulationen immer verwegener.

»Dieses ganze Land wird verrückt«, sagte sie eines Abends mit grimmiger Begeisterung. »Nichts funktioniert mehr richtig. Nichts geht so, wie es gehen soll. Morgen werden wir wahrscheinlich alle in die Luft fliegen.«

»Mom«, sagte Julie. »Wir sind beim Essen.«

Was den Watergate-Skandal anbelangte, den sie in den Nachrichten von Anfang an so leidenschaftlich verfolgte, wie andere Mütter in unserer Straße *Die Springfield-Story* oder *General Hospital* verfolgten, so lautete die wesentliche Beobachtung meiner Mutter, der Skandal beweise, daß die Regierung in erster Linie dumm war und erst in zweiter kriminell. »Diese Einbrecher waren Trottel«, sagte sie nicht nur einmal. »Sie wurden wegen eines idiotischen Fehlers erwischt. Wegen eines *Fehlers*. Das war alles. Hätten sie keinen Fehler gemacht, kein Mensch hätte davon erfahren, und alles würde weitergehen wie bisher.«

Dies erschien ihr als eine schmerzhafte, ja erschütternde Wahrheit.

»Wartet's nur ab, Kinder«, verkündete sie eines Abends, nicht lange nachdem sich das japanische Paar unser Haus angesehen hatte. »Diese Einbruchsgeschichte wird sich noch als große Katastrophe erweisen. Manchmal fangen solche Dinge klein an, aber dann geraten sie außer Kontrolle. Und das passiert gerade. Es dauert nicht lange, bis aus einem lausigen Fehler ein Verbrechen wird.«

»Lieber Dad«, schrieb ich in mein Beweise-Buch,

> »wie geht es Dir? Mir geht es gut. Meine Lieblingssendung im Fernsehen ist *Die Partridge-Familie.* Ich glaube, es wäre toll, die Partridge-Familie zu sein und in einem Schulbus zu Konzertauftritten gefahren zu werden. Du könntest Klavier spielen und singen. Ich möchte Gitarre spielen. Weißt du was, ich habe Schluckauf. Heute regnet es wie verrückt. Julie und Steven sind wie immer Schweine. Ich hab ein Puzzle aus dem Drugstore gekriegt. Es ist schwer! Jetzt hab ich nicht mehr viel zu sagen. Deswegen sage ich es in kurzen Worten! Auf Wiedersehen, Dad!«

Jammerschade, daß ich seine Adresse nicht hatte. Ein paar meiner Briefe fand ich herzergreifend.

Mitte Juli – am 20. Juli, um genau zu sein, dreieinhalb Wochen nachdem mein Vater und Tante Ada fortgegangen waren – saß ich auf der Veranda, mein Notizbuch auf dem Schoß, und las *Die Abenteuer des Sherlock Holmes.* Hin und wieder kontrollierte ich die Straße mit dem rosa Fernglas, das ich zu Weihnachten bekommen hatte. In der Küche stolperte die Stimme meiner Mutter durch die Telefongespräche, beflissen und herzlich, sie sprach Peterman-Wolff, als wäre es Portugiesisch. Julie und Steven waren ins Einkaufszentrum gegangen, um im Drugstore in Zeitschriften zu blättern und – da sie kein Taschengeld mehr bekamen – Kaugummi aus den Regalen mit Süßigkeiten zu klauen.

Ab und zu blickte ich von der Seite auf, die ich gerade las, und vergewisserte mich, daß sich auf der Straße seit dem letztenmal, als ich geschaut hatte, nichts getan hatte. Die dicke Tabby-Katze der Sperlings stolzierte über den Rasen. Kurz darauf tauchte die kleine Mrs. Sperling mit Baby Cameron auf. Sie stellte sich mitten auf den Rasen und warf das Baby hoch in die Luft, windelbepacktes Hinterteil zuoberst. *Hoppla-hop*, rief sie. Dann mußte sie niesen, und ihr glattes braunes Haar fiel ihr in die Augen. Die Katze rollte sich im Gras. Eine Wolke schwebte über uns dahin. Irgendwo in der Nähe des Einkaufszentrums wurde in eine Pfeife geblasen.

An diesem Nachmittag um 16.44 Uhr, als ich durch mein Fernglas das Eichhörnchen suchte, das in einem der Hartriegelbäume keckerte und sich beschwerte, sah ich Mr. Greens Wagen an unserem Haus vorbeifahren, zwei Stunden bevor er normalerweise von der Arbeit nach Hause kam. Ich erkannte es am Nummernschild.

Der Wagen fuhr nicht auf Mr. Greens Einfahrt, sondern daran vorbei und bog dann links in die Ridge Road ein.

Ein paar Minuten später unterbrach meine Mutter ihre Anrufe, trat auf die Veranda und fächelte sich mit einer Peterman-Wolff-Zeitschrift Luft zu. »Es müssen an die vierzig Grad sein«, sagte sie. »Ich fühle mich wie ein Putzlumpen.«

»Es sind zweiunddreißig Grad«, sagte ich. »Weißt du was? Eben habe ich gesehen, wie Mr. Greens Wagen vorbeigefahren ist.«

Sie hörte auf, sich Kühlung zuzufächeln, beugte sich über die Begonien und schnippte mit den Fingernägeln ein paar verwelkte Blätter ab. »Er ist wahrscheinlich früher von der Arbeit nach Hause gekommen.«

Ein Auto voller Teenager fuhr vorbei, die etwas Unverständliches schrien. Meine Mutter hob die Gießkanne auf, goß den Ficus in der Ecke und kontrollierte ihn auf Spinnmilben.

Auf der anderen Straßenseite ging Mrs. Morris mit ihrem verblichenen Sonnenhut aus Denim vorbei, sie führte ihre Jack-Russell-Terrier spazieren. Mrs. Morris war Engländerin – nicht britisch auf die Weise wie Felicia und Rodney britisch waren; wahrscheinlich hatte sie nie ein Wort von Evelyn Waugh gelesen. Manchmal lud sie mich zu sich ein, und wir tranken Tee, während sich die Jack-Russell-Terrier unter dem Eßtisch anknurrten. Wir aßen immer Kekse der Marke Lorna Doone von Tellern mit Goldrand und tranken milchigen Tee aus Tassen, die so hauchdünn waren, daß das Licht hindurchschimmerte. Mrs. Morris erzählte mir, daß außer den Tassen nichts mehr übrig sei vom Knochenporzellan ihrer Mutter. In einem dieser surrealen Mißverständnisse, die die Kindheit so interessant machen, glaubte ich, die Tassen wären aus den Knochen ihrer Mutter hergestellt. Ich hielt meine Tasse vorsichtig mit den Fingerspitzen und fragte mich, welchen Knochen ich berührte. Einen Oberschenkelknochen? Einen Knöchel? »Noch einen Tropfen Tee?« fragte Mrs. Morris mit ihrer trockenen melodischen Stimme und hob die Kanne hoch. »Noch einen Keks?« Und ich nickte und fühlte mich klamm und ein bißchen müde in ihrem schattigen Eßzimmer mit den Grünlilien und den winzigen ovalen Porträts an der Wand und Mr. Morris, der nebenan im Wohnzimmer leise schnarchte.

Mrs. Morris winkte. Meine Mutter winkte zurück.

»Mr. Green kommt jeden Tag zur gleichen Zeit von der Arbeit nach Hause«, sagte ich. »Genau zur gleichen Zeit. Um zwanzig vor sieben.«

»Warum interessierst du dich so für Mr. Green?« Meine Mutter riß ein Ficusblatt ab und deutete dann mit der Gießkanne auf mich. »Und was schreibst du da? Jedesmal, wenn ich mich umdrehe, schreibst du etwas. Ist das ein Tagebuch?« Sie machte mit ihrer freien Hand eine Bewegung, als wollte sie mein Notizbuch nehmen, in das ich im Stil von Sherlock Holmes alles notierte, was sich auf der Straße zutrug.

»Das ist kein Tagebuch«, sagte ich und preßte mein Notizbuch an die Brust.

»Sei nicht so empfindlich«, fuhr sie mich an. »Ich respektiere die Privatsphäre anderer Leute. Du hoffentlich auch.«

Die Dielen knarrten, als sie über die Veranda ging. Ich hörte, wie sie in der Küche den Hörer aufnahm; kurz darauf räusperte sie sich, und dann setzte ihre Stimme ein: *Hal-lo. Hier spricht Lois Eberhardt*, und ich widmete mich wieder der Beobachtung der Straße.

Mr. Green stellte seinen Wagen an diesem Abend zehn Minuten früher als gewöhnlich in zwanzig Zentimeter Abstand vom Regenrohr ab. Als er ausstieg, sah er blaß aus, etwas wund um den Mund herum, und unter seiner Unterlippe klebte ein Pflaster. Wie üblich ging er seinen Weg entlang, blieb stehen, um Mrs. Lauder zuzuwinken, die auf der Treppe vor ihrem Haus stand und Luann dabei zusah, wie sie versuchte, auf dem Rasen einen Handstand zu machen. Mr. Green wartete, bis Mrs. Lauder ebenfalls winkte, und seine Mühe wurde mit dem Anblick von Luanns weißer Unterhose belohnt, als ihr das Matrosenkleidchen über den Kopf flog.

»Luann«, rief Mrs. Lauder. »Hör auf herumzualbern und komm rein.«

Mr. Green ging weiter auf seine Treppe zu, langte hinter die Azalee, um den Rasensprenger anzustellen. Der setzte mit einem *Pffft!* ein und sprengte die Blätter von einem unserer Hartriegelbäume.

Als er sich vorbeugte, um den Hahn aufzudrehen, betrachtete ich seine kahle Stelle. Er versuchte, das Stirnhaar nach hinten zu kämmen, um sie zu verbergen. Ich stellte mir vor, wie er vor einem fleckigen Badezimmerspiegel stand, sorgfältig Brylcreem in seinem dünnen Haar verteilte und den Kopf, während er kämmte, nach rechts und links drehte. Seine kahle Stelle war sonnenverbrannt und wirkte empfindlich.

Zwei Wochen zuvor hatte ich Mr. Green dabei beobachtet, wie er im Garten hinter seinem Haus anfing, einen Grill zu mauern. Als ich an jenem Samstagmorgen auf die Veranda trat, nachdem ich meiner Mutter und Julie dabei geholfen hatte, das Haus für einen weiteren Besuch von Mr. McBride aufzuräumen, lag in der Nähe seines Picknicktisches ein Haufen Ziegel, und Mr. Green mischte Zement in einer großen Blechwanne.

Es war bereits heiß, und er hatte sein Hemd ausgezogen. Ich erinnere mich, daß ich angesichts seiner nackten Brust erschrak. Sie war wesentlich breiter und muskulöser, als ich erwartet hätte. Auf seinen rechten Arm, knapp unterhalb der Schulter, wo sein Bizeps hervortrat, war eine barbusige Meerjungfrau tätowiert. Während er arbeitete, wogte die Meerjungfrau hin und her, als würde sie von unsichtbaren Strömungen getragen.

Er kniete auf der Erde und warf mit einer Kelle Mörtel auf den Halbmond, den er mit Ziegeln ausgelegt hatte. Ich sah zu, wie sich sein Arm hob und senkte und dabei ein Büschel dunklen glänzenden Haars in seiner Achsel entblößte. Und dann stand meine Mutter hinter mir in der Tür. Auch sie sah zu, wie sich Mr. Greens Arm hob und senkte, Mörtel aufnahm wie eine dicke Glasur und ihn auf den Ziegeln verteilte. Auf seiner Brust glitzerte Schweiß. Weder meine Mutter noch ich sagten etwas. Nach ein paar Minuten ging Mr. Green in die Hocke und fuhr sich mit dem Handgelenk über die Stirn.

Als er Atem schöpfte, rief meine Mutter plötzlich: »Wenn Sie etwas Kaltes trinken wollen, wir haben Limonade.«

Mr. Green beugte sich vor und spähte gegen die Sonne zu unserem Haus. Dann griff er nach seinem Hemd, das zerknittert neben ihm auf dem Boden lag, fummelte mit den Knöpfen herum, als er es eilig anzog, und blinzelte zu dem, was ihm auf unserer bewachsenen Veranda wie eine Masse Schatten unter einer Masse Blätter vorgekommen sein muß.

»Ich glaube, wir haben uns noch nicht richtig vorgestellt«, rief sie und ging zur Tür. »Das ist meine Tochter Marsha.« Sie öffnete die Tür und deutete auf mich. »Und ich bin Lois. Eberhardt«, fügte sie hinzu. »Wie die Stifte. Eberhard Faber? Nur mit einem T.«

Mr. Green stand auf und rieb sich einen Augenblick zu lange die nackten Knie. Er trug fleckige blaue Baumwollshorts und alte Tennisschuhe; es war das erstemal, daß ich ihn nachlässig gekleidet sah.

»Hallo«, sagte er, ohne seinen Namen zu nennen; vielleicht meinte er auch, daß wir ihn bereits kannten. Er trat ein paar Schritte nach vorn und hielt die Hand gegen die Sonne über die Augen. Dann blieb er stehen, langte in seine Gesäßtasche, holte einen schwarzen Kamm heraus und kämmte mit zwei raschen verstohlenen Bewegungen sein Haar nach hinten, bevor er den Kamm wieder einsteckte, um die Hecke ging und in unseren Garten kam.

»Sie müssen ja halb tot sein«, sagte meine Mutter, als er sich unserer Verandatreppe näherte. Da Mr. Green verwirrt dreinblickte, fügte sie laut hinzu: »Vor Durst. Es ist *siedend* heiß heute.«

»Ich bin okay.« Er blickte noch immer verwirrt drein. »Vielen Dank.«

»Also, möchten Sie ein Glas Limonade?« Meine Mutter war auf die oberste Stufe getreten und ahmte ihn unbewußt nach, indem sie sich ebenfalls eine Hand über die Augen hielt.

»Vielen Dank«, sagte er wieder, in seinem Nacken spannte sich eine Sehne.

»Mit Eis?«

Pause. »Ja. Vielen Dank.«

»Es ist exotische Limonade«, sagte meine Mutter etwas aufgeregt. Sie hatte sich wohl daran erinnert, daß ich am Morgen die rosa Limonade mit blauer Lebensmittelfarbe lila gefärbt hatte. Ich meinte, daß lila Limonade an einem so heißen Tag kühl schmecken würde.

Mr. Green wartete in unserem Garten neben der Verandatreppe, während meine Mutter in die Küche ging. Er sah mich durch das Fliegengitter an, ohne etwas zu sagen, und ich starrte ihn an. Sein Nacken war von der Hitze gerötet, und sein Gesicht war schweißüberströmt.

Meine Mutter kehrte mit einem runden Rattantablett zurück, auf dem zwei große Gläser mit lila Limonade standen. Eiswürfel klimperten. Es folgten ein paar angespannte Augenblicke, als meine Mutter vor der Verandatür stand und Mr. Green draußen am Fuß der Treppe. Schließlich sagte meine Mutter: »Marsha, hilf mir.« Und Mr. Green sprang die Treppe herauf und zerrte am Türgriff.

Ich blieb in meinem Sessel sitzen, während meine Mutter Mr. Green das Tablett hinhielt. Er starrte es einen Moment lang an und nahm dann kommentarlos ein Glas.

»Sie ist ein bißchen schrullig«, erklärte meine Mutter.

»Danke«, sagte Mr. Green.

»Marsha«, rief sie scharf; ich hinkte zur Tür, und sie gab mir das leere Tablett. »Trag das rein, Liebes.« Sie lächelte über meinen Kopf hinweg.

Nachdem sie mehrere mögliche Gesprächsthemen angerissen hatte – das Wetter, die bevorstehenden Wahlen –, stürzte sich meine Mutter auf das Thema Gras. Mr. Green habe bei seinem Rasen Wunder vollbracht. Mr. Green müsse ein grünes Händchen haben. Ihr eigener Rasen sehe aus, als habe er Lepra. »Schauen Sie sich nur die braunen Stellen an«, sagte sie und deutete auf unser Gras.

Pflichtbewußt wandte sich Mr. Green um und betrachtete zwei oder drei kleine gelbliche Stellen. Und gerade als meine Mutter ansetzen und unsere Hartriegelbäume, Rhododendronsträucher und den heimtückischen Holzapfelbaum, von dem ich gefallen war und mir den Knöchel gebrochen hatte, kritisieren wollte, sagte er widerstrebend, als bedauere er, es eingestehen zu müssen: »Ich bin ja auch vom Land. Manchmal schaue ich Ihren Garten an, und etwas daran gibt mir das Gefühl, auf dem Land zu sein.«

Meine Mutter schien beeindruckt von der Aufrichtigkeit dieser Bemerkung. Ihre Augenlider flatterten. »Tja«, sagte sie. Dann hielt sie inne und betrachtete unsere Sträucher und Bäume aus der Perspektive von jemandem, der sich nach einem ländlichen Anblick sehnt. »Ich glaube, ich verstehe«, stimmte sie ihm schließlich zu. »Ich verstehe, was Sie meinen. Ich sollte mich nicht beklagen.«

Mr. Green trank seine Limonade und hielt dabei das Glas schräger, als er beabsichtigt hatte, denn lila Limonade lief über sein Kinn auf sein weißes Hemd. Er sah an sich hinunter. Meine Mutter tat so, als würde sie nichts bemerken. Der Augenblick, ihm ein Papiertuch anzubieten, kam und ging. Mr. Greens Blick wanderte zu seinem kleinen Berg Ziegel und zurück zum Gesicht meiner Mutter, als sie mit einem Lobgesang auf das Landleben loslegte. »Nein, nichts ist damit zu vergleichen«, sagte sie, als setze sie eine ausführliche Diskussion fort. »Das Leben in der Stadt läßt uns vergessen, daß das *wahre* Leben auf dem Land stattfindet. Und in den Vororten.« An dieser Stelle hielt sie inne und blickte über die Straße zu den würfelartigen Buchsbäumen der Morris'. »Die Vororte sind weder hier noch dort. Manchmal glaube ich tatsächlich«, fuhr sie atemlos fort, »daß die Vororte etwas *Groteskes* sind.«

Mr. Green räusperte sich und bewegte das Glas in seiner Hand. Eine Biene summte zwischen den beiden. Meine Mutter schlug danach und öffnete den Mund, um ein neues Thema anzusprechen. Der Fernseher eines Nachbarn begann zu brabbeln.

»Mom.« Ich stand auf, warf dabei meine Milchkiste um, so daß die Begonien zitterten. »Mein Fuß juckt.«

»Marsha ist meine Jüngste«, sagte meine Mutter zu Mr. Green, ohne sich umzuwenden. »Wie Sie vielleicht gesehen haben, hat sie sich den Knöchel gebrochen.«

Mr. Green spähte durch das Fliegengitter und nickte mir kurz zu.

»Haben Sie keine Kinder?«

»Nein, Ma'am.«

»Kinder sind ...« Ich sah, wie meine Mutter nach einem schlauen Ausdruck suchte. »Sie sind eine Herausforderung«, sagte sie schließlich stirnrunzelnd.

Mr. Green nickte erneut.

»Ich glaube, ich habe Ihren Namen nicht verstanden.«

»Alden. Alden Green. Junior«, fügte er hinzu. Er streckte die Hand mit dem Glas aus. »Vielen Dank.«

»Wie John Alden?« Meine Mutter nahm das Glas und stützte das Kinn darauf. »War der nicht ein Pilgervater?«

In der Sonne perlte Schweiß auf seiner Stirn; er wischte ihn immer wieder mit dem Handrücken ab. Meine Mutter fragte ihn, was er von »dieser Watergate-Geschichte« halte. Auf der anderen Straßenseite fuhr der Buick der Sperlings vor. Im Haus der Morris' begannen die Jack-Russell-Terrier zu bellen.

»Diese Hunde«, sagte meine Mutter. »Yippy und Yappy.«

Mr. Green lächelte höflich.

»Tja«, sagte sie seufzend. »Ich sollte Sie wohl nicht länger von der Arbeit abhalten.«

Mr. Green zog den Kopf ein und bedankte sich erneut

für die Limonade. Kurz darauf war er wieder in seinem Garten und kniete vor seinen Ziegeln.

»Es kann nie schaden«, sagte meine Mutter, als sie auf die Veranda zurückkehrte, »seine Nachbarn kennenzulernen. Man kann gar nicht vorsichtig genug sein.« Die Fliegengittertür fiel ins Schloß. Als sie sich vorbeugte, um das Tablett zu nehmen, sah ich, daß ihre Wangen gerötet waren und ihre Augen leuchteten und daß sie noch immer das lila Lächeln lächelte, mit dem sie auch Mr. Green bedacht haben mußte.

War sie zufällig im Garten, unterließ es meine Mutter die ganze Woche über nie, Mr. Green zuzuwinken, wenn er auf seine Einfahrt fuhr oder zu seinem Auto ging. Sie rief ihm immer etwas zu, meist eine Bemerkung über seinen Rasen oder über die üppig wuchernden Ringelblumen, die er vor seiner Veranda gepflanzt hatte.

»Wie hindern Sie die Nacktschnecken daran, die Köpfe der Ringelblumen zu fressen?« wollte sie eines Abends wissen.

Mr. Green stieg gerade aus seinem Auto, hatte noch nicht einmal die Wagentür geschlossen; auf die Frage meiner Mutter hin drehte er sich ruckartig um, als hätte ihm jemand von hinten auf die Schulter geklopft.

Sie schob den Schirm von Stevens Baseballmütze, die sie jetzt im Freien immer trug, nach oben und lächelte, als hätte sie Mr. Green gefragt, wie er seinen Kaffee haben wolle.

»Nacktschnecken«, wiederholte er. Das weiße Hemd klebte an seiner Brust und ließ die Träger seines Unterhemds durchscheinen. Er klammerte sich an den Griff seiner Aktentasche und zog sie etwas höher über den Bauch.

»Sie enthaupten meine Ringelblumen«, sagte meine Mutter und ging auf die Buchsbaumhecke zu, die unseren Garten von Mr. Greens Einfahrt trennte.

Mr. Green drehte sich um, sah seine Ringelblumen an, blickte dann wieder zu meiner Mutter, sein Gesicht feucht und aufgedunsen über dem weißen Hemdkragen. »Backpulver«, sagte er mit seiner leisen, näselnden Stimme.

»Backpulver«, wiederholte meine Mutter. Sie schwang ihre Unkrautharke.

»Sie können auch Salz draufstreuen«, fügte er widerwillig hinzu. »Dann verschrumpeln sie.«

Meine Mutter hörte auf, die Unkrautharke zu schwingen. Es muß gleichzeitig ihr wie mir eingefallen sein, daß Mr. Green vor kurzem erst genau das getan hatte: Er hatte im Freien mit seinem Salzstreuer darauf gewartet, daß eine silbrige Spur im Mondlicht schimmerte.

Am nächsten Sonntag erwischte sie ihn, als er auf seinem Campingstuhl saß und Zeitung las. Diesmal schien er auf sie vorbereitet, denn er stand auf, sobald sie ihn hinter der Fliegengittertür anrief.

Er trug seine Wochenendkleidung, Baumwollshorts und ein khakifarbenes Hemd, und er sah aus wie eine Kreuzung zwischen einem Florida-Touristen und Marlin Perkins in *Im Reich der wilden Tiere.* Sein Haar war sorgfältig über seine kahle Stelle gekämmt, und er hatte Haaröl benutzt – ein Kennzeichen der Unterklasse, hatte mein Vater einmal gesagt, als der Friseur, nachdem er Steven die Haare geschnitten hatte, Öl darauf schmierte. Mein Vater hatte dichtes, elastisches Haar, das sich zwanglos aus der Stirn wellte. Er hatte auch einen schlaksigen Körper und eine einnehmende lockere Art, sich zu bewegen, nichts von der plumpen, trägen Schwere unseres neuen Nachbarn, der auch mit seinem rosigen Gesicht dunkel wie eine Olive wirkte.

»Ist es nicht *heiß*?« rief meine Mutter. Sie konnte nicht fassen, wie heiß es war; sie meinte, sie würde gesotten, wenn es noch heißer würde.

Mr. Green rollte seine Zeitung zu einem festen Zylinder zusammen und nickte einmal, während er auf die Hecke zuging, dann nickte er mit Nachdruck noch einmal.

Sie öffnete die Fliegengittertür. »Vielleicht kommt ein Tornado«, sagte sie, als sie die Treppe hinunterging. »Ein kurzer kleiner Tornado wäre doch nett.«

Mr. Greens Gesicht, das einen Ausdruck der Wachsamkeit angenommen hatte, wurde erneut völlig ausdruckslos. Er konnte und wollte eindeutig nicht verstehen, warum meine Mutter einen Tornado herbeiwünschte. Vor allem, da uns so früh im Sommer schon ein Hurrikan heimgesucht hatte.

Er war nicht der erste, den die Angewohnheit meiner Mutter, das Unglück zu domestizieren, verwirrte. Ich erinnere mich, daß ich als Kind entsetzt war, als ich meine Mutter, nachdem sie die Treppe gesaugt hatte, sagen hörte, daß sie gleich tot umfallen werde. Ich war entsetzt, als sie zum erstenmal erklärte, jemand »versucht, uns umzubringen«, als ein Auto knapp vor uns auf den Beltway einbog. Aber allmählich ließen mich ihre Erfahrungen von Todesnähe, ihre Scharmützel mit dem Chaos, ihre Abstürze in den Wahnsinn, wenn sie nach einem Parkplatz, nach verlorenen Bibliotheksbüchern oder dem Deckel des Senfglases suchte, ungerührt. Vor langer Zeit hatte sie beschlossen, daß die einzige Möglichkeit, mit den Gefahren des Lebens fertig zu werden, darin bestand, sie als Routine zu betrachten. Sie schien nicht zu begreifen, daß diese Einstellung andere Menschen irritierte.

»Wäre es nicht großartig, diese ganze heiße Luft loszuwerden?« fragte sie wehmütig. »Nur ein kurzer Tornado, der sie aufs Meer hinausbläst?«

Mr. Greens Lächeln kehrte zurück, die Muskeln in seinem Gesicht zuckten. Dann lachte er überraschenderweise. Er lachte, wie Comic-Figuren lachen, indem er die Worte »ha, ha« aussprach.

»Ha, ha«, wiederholte meine Mutter und fächelte sich mit der Hand Kühlung zu.

Ich bin sicher, daß sie erstaunt gewesen wäre, hätte ihr damals jemand gesagt, daß sie flirtete. Aber was sonst tat sie? Und wer außer mir hätte es ihr übelnehmen können? Sogar Julie und Steven hätten es wahrscheinlich verstanden, wenn sie sich die Mühe gemacht hätten, es zu bemerken. Natürlich frage ich mich noch heute, ob ich getan hätte, was ich tat, wenn meine Mutter an jenem Nachmittag weniger freundlich gewesen wäre oder wenn sie zusammen mit ihrem Tornado im Haus und Mr. Green auf seinem Campingstuhl sitzen geblieben wären und seine kahle Stelle niemanden außer den Himmel angeblinkt hätte.

Ada und mein Vater waren seit drei Wochen fort. Sie hatten weder angerufen noch einen Brief oder eine Postkarte geschrieben. Sie konnten jeden Augenblick oder nie zurückkommen. Tante Frans Mann, Onkel Billy, der Anwalt war, hatte mittlerweile die Scheidungspapiere entworfen, und meine Mutter wollte sie meinem Vater schikken, sobald er zurück wäre. In ein paar Monaten, so plante sie, wäre sie die einzige alleinerziehende Mutter, die sie kannte. Sie meinte bereits, daß die anderen Mütter in der Straße sie scheel anschauten und abwägten, ob sie zu jemandem werden würde, der ihnen die Männer abspenstig machte. Vor ein paar Jahren erzählte mir Julie, daß Mrs. Guibert und Mrs. Bridgeman meine Mutter an einem Morgen in jenem Sommer zum Kaffee einluden und sie in Mrs. Guiberts ordentlicher Küche mit dem ziegelgemusterten Linoleumboden und dem avocadogrünen Kühlschrank behutsam davon in Kenntnis setzten, daß unsere Straße eine »Familienstraße« sei. »Ach, wirklich?« erwiderte meine Mutter. »Wessen Familie?«

Und während meine Mutter auf das wartete, was als

nächstes passieren würde, verbrachte sie ihre Tage damit, durch die Peterman-Wolff-Verkaufsgespräche zu stolpern. Nachts blieb sie lange auf, trank Chablis und las englische Romane aus dem 19. Jahrhundert, die damit endeten, daß alle in ein herrschaftliches Anwesen einheirateten, das von lombardischen Pappeln umstanden war. Oder sie telefonierte leise mit Tante Fran und Tante Claire und versuchte, sie von einem weiteren Besuch abzuhalten.

Aber im Freien, über dem Rasen, da flimmerte die Luft.

»Es ist so heiß«, sagte meine Mutter mit bebender Stimme. »Ich habe das Gefühl, mein *Gehirn* schmilzt.«

»Ha, ha«, sagte Mr. Green und schlug sich mit der Zeitung auf die Handfläche.

Sie neigte bescheiden den Kopf, während sie über die nächste geistreiche Bemerkung nachdachte. »Nein, wirklich«, sagte sie. »Es ist so heiß, daß –«

Über uns donnerte ein Flugzeug vom National Airport vorbei. Die geistreiche Bemerkung meiner Mutter ging verloren.

Bevor sie sie wiederholen konnte, unterbrach Mr. Green sie. Heute, so schien es, hatte er auch etwas zu sagen. Es fiel ihm jedoch nicht leicht, diese Aussage zu machen. Von der Veranda aus beobachtete ich, wie sein rot anlaufendes Gesicht einen Kampf zwischen Zaudern und Entschlossenheit austrug, seine Lippen zuckten, seine Augen blinzelten, während er hinter der Hecke ein wenig schwankte, auf seiner Stirn bildete sich Schweiß, sogar seine Ohren wurden rot, bis er schließlich den Mund weit genug aufbrachte, um zu sagen: »Ich möchte.«

Er sackte in sich zusammen, schluckte und zupfte an seiner Hemdbrust. Gerade als es schien, daß er aufgeben und so tun würde, als hätte er nichts gesagt, fügte er nahezu vage hinzu: »Habe mich gefragt.« Wieder holte er Luft, klammerte sich an seine Zeitung wie ein Mann, der das

Ende eines Seils zu fassen kriegt. Aber jetzt war es passiert; er würde zu Ende sprechen oder er wäre verdammt. »Gefragt ... Ich habe mich gefragt, ob Sie vielleicht zu einer Grillparty zu mir kommen wollen?«

Meine Mutter starrte ihn an. Mr. Green wurde noch röter und zog das Kinn ein.

»Eine Grillparty«, wiederholte er.

»Eine Grillparty?« wiederholte sie sofort nach ihm. Mir war bereits klar, daß sie sich nicht festlegen würde.

»Ja.« Zwei lange nasse Schweißstreifen hatten sich vorn auf seinem khakifarbenen Hemd gebildet, aber er biß die Zähne zusammen.

»Oh.« Sie lächelte ihr bestes undurchdringliches Lächeln.

»Mein Grill ist fertig.« Er gestikulierte mit seiner Zeitung.

»Ach ja, verstehe, der ist *toll*. Diese vielen Ziegel. Wirklich – ich könnte nie so etwas bauen. Ich tu mich schon schwer, Brot zu toasten. Wann, haben Sie gesagt?«

»Sonntag? Vielleicht an einem Sonntag? In zwei oder drei Wochen?« Er schien nicht willens, ein genaues Datum zu nennen, als wäre er jetzt, da es ihm gelungen war, seine Absicht kundzutun, eine Grillparty zu veranstalten, erstaunt, daß man noch mehr von ihm verlangte.

»Sonntag in zwei, drei Wochen?« Meine Mutter lächelte. Sie legte den Kopf schief, als konsultiere sie einen Kalender, der genau hinter Mr. Greens Kopf hing. Bereits eingegangene Verpflichtungen schwirrten nahezu sichtbar durch die Luft: Besuche bei Cousins. Besuche im Schwimmbad. Ein versprochener Ausflug in den Zoo. Wir könnten an diesem Tag selbstverständlich nach Great Falls oder Silver Spring fahren. Es war praktisch, Kinder zu haben; die Leute glaubten einem immer, wenn man behauptete, daß man etwas mit den Kindern unternehmen müßte.

Mr. Green, der ihr Gesicht nicht aus den Augen gelassen hatte, nickte und sah weg. »Ich habe gedacht«, sagte er griesgrämig, »daß ich ein paar Nachbarn einladen könnte.«

»Ja-aa«, sagte meine Mutter.

Sie spielte mit ihrem Uhrband aus Metall, zog es vom Handgelenk fort und ließ es zurückschnappen. Sogar von der Veranda aus sah ich, das rosarote Fernglas gegen meine Brillengläser gepreßt, wie ihr Fleisch zwischen den winzigen vernickelten Elementen eingezwickt wurde. Einen Nachmittag mit dem fleischfarbenen Mr. Green verbringen, ihm dabei zusehen, wie er über seinen Grill stolperte? Unmöglich. Ich stellte mir vor, wie er ihr zitternd einen Pappteller anbot, einen Plastikbecher mit Wein, während unter seinem Hemdsärmel die tätowierte Meerjungfrau erbebte.

Meine Mutter kniff die Augen zusammen. Ihr Lächeln wurde breit und schmal, durchsichtig. Mr. Green schluckte und zupfte ein Blatt von der Hecke.

Aber dann sagte meine Mutter in einem leisen ironischen Tonfall, einem Tonfall der für enttäuschende Verehrer und hinausgeworfene treulose Ehemänner reserviert war: »Aber ja, Alden. Ja, ich komme gern.«

6

AM 20. JULI lief um sieben Uhr abends ein Mann unsere Straße entlang, gerade als sich die meisten Familien zum Essen hinsetzten. Er lief zuerst zum Tudorhaus der Guiberts an der Ecke, rief und hämmerte gegen die Tür. Mr. Guibert öffnete, und auch in unserem Haus auf halber Höhe der Straße konnten wir ihre aufgeregten Stimmen hören. Dann rannte der Mann über die Straße zum Haus der Reades und schlug gegen die Tür. Männer, Frauen, Kinder drängten sich an die Fenster, während der Mann im Zickzack von Haus zu Haus eilte, laut etwas sagte und kaum stehenblieb, bevor er zum nächsten Haus lief. Wir hielten noch die Servietten in der Hand, als wir uns dem Fenster zuwandten.

Als er zum Haus der Bridgemans kam, machten die Morris und die Sperlings bereits ihre Fliegengittertüren auf und traten auf die Treppe. Man hörte entlang der gesamten Straße das Ächzen von Türangeln, wie Fröschequaken in einem Teich. Die Leute riefen einander über Zäune und Hecken, fragten, was los sei, war etwas passiert, was sagte der Mann?

Ein Junge wird vermißt, rief er. *Sagt es euren Nachbarn. Ein Kind wird vermißt.*

Er war von der Buena Vista hergerannt, in der die Ellisons wohnten, und klopfte an jede Tür, um alle erwachsenen Männer, die er antraf, zu bitten, sich im Garten der Ellisons einzufinden. Nummer 26. Seine Frau, die bei Sylvia Ellison war, hatte ihm eingeschärft, so viele Männer wie möglich zu holen. Die Ellisons hatten die Polizei verständigt, aber die Polizei konnte erst nach vierundzwanzig Stunden aktiv werden. Wahrscheinlich ist er mit einem Freund unterwegs, hatten sie gesagt. Soviel zur Polizei.

Ein Kind wird vermißt. Ein Kind wird vermißt.

So machte es in der Nachbarschaft die Runde.

Jeder Mann unter Siebzig und jeder Junge im High-School-Alter in unserer Straße meldete sich, um bei der Suche zu helfen – Mr. Sperling; Mr. Lauder; Mr. Bridgeman und der dicke glotzäugige David Bridgeman; die Reade-Brüder, Mike und Wayne, die ich wegen ihres glatten blonden Haars, ihrer schrägen Augen und der rauhen Eleganz liebte, mit der sie auf ihrer Einfahrt Basketball spielten; der kahle Mr. Hollowell; Mr. Guibert, ein Frankokanadier mit großen Nasenlöchern, der bisweilen *»Merde«* schrie, wenn die Morris' ihre Terrier auf seinem Rasen ihr Geschäft verrichten ließen. Alle Männer außer Mr. Green. Soweit ich mich erinnere, kam es niemanden in den Sinn, ihn zu fragen.

In weniger als einer halben Stunde nachdem der Mann an unserem und Mr. Greens Haus vorbeigelaufen war und dann an die Tür der Lauders gehämmert hatte, versammelten sich die Männer aus unserer Straße auf dem Rasen vor dem Haus der Ellisons, und ihre Frauen hatten trotz der Hitze Türen und Fenster verriegelt und die Kinder auf die Wohnzimmersofas gescheucht, wo alle auf die Zehn-Uhr-Nachrichten im Fernsehen warteten.

Jedermann war nervös und angespannt, wie es die Leute sind, wenn einem anderen möglicherweise etwas Schreckliches zugestoßen ist. Natürlich hofften wir alle, daß der Junge gefunden würde, aber wir hofften auch, daß er nicht gefunden würde, zumindest nicht gleich, und daß er auf dramatische Weise gerettet werden müßte, mit Strickleitern und Hunden und Sanitätern.

Ein paar Stunden lang rückte unsere Nachbarschaft zusammen, als alle außer meiner Mutter Türen und Fenster schlossen und verriegelten und den Keller kontrollierten. Vielleicht weinten ein paar kleine Kinder, als ihre Väter nach der Taschenlampe griffen und zur Tür hinauseilten, aber die meisten Kinder waren wahrscheinlich beeindruckt von der unerwarteten Wichtigkeit ihrer Väter und sehnten sich danach, mit ihnen hinaus in die lehmrosa Dämmerung zu gehen. Sie saßen still da, an ihre Mütter gelehnt, und sahen Gestalten über den Bildschirm huschen. Ihre Mütter standen in regelmäßigen Abständen auf, um aus dem Fenster zu schauen. Ventilatoren schwirrten. Die Kinder aßen Eis am Stiel. Schließlich schliefen sie ein. Und da begannen ihre Mütter, alle anzurufen, die sie kannten.

Niemand hatte an unsere Tür geklopft, wahrscheinlich weil allen klar war, daß mein Vater nicht mehr bei uns lebte. Es schien fast, als hätten sie es schon gewußt, bevor er verschwunden war. Aber wir hatten die Rufe gehört und waren wie alle anderen zur Tür gegangen, um nachzusehen, was los war.

»Gaffer«, murmelte meine Mutter, als Mr. und Mrs. Lauder und Luann und dann die Morris' vor ihren Häusern auftauchten. Dann kamen auch die Sperlings heraus; Mrs. Sperling wiegte ihr Baby in den Armen, während der dunkelhaarige Mr. Sperling dem alten Mr. Morris zuwinkte. Es sah aus, als würde gleich eine Parade vorbeimarschieren. Die Jack-Russell-Terrier begannen zu kläffen.

»Ich gehe mit«, sagte Steven.

»Ich auch«, sagte Julie.

»Ihr bleibt hier. Eßt euer Abendessen.« Meine Mutter stemmte die Hände in die Hüften. Dann drehte sie sich so abrupt um, daß sie gegen meine Krücken stieß.

»Ma«, sagte Steven.

»Nenn mich nie wieder ›Ma‹«, sagte sie leicht schwankend. In der letzten Woche war sie dazu übergegangen, in der Küche, während sie das Abendessen zubereitete, ein Glas Wein zu trinken, zusätzlich zu dem Glas, das sie zum Essen trank, und zu dem Glas, das sie danach trank, während sie auf dem Sofa liegend las.

Auf dem Weg zurück zum Tisch drehte sie das Radio lauter. »Zivilisierte Menschen«, sagte sie, als wir uns wieder hinsetzten, »weiden sich nicht am Unglück anderer.«

»Jaa, genau«, sagte Julie.

Es war ein heißer, windstiller Tag gewesen, mit großen grünen Blättern, die sich kaum bewegten, und feuchten Gehsteigen. Die Art Tag, die einen daran erinnert, daß Washington, D.C., eine im Süden gelegene Stadt ist. Den ganzen Nachmittag über zirpten Heuschrecken in den Bäumen, während die Katzen des Viertels stundenlang in der gleichen Haltung auf den kühlsten Türschwellen oder Veranden lagen, die sie finden konnten.

Während die Mütter in unserer Nachbarschaft die Fenster und Türen schlossen und Julie und Steven ins Wohnzimmer gingen, um fernzusehen, mußte ich meiner Mutter mit dem Abwasch helfen; wir standen vor dem offenen Küchenfenster, Dampf aus dem Spülbecken wölkte sich um unsere Ellenbogen.

Wir standen noch immer vor der Spüle, als das Telefon klingelte. Es war Mrs. Lauder von nebenan. Meine Mutter klemmte sich den Telefonhörer zwischen Ohr und Schulter, während sie einen Salatteller abtrocknete. Ihre Augenbrauen gingen in die Höhe und senkten sich wieder. »O nein«, sagte sie.

Sie ging auf das Wohnzimmer zu, zog dabei die Telefonschnur hinter sich her. »Wer ist es? Wissen sie, wer es ist?« Sie schwieg. »Ja, das werde ich tun. In Ordnung, Mavis. Danke für den Anruf.«

Kaum hatte sie aufgelegt und den Salatteller in den Schrank gestellt, klingelte das Telefon erneut. Sie konnte gerade noch zu mir sagen: »Ein Kind ist verschwunden«, bevor sie sich meldete. Diesmal war es Mrs. Sperling, die weinte, weil sie mit Baby Cameron allein zu Hause Angst hatte.

»Mach dir keine Sorgen«, sagte meine Mutter, die jetzt eine Schüssel abtrocknete. »Du bist vollkommen sicher. Sie werden ihn bestimmt finden. Bestimmt wird sich alles in Wohlgefallen auflösen.« An ihrem munteren Tonfall merkte ich, daß das Gesagte sowohl für mich als auch für Mrs. Sperling bestimmt war. »Wirklich, ich glaube, du regst dich zu sehr auf, Dolly. Es gibt keinen Grund, Angst zu haben. Wahrscheinlich haben sie ihn schon gefunden.«

Gleich danach legte sie auf, und an der unzufriedenen Art, wie sie das Geschirrtuch anschaute, merkte ich, daß sie bedauerte, Mrs. Sperling nicht zu uns herübergebeten zu haben. Einen Augenblick später wählte sie die Nummer der Sperlings, die neben den Nummern der Feuerwehr, des Giftnotrufs und mehrerer anderer Nachbarn auf einem Zettel stand, der an unserem Kühlschrank klebte. Tante Adas Telefonnummer, die einst über der von Tante Fran und Tante Claire geschrieben stand, war fein säuberlich abgeschnitten. Bei den Sperlings war besetzt. Ein paar Minuten später rief Mrs. Morris an.

Während meine Mutter mit Mrs. Morris sprach, hinkte ich mit einer Krücke auf die Veranda hinaus und legte mir mein Notizbuch, mein Fernglas und einen neuen Bic-Kugelschreiber, den ich aus Julies Zimmer geklaut hatte, griffbereit in den Schoß. Seit kurzem schrieb ich mit schwarzem Kugelschreiber, weil ich fand, daß Schwarz seriöser wirkte. Die Tabby-Katze der Sperlings schlich über den Rasen. Kurz darauf bewegte sich Mr. Morris' gebeugte Silhouette hinter den zugezogenen Wohnzimmerjalousien vorbei wie in einem Film von Hitchcock. Ich legte mein Gipsbein auf den Rattantisch, der mit Peterman-Wolff-Zeitschriften übersät war, und sah aus Gewohnheit hinüber zu Mr. Greens Haus. Der Sprenger auf seinem Rasen bewegte sich vor und zurück. Das einzige, was sich sonst noch rührte, waren die Buchenblätter über seinem Dach.

Während wir in dieser Nacht schliefen, wurde die Suche ausgeweitet, über das Einkaufszentrum hinaus, wie ich später erfuhr, bis zu dem verlassenen Rummelplatz am Fluß, wo die Suchtrupps das Licht der Taschenlampen in die gesprungenen leeren Planschbecken und unter die alte Achterbahn hielten, die ächzte und stöhnte und von unten aussah wie das einstürzende Skelett eines Dinosauriers. So viele Orte, um ein Kind zu verstecken oder die Leiche: tief im verkrusteten Getriebe des alten Karussells, hinter der gesplitterten Arkade mit den vierzehn Clownsgesichtern aus Gips, in einem der von Termiten zerfressenen Türme von Jacks Happy Castle. Sogar die Luft, dieses Gemisch aus Flußwasser und einer uralten Unterströmung von Popcorn, roch, als würde sie etwas verheimlichen. Wieder und wieder riefen sie seinen Namen. Jemand fand eine Jupiterlampe und schaffte es, sie anzuschließen, und plötzlich war der Platz hell erleuchtet, gespenstisch, klein. Es wäre angemessen gewesen, sogar beruhigend, an diesem Ort der Alpträume, in diesem verwahrlosten Spielzeugland einen Alptraum zu entdecken. Aber er war nicht da.

Den ganzen Abend über saß meine Mutter auf dem Wohnzimmersofa und blätterte in Zeitschriften. Während der letzten Wochen hatte uns die Peterman-Wolff Company jede Ausgabe jeder Zeitschrift geschickt, die meine Mutter verkaufen sollte, für den unwahrscheinlichen Fall, daß sie in einem Verkaufsgespräch eine spezielle Auskunft geben müßte. An diesem Abend, während die Zwillinge trotzig einen japanischen Horrorfilm sahen, saß sie in ihrer Ecke, überflog die kürzlich eingetroffenen Zeitschriften, blickte gelangweilt und erschöpft drein. »Bla, bla, bla«, sagte sie hin und wieder und warf eine Zeitschrift auf den Boden. »Mehr ist es nicht. Bla, bla, bla.« Nachdem sie ein paar Minuten auf ihre Handflächen gestarrt hatte, hob sie die Zeitschrift wieder auf und begann erneut zu lesen.

Ich weigerte mich, die Veranda zu verlassen, auch nachdem sie mich zweimal nachdrücklich ins Bett geschickt hatte. Das Telefon klingelte für Julie. Dann klingelte es für Steven, dann wieder für Julie. Ich sagte mir immer wieder den einen Satz vor: *Ein Kind ist verschwunden.*

Ein Kind ist verschwunden. Die grammatikalische Konstruktion dieses Satzes erstaunte mich. Wie verschwindet ein Kind? War es von sich aus verschwunden? Konnte ein Kind ebenso verschwinden, wie irgendein Gegenstand verschwand? Auch damals schon war ich, wie die meisten Kinder, eine Deterministin; ich glaubte, daß Dinge aus einem bestimmten Grund verschwanden. Vielleicht sammelte Gott in seinem eigenen Interesse die verschwundenen Dinge und behielt sie bis zu dem Tag, an dem man starb und alles wiederbekam, was man je verloren hatte. Ich stellte mir einen mit Regalen vollgestellten Himmel vor, eine himmlische Pfandleihe. Ein Augenblick der Achtlosigkeit, so sagte ich mir, und alles konnte verschwunden sein. Ich verstand die Implikationen dieser Beobachtung nicht, aber ich erinnere mich an den Schauder, der mir über den Rücken lief, und an das Gefühl der Dankbarkeit dafür, daß ich mich zumindest in diesem Moment aufhielt, wo meine Mutter mich mit Sicherheit suchen würde.

Jahre später, während eines unserer seltenen Besuche bei ihm, erzählte ich meinem Vater von dieser Nacht und wie die Zwillinge und ich von der Veranda aus zugesehen hatten, wie sich alle Väter auf der Straße versammelten und sich mit verschränkten Armen unterhielten. »Wir hatten Angst. Wir hätten dich gebraucht«, sagte ich, obwohl ich nicht länger sicher war, daß das stimmte. »Und du warst nicht da.«

»Ja, ich weiß.« Er nahm seine Brille ab und putzte sie mit einer Papierserviette. Er sah traurig und nachdenklich aus. Aber als er die Brille wieder aufsetzte, sagte er: »Aber ihr habt doch alles unbeschadet überstanden, oder etwa nicht?«

Hinter fast jedem Fenster in jedem Haus, vom Speicher bis zum Keller, brannte Licht. Als hinter unserem Haus ein Hund bellte, schien die gesamte Nachbarschaft aufzuschrecken. Meine Mutter jedoch weigerte sich, die Vordertür abzuschließen. »Ich glaube nicht an den schwarzen Mann«, sagte sie. Und ich frage mich immer noch, ob sie an diesem Abend einfach nur dickköpfig und unbesonnen war, oder ob ihr etwas Dunkleres durch den Sinn ging.

Um halb zehn erlosch das Licht in Mr. Greens Küche, wie gewöhnlich eine halbe Stunde später auch das in seinem Schlafzimmer. Sein Haus war das erste in der Straße, das dunkel war.

Am nächsten Morgen wußten wir nicht mehr als am Abend zuvor; meine Mutter hatte uns lediglich gesagt, daß das verschwundene Kind Boyd Ellison war. Weder die Abendnachrichten noch die Morgenzeitung brachten etwas darüber. Nach der Serie von Anrufen am Vorabend überließen uns unsere Nachbarn eigenen Spekulationen, auch nachdem die Männer zurückgekehrt waren.

Es war ein Freitag. Als ich aufwachte und aus dem Fenster sah, stand Mr. Sperling in karierten Shorts und Tennisschuhen statt in einem dunklen Anzug auf der Treppe vor dem Haus, und statt wie gewöhnlich ins Auto zu steigen und zur Arbeit zu fahren, trank er ein Glas Eistee. »Frank«, hörte ich Mrs. Lauder nebenan rufen. »Frank. Frank.«

Mr. Green fuhr wie jeden Morgen um Viertel vor acht zur Arbeit. Er ging die Treppe hinunter, seine leer wirkende braune Aktentasche aus Kunstleder mit den auffälligen silberfarbenen Schnallen unter dem Arm, öffnete die Wagentür, zog den Kopf ein und setzte sich auf den Fahrersitz.

Als er rückwärts aus seiner Einfahrt setzte, fiel mir ein, was er eine Woche zuvor zu meiner Mutter gesagt hatte, nämlich daß er vom Land war und daß unser Garten ihn daran erinnerte. Ich versuchte, mir Mr. Greens rosiges Gesicht über einem blauen Overall und einem karierten Hemd vorzustellen, wie er mit einer Sense in unserem Garten stand. Aber es war unmöglich, ihn von seinem weißen Hemd und seiner Krawatte zu trennen oder ihm statt der glänzenden Halbschuhe ein Paar gelbe Gummistiefel anzuziehen. Es schien klar, daß er irgendwo anders hingehörte, aber wohin, das war mir schleierhaft.

»Hat das Haus zur üblichen Zeit verlassen«, schrieb ich in mein Notizbuch.

Meine Mutter, Julie und ich hörten die Neuigkeit kurz nach dem Frühstück, als Mrs. Morris mit ihren Terriern über die Straße eilte und bei uns klingelte.

»Habt ihr's schon gehört?« stammelte Mrs. Morris unter der Krempe ihres Denimhuts, als meine Mutter die Tür öffnete. »Hat euch schon jemand gesagt, was passiert ist?«

Als niemand von uns antwortete, faßte sie die Leinen der Hunde fester und zerrte sie näher an die weißen Bälle auf ihren Söckchen.

»Sie haben ihn gefunden.« Ihr Kopf wackelte wie immer, schwankte sacht wie der Kopf einer Porzellanpuppe, in deren Hals eine Sprungfeder steckt. »Sie haben den Jungen gefunden.«

»Oh, Gott sei Dank«, sagte meine Mutter.

»Nein«, sagte Mrs. Morris kopfschüttelnd. »Nein, nein.«

Ich sah zu, wie Mrs. Morris den Kopf schüttelte, und dachte an die Zeit vor zwei Jahren, als Steven sich beschwerte, daß Boyd Ellison bei einer Pfadfinder-Altpapiersammlung Geld gestohlen habe. Dieses Schwein, hatte er gesagt. Er stand breitbeinig und mit rotem Gesicht in der Küche neben dem Kühlschrank. Ich erinnere mich genau daran, wie er es sagte, aufgeregt und beleidigt, das braune Haar stand ihm von der Stirn ab. Kannst du es beweisen? fragte meine Mutter. Steven schien überrascht; sein Mund klappte auf. Aber ich weiß, daß er es war, sagte er. Ich *weiß* es. Woher? sagte meine Mutter. Steven blieb die Antwort schuldig. Sein Gesicht zog sich zusammen, die Lippen schoben sich nach vorn. Du glaubst mir nie. Du glaubst nie etwas, was ich sage. Ich glaube keine haltlosen Vermutungen, sagte meine Mutter und drehte den Wasserhahn auf. Wir leben in Amerika.

Ich versuchte aufzuhören, mir immer wieder *dieses Schwein, dieses Schwein* vorzusagen; ich erschauerte, während Mrs. Morris' Kopf wackelte, während ihre Hunde von ihren Knöcheln wegzerrten, mit den Krallen über unsere Betontreppe kratzten, während eine Krähe in den Holzapfelbaum flog, während meine Mutter an der Tür stand und synchron mit Mrs. Morris den Kopf schüttelte.

Ich versuchte mir Boyd Ellisons Gesicht vorzustellen; ich versuchte mich daran zu erinnern, wie er an jenem Tag ausgesehen hatte, als er mich auf dem Spielplatz bat, ihm meine Brille zu leihen. *Gib sie mir,* sagte er. *Ich will nur wissen, wie es ist.*

Unter der Hutkrempe schürzte Mrs. Morris die Lippen, öffnete sie und entblößte ordentliche bräunliche Zähne. »Frank Lauder hat gesagt, daß sie ihn hinter dem Einkaufszentrum gefunden haben. In dem Wäldchen. Er ist bewußtlos. Frank meinte, daß er bewußtlos ist. Er wußte es nicht gewiß. Dann haben sie gesagt, daß er tot ist. Aber er war es, es war der Junge, und er ...«

An dieser Stelle hielt Mrs. Morris inne und spähte an meiner Mutter vorbei zu dem Sessel, in dem ich kauerte, mein gesundes Bein an die Brust gezogen.

»Geh rein, Marsha«, sagte meine Mutter und blickte sich um. »Julie, bring sie rein.«

»Mom«, sagte Julie.

»Sofort. Bitte.«

Julie zerrte mich aus dem Sessel, klemmte mir die Krücken unter die Arme und hielt mir die Tür auf, als ich ins Wohnzimmer hinkte. Wir setzten uns aufs Sofa und starrten in den Kamin, horchten auf die flüsternden Stimmen hinter dem offenen Fenster über unseren Köpfen. In der Ferne ertönte eine Sirene.

»Boyd Ellison«, sagte Julie und zupfte an ihren Augenbrauen. Sie schauderte. An diesem Morgen trug sie eine enge orangefarbene Hose mit Schlag und ein geblümtes rückenfreies Top; ihr langes glattes braunes Haar hatte sie mit einer ledernen Spange fest nach hinten gezogen, wodurch ihr Gesicht rund und sehr nackt aussah.

Wir hörten, wie Steven oben die Dusche aufdrehte. Ich fragte mich, was er denken würde, wenn er erführe, daß der Junge, den er beschuldigt hatte, bei der Altpapiersammlung Geld entwendet zu haben, und der vielleicht, vielleicht auch nicht, David Bridgemans Fahrrad gestohlen hatte, ermordet worden war. Andererseits war er nicht der einzige Junge in der Nachbarschaft, der klaute. Wer hätte gedacht, daß Boyd Ellison derjenige von uns sein würde, dem so etwas Dramatisches zustieße.

Damals schien es, daß der Mord vom Schicksal bestimmt war – nicht die ermordete Person – und jeder von uns das Opfer hätte sein können. Das es Boyd Ellison war, verlieh ihm plötzlich eine neue und schreckliche Bedeutung. Nahezu schlagartig gewann der blonde Junge mit dem eckigen Kopf, den ich auf dem Spielplatz gemieden hatte, eine Art Glamour. Wider Willen wünschte ich jetzt, daß ich öfter mit ihm gesprochen hätte, daß er öfter als nur einmal zu uns gekommen wäre. Ich wünschte, ich hätte ihm meine Brille gegeben, als er darum bat.

Draußen sagte Mrs. Morris etwas, und dann sagte sie etwas anderes, das klang, als würde jemand eine Fischgräte aushusten.

Schließlich hörten wir meine Mutter fragen: »Wer sind *sie*?«

»Die Polizei«, sagte Mrs. Morris. Ein Lieferwagen ratterte vorbei und überfuhr, was immer sie als nächstes sagte.

»Uns Fragen stellen?« sagte meine Mutter.

Nebenan wurde der Wagen der Lauders angelassen. »Luann«, rief Mrs. Lauder; eine Autotür wurde zugeschlagen. Mrs. Morris' Stimme begann sich in die Höhe zu schrauben: »Er hat nicht auf seine Mutter gehört. Er hat die Abkürzung genommen. Er ist durch das Wäldchen gegangen. Er hat nicht auf sie gehört. Nein, hat er nicht. Er ist durch das Wäldchen gegangen.«

»O Gott«, flüsterte Julie neben mir.

Als meine Mutter etwas murmelte, als sie versuchte, Mrs. Morris zu beruhigen, erhob sich Mrs. Morris' zitternde Stimme noch höher und hörte auf zu zittern. »Dieses Wäldchen, das ein paar von euch auf keinen Fall fällen lassen wollten. Das war ein Fehler, stimmt's? Jetzt werden sie es bestimmt fällen. Das ganze Wäldchen werden sie jetzt bestimmt kahlschlagen.«

»Du blöde alte Kuh«, flüsterte Julie.

Ich rollte mich auf dem Sofa herum auf mein gutes Knie und blickte aus dem Fenster. Neben unserem Garten setzte das Auto der Lauders langsam aus der Einfahrt, ihre drei weißen Gesichter im Wageninneren nah beieinander; Luann preßte die Handflächen gegen das geschlossene Fenster und glotzte heraus wie ein in einem Aquarium gefangener Taucher. Die Sperlings standen auf ihrer Treppe. Mrs. Sperling drückte ihr Baby an die Brust, schwankte vor und zurück, während Mr. Sperling langsam die Treppe hinunterging und seinen Rasen betrat.

Mrs. Morris hörte auf zu schreien. Indem ich mich gegen die Lehne des Sofas preßte und das Gesicht an das äußerste Ende des Fensters drückte, gelang es mir, ihren nackten Ellenbogen, der aus einem mit Gänseblümchen bedruckten Ärmel hervorschaute, und ihr Hinterteil zu sehen, das ihren gebügelten Rock spannte. Die Glyzinie und die Veranda schnitten den Rest von ihr ab. Meine Mutter sagte etwas in deutlichem, mechanischem Tonfall, als würde sie das Treuegelöbnis auf den Staat vorlesen. Es stimmte; sie war es, die die Petition zur Erhaltung des Wäldchens hatte herumgehen lassen. Sie hatte sogar ein Schild aus Pappe angefertigt, auf dem stand: »Rettet unsere Bäume – Keine Parkgarage«, und es auf unserem Rasen aufgestellt nahe der Stelle, wo jetzt das »Zu verkaufen«-Schild stand. Damals war sie wirklich leidenschaftlich dafür eingetreten, Dinge zu retten.

Eins von Mrs. Morris' weißen Söckchen tauchte in einem weißen Tennisschuh auf. Dann eine Wade. Dann stand Mrs. Morris vollständig im Garten, ihr graues Haar lockte sich unter dem Sonnenhut, ihr Kopf wackelte sacht. »Ich weiß, daß du allein hier bist, Lois«, sagte sie, ihre Stimme zitterte wieder wie gewöhnlich. »Scheue dich nicht, uns anzurufen, wenn du Angst hast, meine Liebe. Uns alle.«

Meine unsichtbare Mutter sagte: »Danke, Edna.«

Mrs. Morris zog die Hundeleinen an, und sie und die

Terrier liefen über die Straße in ihren eigenen Garten, wo die nebelhafte Erscheinung von Mr. Morris mit Golfmütze hinter der Fliegengittertür auf sie wartete.

Ich ließ mich zurück in die Sofakissen sinken und mein Haar sich im Cretonne verfangen, damit es mir vom Kopf abstünde. Kurz darauf kam meine Mutter ins Wohnzimmer.

»Ich will nicht, daß ihr heute rausgeht.« Sie betonte jedes Wort, so daß es für einen Augenblick wie ein Ballon in der Luft zwischen uns hing. »Hast du mich verstanden?« sagte sie zu Julie. Dann seufzte sie und bedeckte die Augen mit der Hand. Aber sofort darauf hatte sie die Hand wieder weggenommen und war in die Küche gegangen, um mit ihren Telefonanrufen zu beginnen.

7

Es scheint die Menschen immer weniger zu stören, an Orten zu leben, an denen ein Mord verübt wurde. Ein Beispiel. Dieser Tage wohne ich in einer ziemlich teuren Wohngegend nicht weit von Chevy Chase, ein Viertel mit Kolonialbauten und blühenden Hartriegelbäumen, in dem die meisten Leute ihren Rasen nicht selbst mähen. Fünf Straßenzüge von meinem Haus entfernt stach eine Frau am letzten Thanksgiving ihrem Bruder mit einem Steakmesser in den Hals, während ihr Mitbewohner einen Stock tiefer einen Truthahn briet und draußen vor dem Fenster die Nachbarskinder im bunten Gap-Outfit einander durch den kalten Novembersonnenschein jagten. Niemand weiß, warum sie ihn umbrachte.

Hier in Washington ist die Mordrate inzwischen so hoch, daß die Zeitungen über gewaltsame Todesfälle in fünfzehn Zentimeter langen Spalten und nicht mehr auf der ersten Seite berichten. Was wahrscheinlich sinnvoll ist. Der Englischlehrer, den ich im College am wenigsten mochte, sagte einmal: »Ödipus ist eine tragische Gestalt. Nixon ist eine tragische Gestalt. Der Mann auf der Straße, der erschossen wird, ist keine tragische Gestalt.« Als sich die Klasse leise darüber aufregte, verschränkte er die Arme und sagte: »Eine Tragödie muß interessant sein. Die ganze Welt interessiert sich für Richard Nixon. Wer interessiert sich für den Mann auf der Straße?«

»Seine Frau«, sagte jemand.

Der Lehrer lächelte und nahm seine ovale Brille ab,

um sie zu putzen. »Und wer«, sagte er und blinzelte verschmitzt, »interessiert sich für seine Frau?«

Aber man muß berücksichtigen, daß vor fünfundzwanzig Jahren ein Mord in einem Vorortviertel wie Spring Hill ein erstaunliches Vorkommnis war, so erstaunlich, daß die Menschen, die dort lebten, sich lange Zeit irgendwie verantwortlich fühlten, als hätten sie etwas so Unvorhersehbares vorhersehen müssen. Wie meine Mutter fühlten sie sich schuldig, weil sie sich sicher gewähnt hatten.

Sofort nachdem Boyd Ellison umgebracht worden war, begannen unsere Nachbarn seltsame Schatten in den Rhododendronsträuchern zu sehen, Katzengeschrei mit menschlichen Stimmen zu verwechseln, den Appetit zu verlieren. Leute, die mehrere Straßen entfernt wohnten, schickten Boyds Familie Blumen, und ein vollkommen Fremder aus Bethesda erbot sich, ihre Garage zu streichen. Geld wurde gesammelt; im Auditorium der Clara-Barton-Grundschule wurde der Vorschlag gemacht, zu Boyds Andenken einen Baum zu pflanzen. Und als die Ellisons einen Monat später beschlossen, ihr Haus für weniger zu verkaufen, als sie dafür bezahlt hatten – trotz der renovierten Küche, der neuen Heizung und der Klimaanlage –, dauerte es lange, bis es jemand kaufen wollte.

Ein paar Stunden nach Mrs. Morris kam Mrs. Lauder und klopfte an unsere Verandatür. Sie setzte sich auf die Kante des Wohnzimmersofas. Offensichtlich wollte sie von meiner Mutter nur hören, wie schrecklich es sei, was für eine furchtbare Tragödie, und es dann selbst wiederholen. »Hast du gehört, wer es war?« fragte sie meine Mutter. Sie tauschten Geschichten aus, wann und wie sie es erfahren hatten, und griffen sich dabei an den Hals. Meine Mutter bot Eistee an, aber Mrs. Lauder lehnte ab.

»Warte nicht so lange, bis wir uns wiedersehen«, sagte sie auf dem Weg hinaus.

Ansonsten schienen die Leute uns zu meiden, zumindest meinte ich das, während ich auf der Veranda saß und dabei zusah, wie sich ein Nachbar nach dem anderen im Garten eines anderen einfand. Den ganzen Vormittag über erfüllte eine unheimliche Ferienstimmung die Luft, da so viele Nachbarn unterwegs, all die Väter an einem Werktag zu Hause waren und über dasselbe sprachen. Die Zwillinge legten sogar ihren britischen Akzent ab, schlichen durchs Haus und wirkten auf düstere Weise nicht mehr ganz so unnahbar.

Die ersten Geschichten, die an diesem Tag gehandelt wurden, waren widersprüchlich und verworren. Geschichten schwirrten und kreiselten, bis jede Familie eine eigene Version der Ereignisse zu haben schien. Und jede Version begann mit: »Ich habe gehört ...«

Unter den Details, die ich auf meinem Posten auf der Veranda hörte und die ich alle mit Julies Bic-Kugelschreiber in mein Notizbuch eintrug, waren folgende: Boyd Ellison war am Leben und hatte der Polizei alles erzählt. Ein Mann auf einem Motorrad hatte ihn angegriffen. Ein Mann mit Bart hatte ihn angegriffen. Es war ein bärtiger Mann mit einem ausländischen Akzent, vielleicht holländisch oder türkisch. Es war ein Hippie unter Drogeneinfluß. Boyd lag im Koma. Boyd hatte den Namen seiner Mutter gerufen. Er hatte seine Eltern nicht erkannt. Er war tot. Er lebte. Er lebte, aber kaum noch. Er war tot.

Später am Vormittag, als ich von meinem Schlafzimmerfenster aus die Unterhaltung von Mrs. Bridgeman und Mrs. Lauder nebenan belauschte, hörte ich mehrmals ein Wort, das ich nicht verstand. Mißbraucht.

Die Väter der Nachbarschaft verbrachten den Tag damit, sich in dichten Knäueln vor ihren Garagen zu unterhalten, ihre Blicke wanderten dabei von Haus zu Haus. Mütter tauchten regelmäßig in den Haustüren auf, hinderten für gewöhnlich ein Kind daran hinauszulaufen, eine Hand auf die Brust des Kleinen gepreßt. Oder sie besuchten einander, um Nachrichten weiterzugeben, zogen an ihren Hosenröcken, während sie über die Straße liefen, die hölzernen Fersen ihrer Dr.-Scholl-Sandalen klapperten auf dem heißen Asphalt.

Wann immer meine Mutter ihre Peterman-Wolff-Anrufe unterbrach, um eine Pause zu machen, stürzten die Zwillinge zum Telefon, um sich flüsternd mit ihren Freunden zu unterhalten, die nicht ins Sommerlager gefahren waren. Alle hatten Boyd Ellison gekannt, aber niemand hatte ihn gut gekannt. Niemand hatte ihn wirklich gemocht. Abgesehen davon, daß er in dem Ruf stand, zu klauen, schikanierte er jüngere Kinder und wurde unterwürfig, sobald ihre älteren Geschwister auftauchten. Er war rundlich und ein schlechter Basketballspieler. Er lachte, wenn andere Kinder von der Schaukel fielen oder sich ein Knie aufschlugen. Aber plötzlich war er so etwas wie eine Berühmtheit, die einzige, die wir persönlich gekannt hatten.

»Erinnert ihr euch, als ich ihn auf meinem Fahrrad mitgenommen habe?« sagte Steven. Er stützte sich mit den Ellenbogen auf die Küchentheke, sein braunes Haar wie üblich zum Pferdeschwanz gebunden. Von hinten sahen er und Julie nahezu gleich aus. »Ich habe ihn zum Einkaufszentrum mitgenommen.«

»Ich habe mal neben ihm im Bus gesessen.« Gedankenverloren zupfte Julie Fäden aus dem ausgefransten Saum ihrer Hose.

»Wer bringt so ein Kind um?« sagte Steven und klang fast neidisch.

Und während der nächsten Tage wurde er tatsächlich neidisch, wir alle wurden es, während wir gleichzeitig auf eine aufgeregte, ruhelose Art entsetzt waren. Wir versuchten, Angst zu haben, weil Angst die von uns erwartete Reaktion war, und keine Angst zu haben signalisierte etwas Beunruhigendes; aber während dieser ersten Tage spielte Angst keine große Rolle. Wir waren aufgekratzt. Nichts so Enormes und Schillerndes wie ein Mord war je zuvor passiert. Seine Finsternis war die Finsternis unserer liebsten Geschichten, die wir uns auf Schlafanzugpartys und in Schultoiletten zuflüsterten. Wir waren neidisch auf Boyd Ellison, nicht weil er ermordet worden war – natürlich nicht, wir hatten uns noch nie so lebendig gefühlt –, sondern weil ihm etwas Legendäres widerfahren war und er auf dem besten Wege war, zur Legende zu werden.

»Wenn ich Boyd gewesen wäre und dieser Typ wär auf mich zugekommen«, so begann Steven während des Mittag- oder Abendessens seine Sätze. Und er skizzierte diverse Reaktionen, von cleveren Methoden, ihn abzulenken, bis zu genau plazierten Kinnhaken.

»Ich hätte ihn in die Eier getreten«, sagte Julie eines Abends.

»Ihm das Knie in den Schritt gestoßen«, korrigierte meine Mutter und schaufelte Rosenkohl auf unsere Teller.

Steven sagte: »Wenn ich Boyd gewesen wäre, hätte ich den Stein genommen ...« Und er nahm sein Messer und schlug auf ein Röschen ein, bis es von seinem Teller sprang.

»Na klar«, sagte Julie. »Als ob der Typ ihn dir gegeben hätte.«

»Nein, nein, anders. Zuerst hätte ich ihn auf die Nase geschlagen.« Steven ballte die Faust. »Dann hätte er den Stein fallen lassen. Dann wäre ich um ihn herumgeflitzt und hätte ihn in die Kniekehlen getreten.«

Meine Mutter blickte verärgert auf. »Red nicht wie ein Dummkopf«, sagte sie. »Du hast keine Ahnung, was du tun würdest.« Als Steven den Mund aufmachte, schlug sie mit der Hand auf den Tisch. »Ich will es nicht mehr hören. Niemand ist vor der Zeit ein Held.«

Was mir von den Theorien, die an diesem ersten Tag in unserer Nachbarschaft zirkulierten, am meisten im Gedächtnis geblieben ist, sind nicht die wilden Spekulationen oder die Übertreibungen. Woran ich mich am deutlichsten erinnere, ist die Tatsache, daß niemand wirklich überrascht war. Den ganzen langen schwülen Nachmittag saß ich auf der Veranda, kratzte am Rand meines Gipses herum und hörte mir die Meinungen unserer Nachbarn an.

»Ich wette, es war ein Schwarzer«, sagte der pausbäckige alte Mr. Morris zu Mrs. Lauder, während er steif mit einer Heckenschere in der Hand auf der Einfahrt stand. Mr. Morris war in der britischen Armee gewesen und hatte es sich nie ganz abgewöhnt, in Habtachtstellung dazustehen, obwohl er über Achtzig war und an Arthritis litt.

»Na ja, es kann jeder gewesen sein«, setzte Mrs. Lauder an, dann hielt sie inne und führte eine aufgedunsene Hand an die Stirn.

»Ich wette, es ist einer von diesen Panther-Leuten«, sagte Mr. Morris, der nicht zugehört hatte. »Ich wette, sein Vorstrafenregister ist zwei Meilen lang, wenn sie ihn kriegen.«

Als meine Mutter bei mir auf der Veranda eine Pause machte, kam die kleine Mrs. Sperling in einem geblümten Hauskleid herüber; sie trug das Riesenbaby Cameron, der Schluckauf hatte. Mrs. Sperling wohnte erst seit letzten November in unserer Straße, und zu Anfang war sie allein zu Hause mit ihrem großen Baby so einsam gewesen, daß sie die Zurückhaltung meiner Mutter durchbrach, jeden Nachmittag unaufgefordert zu uns kam und Fragen zu Fieber, Windelausschlag und Keimen stellte, die meine Mutter so gut wie möglich beantwortete, und die beiden waren nahezu Freundinnen geworden. In letzter Zeit schien sich Mrs. Sperling Rat bei Mrs. Lauder zu holen.

»Hallo, Marsha«, sagte sie fröhlich. Dann besann sie sich und wandte sich an meine Mutter, um ihr flüsternd anzuvertrauen: »Oh, Lois. Der Junge starb in den Armen seiner Mutter. Ich glaube zumindest, daß ich das gehört habe.«

Sie schauderte, und Baby Cameron erbrach etwas Milch über ihren nackten Arm. »Oh, Liebling. Schau nur. Was für eine Schweinerei.« Sie reichte meiner Mutter das Baby und holte eine Windel aus ihrer Tasche, um sich abzuwischen. Nachdem sie sich die Windel über die Schulter gelegt hatte, streckte sie die Arme nach ihrem Baby aus und fügte hinzu: »Seine Mutter ist berufstätig. Ich weiß, daß es nicht stimmt, aber ich kann nicht anders – ich glaube einfach, daß so etwas passiert, wenn die Frauen nicht *zu Hause* bleiben. Diese ganze Frauenemanzipation – macht sie dich nicht manchmal, ich weiß nicht, *krank*? Sie lassen die Kinder allein zu Hause und gehen los, um sich selbst zu finden.« Ein unsicherer Ausdruck des Widerwillens flackerte über ihr rundes Gesicht. Sie schob sich eine Haarsträhne aus der Stirn. »Ich meine, es gibt doch *Grenzen*, oder?«

»Vielleicht war seine Mutter zu Hause.«

»Ich habe gehört, daß sie nicht zu Hause war«, sagte Mrs. Sperling trotzig. »Ich habe gehört, daß sie als Sprechstundenhilfe arbeitet.«

»Na ja, Dolly, vielleicht mußte sie arbeiten«, sagte meine Mutter und öffnete und schloß ihren Mund sehr bedacht. »Vielleicht hat seine Mutter alles in ihrer Macht Stehende für ihn getan, und es hat trotzdem nicht gereicht.«

»Oh«, sagte Mrs. Sperling.

»Vielleicht ist es komplizierter, als du denkst.«

Mrs. Sperling runzelte die Stirn und blickte in Baby Camerons zerknittertes Gesicht, wartete auf den nächsten Rülpser. Als er kam, sagte sie: »Ich verstehe, was du meinst, Lois. Es ist einfach schrecklich. Die arme Frau.« Und in ihre braunen Augen schossen Tränen. Sie blinzelte Baby Cameron eine Weile an, dann entschuldigte sie sich und sagte zu meiner Mutter, daß sie nie zuvor in ihrem Leben solche Angst gehabt habe.

Als Mr. Green an diesem Abend nach Hause kam und wie gewöhnlich zwanzig Zentimeter vom Regenrohr entfernt parkte, hatten wir erfahren, daß die Polizeibeamten des Montgomery County die Stelle, an der Boyds Leiche gefunden worden war, mit leuchtendgelbem Band abgesperrt hatten und daß vom Parkplatz hinter dem Einkaufszentrum Menschenmassen fortgeschickt wurden.

Zwei Polizisten waren bereits in jedem Haus in unserer Straße und hatten gefragt, ob jemandem am Tag zuvor etwas Ungewöhnliches aufgefallen wäre. Niemandem war etwas aufgefallen, wiewohl Mrs. Morris aussagte, daß sie den ganzen Tag das Gefühl gehabt habe, daß »irgend etwas nicht stimmte«.

»Ich hatte ein ganz schreckliches Gefühl«, sagte sie zu Mrs. Lauder. »Ich dachte, es wäre vielleicht ein Leck in unserer Gasleitung. Ich hatte solche Kopfschmerzen.«

Meine Mutter behandelte den Detective mit dem breiten Kinn, der zu uns kam, so zuvorkommend, daß sie selbst auffallend ungewöhnlich gewirkt haben muß. »Kommen Sie doch herein, Detective. Darf ich Ihnen eine Glas Wasser oder ein Coke anbieten? Draußen ist es so heiß.«

Als er fragte, ob wir während der letzten vierundzwanzig Stunden Fremde auf der Straße gesehen hätten, wandte sie sich wenig überzeugend zu mir, wartete, bis ich den Kopf schüttelte, dann sah sie wieder den Polizisten an und verkündete, daß keine von uns einen Fremden gesehen hätte. Sie steigerte sich in die gleiche laute Schwatzhaftigkeit hinein, die sie oft mit den Nachbarn an den Tag legte, versuchte, den Mann dazu zu bringen, sich auf einen Regiestuhl zu setzen, stellte ihm Fragen zu seiner Arbeit, bis sein langes dunkles Gesicht zu einem stummen Blatt zu werden schien, auf dem alle möglichen grauenhaften Beobachtungen notiert waren. Er sprach mit einem Baltimore-Akzent und hieß Detective Robert Small, was ich erheiternd fand, weil er so groß war, daß er den Kopf hatte einziehen müssen, als er durch die Tür trat.

Ein-, zweimal schrieb er etwas auf einen handflächengroßen Block. »Haben Sie so was wie einen Schrei gehört?« fragte er. »Wer wohnt nebenan?« Schließlich, als er die Tür aufstieß, mahnte er uns höflich, »gut achtzugeben« und ihn sofort anzurufen, wenn uns etwas einfiele, was hilfreich sein könnte.

»Paß auf dich auf«, sagte er zu mir, bevor er die Treppe hinunterging. Und ich hatte das Gefühl, als würde er zu mir als einer Verdächtigen sprechen, die eine falsche Bewegung machen und sich verraten könnte, und nicht wie zu einem Kind, das in Gefahr schwebte.

Paß auf dich auf: ein Rat, den ich mir zu Herzen genommen habe. Mein Mann wirft mir bisweilen vor, daß ich zu ängstlich sei und zu häufig an Katastrophen denke, die über uns hereinbrechen könnten. Ich rechtfertige mich immer mit dem Argument, daß ich eine überbordende Phantasie habe, die mich dazu bringt, mir Katastrophen in allen Einzelheiten auszumalen. Aber die Wahrheit ist, ich passe auf mich auf, weil ich nie sicher sein kann, daß ich selbst nicht etwas Katastrophales anrichte. »Ich bin nur *vorsichtig*«, korrigiere ich ihn.

Als Mr. Green an diesem Abend seinen Rasensprenger anstellte, hatten sich die Männer unserer Nachbarschaft bereits im Garten der Morris' getroffen und sich in Zweiergruppen aufgeteilt, die abwechselnd durch das Viertel patrouillierten. Wie ich hatten sie die Tugend der Vorsicht entdeckt. Sie nannten sich die Nachbarschaftsnachtwache, und sie hatten vor, so lange durch die Nachbarschaft zu patrouillieren, bis ein Verdächtiger verhaftet worden wäre.

Im nachhinein glaube ich, daß niemand Mr. Green bat, sich der Nachtwache anzuschließen, weil sie ihn vergessen hatten, so wie sie am Abend zuvor vergessen hatten, bei ihm anzuklopfen und ihn zu bitten, bei der Suche zu helfen. Er lebte noch nicht lange hier; er war ein ruhiger, zurückhaltender Mann, der überhaupt nicht irgendwie auffiel. Aber es ist auch möglich, daß man ihn aufgrund eines uralten Stammesdenkens nicht fragte, demzufolge nur verheiratete Männer über eine Wohngegend wachen sollten. Warum auch immer, Mr. Green blieb an diesem Abend in seinem Haus und hörte in seiner Küche Jazz, während sich Mr. Lauder und Mr. Sperling und alle anderen Männer aus unserer Straße alle zwei Stunden abwechselten und wieder und wieder um den Block gingen. Gleiches galt für den nächsten Abend und den übernächsten und jeden Abend während der folgenden Wochen.

Mir vorzustellen, was mit Boyd Ellison am Nachmittag des 20. Juli passierte, ist etwas, was ich wieder und wieder versuche, und nie gelingt es mir. Das Gedächtnis sollte eigentlich Fakten beisteuern, von denen man nicht weiß, daß man sie gespeichert hat, bis man sich hinsetzt und sich wirklich erinnert, aber in diesem Fall verschwinden die Fakten, wann immer ich versuche, sie lange genug festzuhalten, um sie zu überprüfen. Es sind nicht einmal Fakten, die verschwinden, sondern Eindrücke, Konstruktionen – und sie lassen nur ein bißchen Rohmaterial zurück, das Ereignis selbst.

Alle Bilder dieses Tages, die ich vor meinem geistigen

Auge sehe, sind Aufnahmen aus mittlerer Entfernung, Aufnahmen eines Jungen in Shorts und T-Shirt an einer Straßenecke. Er hat nackte stämmige Beine, die in weißen Sportsocken und schwarzen, nur halb zugeschnürten Basketballschuhen stecken. Vom Wind aufgewehtes blondes Haar, das eckige Gesicht zu drei Vierteln sichtbar, blinzelt er als guter Pfadfinder, gleichgültig, was mit der Altpapiersammlung war, die Straße entlang, um zu sehen, ob ein Auto kommt.

Vor ihm liegt eine letzte Wildnis: Eichen, Weymouths-Kiefern und Kletterpflanzen, zerbrochene Bierflaschen und Zigarettenkippen, die bewaldete Abkürzung zum Einkaufszentrum. Die bald einer Parkgarage wird weichen müssen. Aber noch ist es ein grünes Wäldchen, eine verführerische Finsternis. Man bedenke, daß er vormittags den *Ruf der Wildnis* gelesen hat. Er sieht von der gegenüberliegenden Straßenseite auf die Kiefern und kümmerlichen Eichen, und er hört den Ruf, der Mitte Juli den weiten Weg von den eiskalten Nordwestterritorien bis zu einem kleinen Ostküstenort findet. An diesem Tag scheint die Sonne auf Spring Hill. Es sind zweiunddreißig Grad.

Eine ältere Frau in einem rosa Hauskleid geht vorbei, ihr Mops an einer roten, mit Straß besetzten Lederleine. Sie lächelt den Jungen an, der sich hinunterbeugt, um den Hund zu streicheln und seinen eingerollten Schwanz zu berühren. Zu ihrer Rechten erhebt sich geheimnisvoll und unauffällig hinter dem schwarzen Maschendraht das massive Ziegelgebäude, das zum Verteidigungsministerium gehört, abgeschirmt von rot-weiß-blauen »Zutritt verboten«-Schildern und einem weiteren Schild, auf dem steht: »Eigentum der US-Regierung«. Die Frau und der Hund gehen weiter.

Aber dann, als der Junge die Straße überqueren will, taucht ein Auto auf, ein braunes Auto, die Windschutzscheibe reflektiert die blendende Sonne. Der Wagen wird langsamer, hält neben dem Jungen. Dann öffnet sich die Wagentür mit einem metallischen Ächzen; jemand beugt sich über den Beifahrersitz. Die Hand eines Mannes winkt. *Komm näher.* Der Junge tritt näher. Er beugt sich vor, um zuzuhören.

Welche Aufforderung konnte Boyd Ellison dazu bringen, sich dem Auto zu nähern und zeitweilig seinen Auftrag zu vergessen, Stecknadeln und Eis zu kaufen? Was wurde an diesem Tag von dem Jungen verlangt, der selbst so gern von anderen etwas verlangte?

Vielleicht nur eine Richtungsangabe. Wäre es etwas Schlimmeres gewesen, wäre er geradewegs nach Hause gelaufen. Es ist schließlich 1972, eine unschuldigere Zeit als heute, doch eine Zeit, zu der Kinder bereits wissen, daß sie nicht mit Fremden sprechen dürfen. Er weicht also vom Wagen zurück bis zum sicheren Randstein. All das bestätigte die Dame mit dem Hund. Die Wagentür fällt ins Schloß, der Wagen fährt weiter, verschwindet um die Ecke. Einen halben Block weiter jault der Mops, wird zum Stillsein ermahnt. Seine Leine funkelt in der Sonne. Und Boyd Ellison geht weiter, er denkt an Blizzards und graue Wölfe – er überquert die Straße und geht in den kümmerlichen Märchenwald hinter dem Einkaufszentrum von Spring Hill.

Vielleicht wollte der Mann in dem braunen Auto an diesem Tag direkt nach Hause fahren. Vielleicht war er nicht der schlechteste Mensch der Welt. Vielleicht war er ein Mann, der in einem Viertel mit lauter Kindern lebte, ein Mann mit einem gepflegten Rasen und orangefarbenen Ringelblumen neben der Verandatreppe, ein Mann, der Tombolalose kaufte und sein Starthilfekabel verlieh, ein Mann, der – wenn man nicht genau hinschaute – aussah wie jeder andere Nachbar. Vielleicht hatte er seine eigenen romantischen Träume, die nicht pervers waren, die niemandem weh taten.

Vielleicht, vielleicht – dieses umsichtige Wort. Wer weiß schon, was in den nächsten Minuten schiefging, als Boyd Ellison in das Wäldchen lief und der Mann in dem braunen Auto um den Block zum Parkplatz des Einkaufszentrums fuhr, ganz hinten parkte und den Hügel hinaufstieg? Ein Schritt, zwei, drei. Zweige brechen; eine Bierdose klappert, wird aus dem Weg getreten. Äste wiegen sich vor dem blauen Himmel. Er bleibt stehen. Noch ist Zeit. Zeit umzukehren, Zeit aufzuhören. Zeit, sich zu besinnen. Aber dann ein weiterer Schritt, und noch einer. Äste wiegen sich; ein weiterer Zweig bricht. Noch ein Schritt. Und da ist er, der Junge, der sich im Wald einer fremden Phantasie verlaufen hat.

Danach kann ich Boyd Ellison erst wieder sehen, nachdem er ermordet wurde, sein Haar blutverklebt, die ausdruckslosen Augen halb geschlossen, die blauen Lippen geöffnet. Oder ich stelle mir vor, daß er die Straße entlanggeht, immer in mittlerer Entfernung. Ich würde gern glauben, daß meine Unfähigkeit, mir noch mehr zu vergegenwärtigen, etwas Moralisches hat, aber ich bin ebenso voyeuristisch wie alle anderen, vielleicht sogar noch mehr. Jedesmal, wenn ich mich in diesem Sommer auf Krücken an Boyd Ellisons Haus vorbeischwang, dachte ich an Boyds Leiche auf dem Hügel hinter dem Einkaufszentrum. Ich stellte mir seinen zur Seite verdrehten Kopf vor, den verrenkten Arm, auf dem er lag, das hochgerutschte T-Shirt, das seinen blassen Bauch entblößte.

Ein Bauch sieht so eigenartig und verletzlich aus, vor allem der Bauch eines Kindes – wie etwas Unfertiges.

»Laut Sergeant James McKenna, Sprecher der Montgomery-County-Polizei, scheint es sich nicht um einen Ritualmord zu handeln. ›Wir haben am Tatort ein paar Dinge gefunden, die wir überprüfen‹, sagte McKenna. Weitere Einzelheiten gab er nicht bekannt, um die Ermittlungen nicht zu behindern.«

Meine Mutter hielt einen Augenblick inne, dann fuhr sie fort: »Gemäß einer anderen Quelle passen die Blutflecken auf der Kleidung des Jungen nicht zu seiner Blutgruppe. Die Polizei geht davon aus, daß er sich gegen seinen Angreifer zur Wehr setzte, ihn vielleicht kratzte oder biß.«

Während der nächsten Tage las meine Mutter die Zeitungsberichte über Boyd Ellison laut beim Frühstück vor, so wie sie die Monate davor die Nachrichten über Nixons Chinareise vorgelesen hatte, damit wir Geschichte begriffen, während sie sich ereignete. Vielleicht meinte sie, wir müßten jetzt begreifen, daß Geschichte vor allem aus Verbrechen und Fehlern bestand und sehr selten auch aus einem Triumph.

Außerdem las sie uns Artikel vor über das, was die Leute den »Watergate-Skandal« zu nennen begannen. Angesichts des Interesses meiner Mutter überzeugt davon, daß er wichtig war, klebte ich einen Artikel mit der Überschrift WATERGATE-EINBRECHER ERHIELT GELD AUS DEM WAHLKAMPFFONDS in mein Notizbuch.

Ich glaube, daß ich auf konfuse Art anfing, den Weggang meines Vater mit dem Mord an Boyd Ellison in Verbindung zu bringen und auch mit den Geschehnissen um Watergate, worin immer sie bestanden. Ich hätte es damals zwar nicht erklären können, aber ich glaubte, daß der Auszug meines Vaters die innere Ordnung nicht nur bei uns zu Hause angekratzt hatte, sondern in der gesamten Nachbarschaft und in Erweiterung im ganzen Land, denn in jenen Tagen war meine Nachbarschaft mein Land. Mein Vater verließ uns, um sich selbst zu finden, und ein Kind verschwand. So kam es mir vor.

Bis dahin hatten wir ein normal ruhiges Leben in einer normal ruhigen Straße geführt, in der sich nie etwas Außergewöhnliches ereignete, zumindest nicht sichtbar. Die Leute bekamen Kinder und gingen zur Arbeit und spielten abends Ball oder sahen fern. Mr. Reades jüngster Bruder war in Vietnam gefallen; ich erinnere mich, daß er es eines Abends meinem Vater erzählte, als sie neben dem Randstein standen und zuschauten, wie Steven und die Reade-Brüder Basketball spielten. Aber ansonsten sprach niemand über die Tragödien, die sie erlebten. Es war eine ruhige Nachbarschaft, auf eine Art, wie es sie heute nicht mehr gibt. Und so begann ich, auf absonderliche Weise sehr früh meinen Vater für Boyd Ellisons Tod verantwortlich zu machen.

Vor allem als die Tage vergingen, die Polizei keinen Verdächtigen festnahm und mein Vater uns nicht schrieb. Er wartete zu lange. Je länger er wartete – weil er sich schämte, oder weil er verwirrt oder fälschlicherweise davon überzeugt war, daß wir nichts von ihm hören wollten –, um so schwerer muß es ihm gefallen sein, einen Stift zu nehmen oder zum Telefonhörer zu greifen. Langsam wurde aus ihm, den ich immer gekannt hatte, jemand, den ich mir kaum mehr vorstellen konnte. Und ihm erging es mit uns wohl ebenso.

Das Foto, das am Tag nach dem Mord in der Zeitung erschien, zeigte einen blonden stämmigen Jungen mit eng zusammenstehenden Augen. Sein Lächeln sah aufgesetzt, aber nicht unnatürlich aus. Es war ein Foto, wie man es auf dem Kaminsims im Wohnzimmer eines jeden Mittelklassehauses in Amerika finden konnte, aufgenommen in der Aula der Grundschule von einem schwitzenden Fotografen mittleren Alters, der ein Kind nach dem anderen rief und auf einem Stuhl vor einer blauen Leinwand Platz nehmen ließ. *Lächle*, befahl er, und jedes Kind lächelte, beeindruckt von dem Blitzlicht in der Aluminiummuschel und der bodenlos tiefen schwarzen Linse, die es anstarrte, und von der Bedeutung, die ihm kurzfristig zuteil wurde, weil es als Person, als menschliches Wesen registriert wurde.

Aber ich erinnere mich an einen anders aussehenden Jungen als den auf dem Foto. Ich erinnere mich, daß er oft blinzelte. Ich erinnere mich, daß er nach Sandwichkrusten roch. Ich erinnere mich, wie er ganz vertraulich nach der Armlehne des Stuhls meiner Mutter griff und die andere Hand bereits nach ihrer Kaffeetasse ausstreckte.

Aber vor allem erinnere ich mich:

an einen Vormittag Ende April im Jahr zuvor, als der Matsch endlich getrocknet war und wir ohne Schuhe hinausgehen konnten und die Zwillinge und ich im Garten ein Clubhaus aus abgebrochenen Ästen und einer alten Lattenkiste bauten. Nur selten durfte ich ihnen bei einer ihrer Unternehmungen helfen, und obwohl ich wußte, daß ich aus dem Club hinausgeworfen würde, sobald sein Hauptquartier fertiggestellt wäre, lief ich in meiner gestreiften Latzhose im Garten herum, sammelte Holz und machte Vorschläge. Schließlich gingen die Zwillinge ins Haus, um meine Mutter um Klebeband zu bitten, und ließen mich »Wache stehen«.

Und da bemerkte ich zwei Jungen, die mit ihren Fahrrädern auf der Straße vor dem Haus der Sperlings standen. Sie hielten etwas in der Hand und starrten es so konzentriert an, daß ich über die Straße ging, um nachzusehen, was sie gefunden hatten.

Es war eine Gottesanbeterin. Zwar glaube ich, daß ich noch nie zuvor eine Gottesanbeterin gesehen hatte, trotzdem verspürte ich so etwas wie ein Wiedererkennen beim Anblick dieses langen, scheinbar aus mehreren Teilen bestehenden Insekts, das so saftiggrün war, mit riesigen Facettenaugen auf einem kleinen dreieckigen Kopf. Es sah aus wie ein Geschöpf aus dem Weltraum.

Der erste Junge, den ich nicht kannte, hatte seine Baseballmütze abgenommen, und mit der Hand in der Mütze drückte er die Gottesanbeterin zwischen zwei Fingern zusammen, zerquetschte ihre hauchzarten Flügel und hielt ihre vorderen Beine fest. Das Insekt wand sich; seine gegliederten, sich mechanisch bewegenden Hinterbeine traten in die Luft, während sein Kopf, der sich frei vor und zurück bewegen konnte, sich jedem von uns zuzuwenden schien.

»Das ist ein ganz fieses Ungeziefer«, sagte der Junge. »Es kann sich den eigenen Kopf abbeißen.«

Er drückte es fester zusammen. Der andere Junge trat näher. Ich sah, wie seine Augen aufblitzten, und während mein Herz schneller und schneller schlug, beobachtete ich Boyd Ellison, der ernst wie ein Chirurg versuchte, mit seinem Taschenmesser den Bauch der Mantis aufzuschlitzen.

Ich hielt den Atem an und beugte mich vor, als er die Messerspitze gegen den merkwürdigen runden Körper drückte, der lang und prall war wie eine Erbsenschote. Er drückte langsam, gleichmäßig gegen den glatten grünen Bauch – bis er ihn endlich durchstieß. Aus der Wunde quollen weiße Innereien; sie sahen aus wie ein Zigarettenfilter. Die Beine der Gottesanbeterin bewegten sich kläglich auf und ab. Dann wand sich der schmale vordere Teil ihres Körpers, und eine milchige Flüssigkeit trat aus dem aufgeschlitzten Unterleib. Die Beine ruderten lautlos weiter, jetzt alle sechs Beine; an den beiden vordersten befanden sich grausame spitze Haken, die fast wie Hände aussahen.

Mir drehte sich der Magen um, aber ich trat noch näher und starrte hin, ich wollte so nah wie möglich ran, um in diese fremdartigen Augen zu schauen. Als ich das verstümmelte Insekt betrachtete, empfand ich kein Mitleid, sondern etwas, was ein verlorenes Wort zwischen Widerwillen und Lust gewesen sein muß. Ich hätte mir die Gottesanbeterin am liebsten in den Mund gesteckt.

Keiner von uns zuckte zusammen. So ernsthaft wie Wissenschaftler oder Forscher sahen wir zu, wie das Tier weiterhin seine Beine bewegte.

Die Zwillinge waren wieder herausgekommen und näherten sich uns. Ich hörte, wie Steven in meinem Rücken etwas rief, dann spürte ich, wie er mich am Arm zurückriß. Er stieß mich zu Julie und ragte über den zwei Jungen auf, die sich über ihre Fahrradlenker beugten.

»Das ist ja ekelhaft«, sagte er nahezu kreischend. »Schaut bloß, was ihr getan habt.« Seine Stimme klang ungewöhnlich hoch und laut, wie die Feueralarmsirene in der Schule. Ich stellte mir vor, daß alle Nachbarn zu den Fenstern stürzten, um nachzusehen, was für eine ekelhafte Sache wir angerichtet hatten.

Der Junge, der die Gottesanbeterin gehalten hatte, ließ sie auf die Straße neben den Randstein fallen, wo sie, ins Leere rudernd, auf dem Rücken liegenblieb, den kaputten Bauch uns zugewandt. Ein feuchter Fleck bildete sich unter ihr.

»Ihr seid ja *krank.*« Diesmal wandte er sich um, weil er auch mich meinte. Dann trat er vom Randstein und zerquetschte das sterbende Insekt vorsichtig mit der Ferse.

»Verschwindet«, sagte er, als er damit fertig war. Er sah Boyd Ellison direkt an, der noch immer das offene Taschenmesser in der Hand hielt. »Schaut bloß, daß ihr hier verschwindet.«

In diesem Augenblick, angesichts des funkensprühenden Zorns meines Bruders und der Aussicht auf die Verachtung und die Wut meiner Mutter, wenn sie von dieser Episode gehört hätte, haßte ich Boyd Ellison mehr, als ich je zuvor in meinem Leben jemanden gehaßt hatte. Als er auf sein Fahrrad stieg und davonfuhr, leuchtende Gummietiketten, winzige blaue Fähnchen, an den Fersen seiner Sneakers, wünschte ich, ich hätte einen Stein, mit dem ich nach ihm werfen könnte. Ich hätte ihn am liebsten getreten, sein breites Gesicht zertrümmert und ihn zu Boden geschlagen. Ich wollte, er würde dafür zahlen, daß er mir gezeigt hatte, was ich unbedingt hatte sehen wollen.

Wundersamerweise verpetzte mich Steven nicht. Statt dessen versetzte er mir einen Schlag auf den Kopf, knapp oberhalb des Ohrs, als die Jungen davonfuhren. »Du gehörst nicht mehr zum Club«, sagte er. »Dumme Kuh.«

Julie sagte: »Sie hat noch nie dazugehört.«

Wochenlang ging ich immer wieder zu dem grünen Schmierfleck auf der Straße, bis er getrocknet und braun geworden und eines Tages verschwunden war.

Als ich in der Küche über die Schulter meiner Mutter auf Boyd Ellisons Foto in der Zeitung blickte, wußte ich, daß ich nicht traurig war, weil er tot war. Im Gegenteil, ich konnte nicht glauben, daß jemand, der so fest in seinem eigenen Fleisch verankert war, an einem Tag existieren und am nächsten verschwunden sein konnte. Ich konnte mir nicht vorstellen, daß ich verschwinden würde. Schuldbewußt versuchte ich an den winzigen Punkten, aus denen sein Bild bestand, vorbeizusehen und mich davon zu überzeugen, daß ich Gewissensbisse empfand.

Aber ich empfand Schlimmeres als Gewissensbisse. Ich fühlte mich ertappt. Boyd Ellison hatte in mir eine Seelenverwandte erkannt, eine Bittstellerin, eine Bettlerin, jemand, der immer zusah in der Hoffnung, etwas Ekelhaftes zu sehen, den ekelhaftesten Anblick der Welt, Schmerz, der nicht hätte verursacht werden müssen. Boyd Ellison war also doch jemand gewesen, den ich gut gekannt hatte.

»Was ist los mit dir?« fragte meine Mutter und blickte von der Zeitung auf. »Marsha Mars?« Und dann legte sie mir eine kühle Hand auf die Stirn.

8

Die Ermittlungen der Polizei dauerten an. Wochenlang erhielt der Sheriff Anrufe von Leuten, die einen Mann mit schütterem Haar in einem braunen Auto gesehen hatten. Ein Hellseher erklärte der Polizei, daß sie den Täter in einem Wohnwagen in Schenectady, New York, finden würde. Mehrere anonyme Briefe beschuldigten Vizepräsident Spiro Agnew, der Mörder zu sein. Ein Junge in Baltimore sagte aus, an der Bushaltestelle habe sich ihm ein Mann genähert und ihm fünf Dollar geboten, wenn er in sein Auto stiege. Aber diesmal war es ein rotes Auto, und der Mann hatte einen Bart. In New Jersey verschwand ein kleines Mädchen aus dem eigenen Garten.

Anhand der Beschreibung der älteren Frau mit dem Mops wurde ein Phantombild erstellt und in Polizeirevieren im ganzen Land aufgehängt. Ein Bild fand den Weg auf das Schwarze Brett im Einkaufszentrum von Spring Hill; es war eine Bleistiftskizze von einem Mann mittleren Alters mit rundem Gesicht und wenig einnehmenden Zügen – so wenig einnehmend, daß sie jedermanns Vorstellung von einem Verbrecher entsprachen. Er sah aus wie der Typ Mann, der heutzutage sofort als Kinderschänder erkannt wird, weil uns eingebleut wurde, daß jeder ein Kinderschänder sein kann, der Mann von nebenan, sogar der eigene Vater. Damals sah der Mann einfach nur allzu gewöhnlich aus.

Ich dachte, er sähe aus wie Mr. Green.

In mein Notizbuch klebte ich folgenden Artikel aus der *Washington Post*:

»Gemäß einer mit den Ermittlungen vertrauten Quelle geht die Polizei, die im Fall der Entführung und Ermordung des 12jährigen Boyd Arthur Ellison aus Spring Hill ermittelt, davon aus, daß jemand aus der Nachbarschaft das Verbrechen begangen haben könnte.

Dieselbe Quelle verlautbarte, daß die Polizei aufgrund des Winkels, in dem die Schläge auf den Kopf des Jungen auftrafen, annimmt, daß es sich bei dem Mörder um einen Linkshänder handelt. Montgomery-County-Polizeisprecher Joseph McKenna weigerte sich, die Frage zu beantworten, ob es Tatverdächtige gebe, ermahnte die Bewohner der Gegend jedoch, vorsichtig zu sein und alle verdächtigen Vorkommnisse zu melden. ›Wir haben ein paar Hinweise, denen wir derzeit nachgehen. Ich bin nicht befugt, weitere Einzelheiten mitzuteilen‹, sagte McKenna.

Die Bewohner von Spring Hill geben weiterhin ihrem Entsetzen über den Mord Ausdruck. Mehrere Bewohner sagten, daß ihnen der Gedanke, in der Gegend wohnen zu bleiben, Unbehagen verursache. ›Das ist eine nette Nachbarschaft‹, sagte Carol Humphries, 44, Mutter von zwei Kindern und Nachbarin der Ellisons. ›Alle, die hier leben, haben ähnliche Wertvorstellungen. Deswegen wohnen auch wir hier, man weiß, was man zu erwarten hat. So etwas dürfte hier eigentlich nicht passieren.‹«

Während der nächsten Wochen wurde die Nachtwache zu einer regelmäßigen Einrichtung in unserer Nachbarschaft, und auch darüber wurde berichtet. Ein Reporter der *Post* interviewte Mr. Lauder, und ein paar Tage später erschien im Lokalteil ein kurzer Bericht unter der Überschrift NACHTWACHE BERUHIGT NERVOSITÄT IN DER NACHBARSCHAFT. Dazu ein Foto von Mr. Lauder, Mr.

Sperling und mehreren anderen Männern, die mit verschränkten Armen auf der Treppe der Morris' standen. Ich klebte das Foto in mein »Beweise«-Buch. Sie sahen aus wie Möbelpacker.

Mrs. Morris hatte für die Nachtwache orangefarbene Armbinden gefertigt und auf jede die Buchstaben NW aus schwarzem Filz genäht. »Was ist das denn?« sagte meine Mutter am Abend, als die Männer die Armbinden zum erstenmal trugen. Aber ich fand, daß die sie sehr offiziell wirkten.

Nach dem Abendessen setzte ich mich jetzt jeden Tag auf die Veranda, bis ich ins Bett mußte, und wartete darauf, daß die Patrouille an unserem Haus vorbeikam. Ich stoppte die Zeit, um festzustellen, wie oft sie in den Zwei-Stunden-Schichten von halb acht an durch unsere Straße gingen. Am schnellsten waren Mr. Reade, Vater von Mike und Wayne, und Mr. Lauder; ihre beste Zeit betrug sechsundzwanzig Minuten. Ich hielt den Atem an, wenn sie vorbeimarschierten, so wie ich den Atem anhielt, wenn Sherlock Holmes eine kleine, aber entscheidende Entdeckung machte. Am langsamsten waren Mr. Guibert und Mr. Bridgeman, die sich über unser Steuersystem stritten – Mr. Bridgeman arbeitete beim Finanzamt – und manchmal stehenblieben, um über das Kleingedruckte im Steuergesetz zu debattieren. Die Nachtwache ging zehn Blocks ab, dazu gehörte der Parkplatz des Einkaufszentrums, wo sie gelegentlich Teenager überraschten, die knutschten oder in ihren Autos Bier tranken. Der Parkplatz war als Treffpunkt seit dem Mord noch beliebter geworden. Die letzte Schicht endete um halb ein Uhr nachts.

Die meisten Männer unterhielten sich während der Patrouille, und ich liebte das raunende Geräusch ihrer leisen Stimmen und den Geruch nach Zigaretten, den sie hinterließen. Es war etwas, worauf ich mich während der langen

Wochen im Juli und August verließ: der Anblick von Mr. Lauder und der anderen Väter, die auf der Straße so regelmäßig vorbeigingen, das gelbe Licht der Straßenlampe, das auf ihren Uhrbändern aus Metall funkelte und auf den langen Griffen ihrer schweren silberfarbenen Taschenlampen schimmerte. Es rührte mich, daß ich Gegenstand ihrer Sorge war. Wenn ihre kurzärmligen weißen Hemden in Sicht kamen, spürte ich, wie sich mir die Kehle zuschnürte und mein Rücken sich straffte, ich war hingerissen von etwas, was Patriotismus sehr nahe kam. Ich verliebte mich in alle. In meinen Träumen wurde ich von jedem Mann an die Brust gedrückt und in Sicherheit getragen, wurde von einem Vater zum nächsten weitergegeben.

Etwas Gewalttätiges wie der verrückte Tornado, den meine Mutter so gedankenlos herbeigewünscht hatte, war durch unsere Straßen gestürmt und hatte die gesamte Topographie verändert. Aber in jenen Tagen glaubten die Menschen, daß man sich auf Katastrophen vorbereiten könne. Dafür gab es Sturmkeller. Dafür hatten die Menschen Erste-Hilfe-Kästen und seit ein paar Jahren Atomschutzbunker in ihren Gärten. Aber wir waren nicht vorbereitet gewesen, und deswegen war ein Kind aus unserer Nachbarschaft gestorben. Wir waren nicht vorbereitet gewesen, und deswegen war jetzt eine freundliche Gegend voller Bäume und Rasenflächen und Einfahrten ein schattiges Gebiet mit Verstecken, dunklen Ecken, knarzenden Ästen. Wenn ich jetzt zurückblicke, kommt es mir so vor, als hätten all diese ritterlichen Väter vorgehabt, unsere Nachbarschaft mit schierer physischer Anstrengung wieder zu dem zu machen, was sie nie wirklich gewesen war.

Daß Mr. Green nicht in die Nachtwache aufgenommen wurde, rief bei mir zuerst Mitleid, dann Verachtung hervor. Meine Erinnerung an seine muskulöse Brust und an seine Arme, kräftig wie die eines Schmieds, verschwammen, und an ihre Stelle traten flüchtige Bilder: Mr. Green, der wie eine Ratte durch die Vordertür verschwand; Mr. Green, der sich, in seinen spießigen Shorts, hinter einem Busch versteckte. Ich dachte mir Szenen aus, in denen Mr. Green gebeten wurde, der Nachtwache beizutreten, sich jedoch weigerte. In diesen Szenarien baten ihn Mr. Lauder und Mr. Sperling, sich ihnen anzuschließen und zu helfen, unser Viertel sicher zu machen. »Warum sollte ich meine Zeit verschwenden«, sagte Mr. Green verächtlich, »für so ein *aussichtsloses* Unterfangen?«

In einem solchen Wortwechsel sprach er immer mit herablassendem deutschen Akzent, und eine fettige Haarlocke hing ihm auf die Stirn. Wann immer Walter Cronkite im Fernsehen die Watergate-Einbrecher erwähnte, sah ich Mr. Green mit einer Kapuzenmütze über dem Gesicht vor mir. Wenn ich ihn jetzt dabei beobachtete, wie er zu seinem Auto oder vom Auto zum Haus ging, stellte ich ihn mir in erniedrigenden Posen vor – auf der Toilette, mit dem Finger in der Nase.

Wenn ich nahe an unserer Hecke vorbeikam, warf ich Abfall in seinen Garten: Schnurstücke, abgerissene Kinokarten; manchmal spuckte ich meinen Kaugummi auf seine Einfahrt in der Hoffnung, daß er an seinen Slippern mit den Quasten klebenbleiben würde. Eines Morgens fertigte ich aus Buchstaben, die ich aus der Zeitung ausschnitt und auf eine herausgerissene Seite aus meinem Notizbuch klebte, eine Botschaft. »Ich biN grEEn«, stand darauf. »IcH haSse KINDER. Ich WeRde DICH ErWiscHeN.« Als niemand auf der Straße war, legte ich den Zettel auf seine Treppe, wo er ungefähr eine Stunde liegenblieb, bevor er davongeweht wurde.

Ein paar Tage nachdem Boyd Ellisons Leiche hinter dem Einkaufszentrum gefunden worden war, erhielt jedes

Haus im Viertel einen eigenen Drohbrief, ein auf säuregelbem Papier gedrucktes Flugblatt, das unter den Scheibenwischer der Autos steckte: »EIN KIND AUS DER NACHBARSCHAFT WURDE AM DONNERSTAG DEN 20. JULI VON EINEM UNBEKANNTEN BRUTAL ERMORDET. EIN RAT AN ALLE ELTERN: SIE MÜSSEN IMMER WISSEN, WO IHRE KINDER SIND. MEIDEN SIE FREMDE. SEIEN SIE VORSICHTIG.« Das Flugblatt war unterschrieben von der »NACHBARSCHAFTSNACHTWACHE«. Ich hob unseres auf und klebte es in mein Notizbuch.

An diesem Abend erzählte Mrs. Lauder meiner Mutter, daß Mr. Lauder und die anderen Männer beabsichtigten, jeden unbekannten Mann, dem sie auf ihren Runden begegneten, auszufragen.

»Sie werden sagen: ›Was wollen Sie hier?‹ Und wenn der Mann keinen guten Grund nennen kann, werden sie ihn aufs Polizeirevier bringen.«

»Ich denke, das ist verfassungswidrig«, sagte meine Mutter.

Mrs. Lauder schien überrascht. »Liegt dir denn die Sicherheit unserer Kinder nicht am Herzen? Mehr wollen sie doch gar nicht.«

Mrs. Lauder war eine dicke Frau mit kurzem lockigem schwarzem Haar, das sich an ihre Ohren schmiegte wie eine dunkle Bademütze. Ich habe nie gesehen, daß sie eine Bluse anhatte, deren Knöpfe sie nicht fast sprengte, und oft fuhr sie mit ihrem Perlmuttlippenstift über die Konturen der Lippen hinaus, aber sie war eine eigenartig strenge Person. Ihr Bruder war Methodistenpfarrer in Alexandria, und diese Verwandtschaft schien sie als Guten Samariter des Viertels auszuzeichnen. Sie wußte immer alles. Wenn jemand in der Nachbarschaft ein Baby bekam oder ein Familienmitglied verlor, wußte Mrs. Lauder den Namen des Babys oder die Todesursache des Verwandten.

Nichtsdestoweniger war es schwer, in ihre kleinen wachsamen blauen Augen zu schauen, ohne sich schuldig zu fühlen, auch wenn man nichts Schlimmes getan hatte. Es war nicht so, daß sie einen vorwurfsvoll ansah, es lag vielmehr daran, daß sie zu *erwarten* schien, daß man Schlimmes tat. Und doch war sie eine freundliche Frau, stets gut gelaunt, immer bereit, den Nachbarn zu helfen. Seitdem mein Vater fortgegangen war, hatte sie es sich zur Gewohnheit gemacht, ein-, zweimal in der Woche bei meiner Mutter und mir vorbeizuschauen.

»Wie geht's euch?« fragte sie. »Braucht ihr irgend etwas?« Sie schien jedesmal enttäuscht, wenn meine Mutter antwortete, daß es uns gutgehe.

An dem Abend, als das Flugblatt, gelb wie Fieber, auf unserer Treppe lag, marschierte Mrs. Lauder mit Luann an der Hand durch unseren Garten. Meine Mutter hatte gerade den Gartenschlauch vor das Haus gezogen, um den Rhododendron zu wässern.

»Die Mutter des Jungen hat nicht ein Wort gesprochen, seit es passiert ist. Nicht ein einziges Wort.« Mrs. Lauder redete immer drauflos, ohne Einführung oder Begrüßung. »Ich schätze, ist es der Schock. Wahrscheinlich ist es nur gut so.«

»Vermutlich«, sagte meine Mutter.

»Ich habe gehört, daß die Großmutter jetzt bei ihnen ist. Sie schickt alle weg, die vorbeischauen. Auf schweizerisch oder französisch oder in irgend so einer Sprache. Trägt von Kopf bis Fuß schwarz. Sie war bei der Gedenkfeier, die heute nachmittag in der High-School stattgefunden hat. Warst du dort, Lois?«

Meine Mutter schüttelte den Kopf. Mrs. Lauder fächelte sich mit unserem Flugblatt, das auf die Treppe gefallen war, Luft zu. Luann stand etwas abseits neben dem Vogelbad und starrte auf ihre rosa Sneakers. »Warum gehst du nicht rein und spielst mit Marsha?« sagte ihre Mutter. »Na los, mein Püppchen.«

Luann öffnete die Verandatür und trat auf die Schwelle; dabei wurde sie zwischen Tür und Türstock einquetscht. Schließlich zwängte sie sich durch, stand vor dem Fliegengitter und ging leicht in die Knie, um sich an der Innenseite des Beins zu kratzen.

Sie beäugte meinen Gips. »Hat noch niemand unterschrieben?«

Ich schüttelte den Kopf.

»Das ist jetzt wenigstens vorbei«, sagte Mrs. Lauder draußen. »Aber was sollen wir jetzt tun? Was, wenn sie den Kerl nicht finden?«

»Es ist schrecklich«, sagte meine Mutter, und ihre Stimme klang wie aus weiter Ferne, als ob das, was geschehen war, nicht wirklich schrecklich, sondern nur enttäuschend wäre.

»Man paßt auf und paßt auf und gibt acht, daß die Kinder sicher sind, man stellt das Drano und das Windex oben auf den Kühlschrank, damit sie das Zeug nicht schlucken, und jeden Tag holt man sie vom Bus ab, und dann passiert trotzdem so etwas.« Mrs. Lauder wischte sich die Stirn mit dem Rücken ihrer aufgedunsenen Hand und lehnte sich an das Verandageländer. »Vielleicht ist es ja Gottes Wille, aber ich sage dir, es ist nicht fair. Es scheint, als ob man heutzutage die ganze Zeit mit Aufpassen verbringen muß, oder man kann es gleich seinlassen und überhaupt nicht mehr aufpassen.«

»Ich weiß, wie du dich fühlst«, sagte meine Mutter mit der gleichen distanzierten Stimme. Sie drehte den Hahn voll auf und drückte dann auf die Düse, die sie an den Schlauch geschraubt hatte. Rhododendronblätter wirbelten auf; sie senkte die Düse und wässerte die Erde unter jedem Strauch, schuf kleine Marschen aus Schlamm und Gras.

Auf der anderen Straßenseite sprang ein Rasenmäher an. Luann setzte sich auf ihre Hände und schaukelte vor und zurück. »Wenn ich einen Gips hätte« – sie warf mir einen kalten Blick zu –, »würde ich ein paar von diesen Flower-Power-Stickern draufkleben.«

Ihr helles Haar hing ihr ums Gesicht wie ein Duschvorhang; dazwischen spähte ein blasses, würdevolles kleines Gesicht hervor. Infolge eines Autounfalls hatte sie statt der Schneidezähne ein Provisorium, das sie mit der Zunge herausklappen und wieder einsetzen konnte. Mit Acht war sie bereits berühmt für dieses Kunststück, das sie auf Verlangen vorführte, und für ihren Mut. Ich habe gesehen, wie Boyd Ellison, kurz bevor er umgebracht wurde, mit seinem möglicherweise gestohlenen Zehn-Gang-Rad direkt auf sie zuraste – das machte er gern, um kleine Kinder zu erschrecken –, und sie zuckte nicht einmal zusammen, sondern blieb ungerührt auf dem Gehsteig sitzen, wo sie mit sich selbst Murmeln spielte, während sein Vorderrad knapp an ihrem Knie vorbeipreschte. Es war bekannt, daß sie sich weigerte, sich zu waschen. Sie war das einzige Mädchen, das ich kannte, das einen Regenwurm in die Hand nahm. Wenn ein Hund sie anbellte, starrte sie ihn so lange an, bis er verstummte.

Ich hatte nie viel mit Luann zu tun gehabt. Obwohl sie erst acht war, stand sie in dem Ruf, kaltblütig zu sein, aber die Zwillinge machten sich über mich lustig, wenn sie uns zusammen spielen sahen. »Das Kindergarten-Duo«, nannten sie uns und gaben schreckliche flötende Laute von sich.

Und obwohl ich es nur höchst ungern zugab, hatte ich ein bißchen Angst vor Luann. Vielleicht lag es an ihrem Provisorium oder an ihrer gelangweilten Ausstrahlung, denn sie hatte überlebt, was dem Rest von uns erst noch bevorstand.

Auf unserer Veranda spähte Luann vom Boden zu mir herauf. Ich tat so, als würde ich es nicht bemerken, und starrte auf die Begonien meiner Mutter, deren Blätter mit einer Staubschicht überzogen waren. »Weißt du, was?« sagte sie schließlich und strich ihr dünnes Haar zurück.

»Was?« sagte ich schroff.

»Als ich sechs war, ist eine Haferflocke in meiner Nase steckengeblieben, und ich mußte ins Krankenhaus. Der Doktor hat mir eine riesige Pinzette in die Nase geschoben. Er hat sie rausgekriegt, aber es hat geblutet.

Tja«, fuhr Luann fort, nachdem sie höflich auf eine Reaktion gewartet hatte. Sie schaukelte vor und zurück. »Danach hab ich ein Eis gekriegt.«

»Schön für dich«, sagte ich.

Luann beäugte mich einen Augenblick vom Boden aus. »Meine Mom sagt, daß dein Daddy davongelaufen ist«, sagte sie. »Sie sagt, daß er einen Bruch begangen hat.«

»Das stimmt nicht«, zischte ich mit heißem Gesicht.

»Sagt aber meine Mom.«

»Deine Mom ist ein fettes Schwein«, sagte ich.

Draußen sagte Mrs. Lauder: »Gestern ist er beerdigt worden.« Sie hielt einen Augenblick inne. »Ich habe gehört, daß seine Eltern nicht hingegangen sind.«

Meine Mutter nickte, wandte sich ab, um die Azaleen und dann das Lilienbeet zu wässern.

»Ich kann fast nicht mehr schlafen«, sagte Mrs. Lauder. »Das arme Kind.« Einen Moment lang schloß sie die Augen und rieb sich mit Zeigefinger und Daumen die Nasenwurzel. Schließlich blickte sie wieder auf. »Wer bringt so etwas fertig?«

In diesem Augenblick bog Mr. Green auf seine Einfahrt. Mrs. Lauder schwieg, während er an sein Abflußrohr heranfuhr und dann den Motor abstellte. Die Wagentür quietschte, als er sie aufstieß. Als er meine Mutter und

Mrs. Lauder sah, winkte er wie üblich, wartete, bis sie ebenfalls gewinkt hatten, und ging dann zum Haus. Vor seiner Haustür blieb er stehen und zog das Flugblatt vom Türgriff, das aufgerollt daraufgesteckt war.

Als er es gelesen hatte, faltete er das Flugblatt zu einem Quadrat zusammen und steckte es in seine Brusttasche. Dann schloß er die Tür auf und verschwand im Haus.

Mrs. Lauder sah in seinen Garten, als wartete sie darauf, daß noch etwas passierte. »Was meinst du, was der für eine Geschichte hat?« sagte sie nach einer Weile.

»Wer weiß«, sagte meine Mutter, seufzte und rollte den Gartenschlauch auf, nasses Gras blieb an ihren Händen und Beinen hängen. »Aber ich bin sicher, daß er eine hat, wie wir alle.«

»Luann«, rief ihre Mutter. »Zeit, nach Hause zu gehen, Püppchen.«

Auf der Veranda wandte sich Luann, die durch das Fliegengitter hinausgesehen hatte, plötzlich mir zu. »Willst du ein Geheimnis wissen?«

Als ich nicht antwortete, kam sie zu meinem Stuhl, neigte sich so nah zu mir, daß meine Backe von ihrem Atem feucht wurde.

»Luann«, rief Mrs. Lauder.

»Willst du ein Geheimnis wissen?« fragte Luann und starrte mich an, wie sie bellende Hunde anstarrte.

»Na gut«, sagte ich endlich.

Draußen drehten sich unsere Mütter zu uns um, ihre weichen, müden Gesichter wie Pfingstrosen im schwindenden Licht.

»Sieht aus wie ein großer Daumen«, flüsterte sie und küßte dabei fast mein Ohr. »Das Ding von einem Jungen.«

Heute kommt es mir merkwürdig vor, daß ich während der Tage und Nächte nach Boyd Ellisons Ermordung nie wirklich Angst hatte. Aber vermutlich veränderte sich nichts Großes mehr in meinem Leben, was sich nicht zuvor schon verändert hatte. Die schlimmste Sorte Verbrechen war in unserer Nachbarschaft geschehen, der Mord an einem Kind, das so alt war wie ich, das ich sogar gekannt hatte, und trotzdem gingen wir weiterhin einkaufen und zum Arzt; Julie und Steven taten weiterhin so, als wären sie Mitglieder der britischen High-Society, sie ignorierten mich weiterhin, klauten Kaugummi im Drugstore und rauchten hinter den Rhododendronsträuchern; meine Mutter saß weiterhin in der Küche und verkaufte Zeitschriften am Telefon; abends spülten wir die Teller, trockneten sie ab und verstauten sie im Schrank.

Immer wieder versuche ich mir vorzustellen, wie Boyd Ellisons Mutter nach dem Abendessen abwusch, das Spülbecken mit seifigem Wasser füllte, auf ihr Spiegelbild in der schwarzen Fensterscheibe starrte, während sie eine Schüssel wusch, Teller auf Teller spülte. Wenn sie damit fertig war, fing sie vielleicht wieder von vorn an. Ich erinnere mich an sie als schlank und groß; ich habe sie nur einmal gesehen, an Halloween. In einem blauen Kleid stand sie schlank und groß in der Tür, ein Geschirrtuch in der Hand. Sie hatte dunkles Haar und dunkle Augen. Sie sah, so erinnere ich mich, ein bißchen aus wie meine Mutter.

Mein Vater sagte einmal zu mir: »Den ganzen Sommer über dachte ich an euch Kinder. Aber eine Zeitlang schien es, als wärt ihr nicht mehr meine Kinder. Es schien, als gehörtet ihr zu einem anderen Leben, und das Leben, das ich lebte, schien mein einziges Leben zu sein. Wir gingen angeln und machten jeden Tag lange Spaziergänge. Manchmal aßen wir etwas in einem Restaurant an der Straße. Wir fuhren aufs Land. Viel mehr unternahmen wir nicht.«

Selbst in den schlimmsten Zeiten unseres Lebens gibt es Augenblicke, in denen unser Leben normal erscheint, und dann erwischt man sich dabei, daß man sich fragt, welche Momente – die schrecklichen oder die normalen – die wirklichen sind. »Ich habe versucht, euch zu schreiben«, sagte mein Vater. »Aber ich hatte nichts zu sagen, was sinnvoll gewesen wäre.«

So schien es uns allen zu gehen, was den Mord anbelangte. Wir hatten nichts zu sagen, was irgendwie sinnvoll gewesen wäre, und deswegen redeten wir nicht häufig darüber, nach dem ersten Schock und während wir darauf warteten zu erfahren, wer der Täter war und warum er es getan hatte. Aber meine Mutter las uns weiterhin Zeitungsartikel vor, und ich klebte sie weiterhin in mein Notizbuch.

Nachdem man Boyd Ellisons Leiche gefunden hatte, lag tagelang Stille über unserer Nachbarschaft, wie eine schwere Decke. Schwarz-weiße Polizeiautos fuhren vorbei oder parkten wie riesige zweifarbige Schuhe vor den Häusern. Nur ein paar Erwachsene gingen allein auf die Straße, die meisten blieben im Haus. Klimaanlagen brummten und tropften. Hin und wieder lief ein Hund mitten auf der Straße. Abends waren nur die beiden Männer der Nachtwache unterwegs auf ihren Runden.

Die Polizei hatte keine Spur. Es hieß lediglich, daß sie glaubte, jemand aus der Gegend könnte der Mörder sein. Vielleicht sogar jemand, der Boyd gekannt hatte. Vielleicht jemand, dem wir alle schon begegnet waren.

Am Sonntag ließen die Leute ihre Kinder wieder draußen spielen. Am Vormittag war es ruhig; von der Veranda aus hörte ich das lebhafte, beruhigende Gequassel von Comic-Stimmen, wie das Summen von Bienen. Am Nachmittag flitzten die ersten Fahrräder an unserem Haus vorbei.

Steven ging zu Mike und Wayne Reade, um Basketball zu spielen. Julie schloß sich im Bad ein, um sich die Augenbrauen zu zupfen, und kam wütend und rot im Gesicht wieder heraus. Im Garten der Sperlings auf der anderen Straßenseite liefen zwei fremde kleine Mädchen in rosa Badeanzügen kreischend durch die Fontänen des Rasensprengers, während Mrs. Sperling und die Mutter der Kinder auf der Treppe saßen und die Ellenbogen auf die nackten Knie stützten.

Es war zu dieser Zeit, Tag Nummer drei, als der Turm der Peterman-Wolff-Zeitschriften auf dem Fernseher mich überragte und meine Mutter Tante Fran und Tante Claire sagte, sie sollten nicht mehr anrufen.

Seit ihrem letzten Besuch hatten meine Tanten zwei-, dreimal in der Woche angerufen. Sie meinten, meine Mutter solle Golf spielen lernen; sie hatten gelesen, daß körperliche Bewegung »die Laune hebe«, ein Ausdruck, bei dem Julie sich an ihrem Hühnerbein verschluckte, als meine Mutter ihn beim Abendessen wiederholte. Sie meinten, sie könnte vielleicht einer Frauengruppe beitreten. Sie empfahlen Stricken, Yoga, bewußtseinserweiternde Sitzungen und lange Schaumbäder.

»Hast du irgendwas gehört?« fragten sie.

Nach dem Mord riefen meine Tanten täglich an.

»Du mußt damit aufhören«, sagte meine Mutter eines Abends zu Tante Claire. »Du mußt mir glauben, daß es mir gutgeht.«

Ich saß im Wohnzimmer und sah, wie sie in der Küche auf und ab ging und dabei die Telefonschnur straff zog.

»Hör mal«, sagte sie. »Ich weiß deine Anteilnahme zu schätzen, aber du gibst mir das Gefühl, daß mit mir etwas nicht stimmt.«

Schließlich blieb sie neben dem Kühlschrank stehen, die Telefonschnur lag auf dem Boden. »Was hast du davon,

Claire?« sagte sie in einem kalten Tonfall, den ich noch nie von ihr gehört hatte.

Eines verregneten Abends in derselben Woche kamen wir alle vom Kino nach Hause und trafen Mr. McBride, der gerade ein gutgekleidetes, junges iranisches Paar in unseren Keller führte, wo sie sich den Boiler ansehen wollten. Meine Mutter schloß leise die Tür und wurde rot, als sie im Flur vor der Tür stand. Julie und Steven verzogen sich sofort, liefen rasch die Treppe hinauf in ihre Zimmer.

»Bitte. Mach nur weiter«, sagte meine Mutter zu Mr. McBride, der in seinem schwarzen Anzug und mit seinen dichten Augenbrauen aussah wie ein von einem wiederbelebten Patienten überraschter Leichenbeschauer. »Kümmert euch nicht um uns. Schaut an, was immer ihr wollt. Bäder, Schränke, alles. Wir sind gerade dabei ... wir sind gerade dabei ...«

Aber sie schien sich nicht entscheiden zu können, was wir gerade in unserem eigenen Haus taten, deswegen blickte sie zu dem kleinen iranischen Paar, das ordentlich in helles Leinen gekleidet hinter Mr. McBride stand.

»Wir verkaufen unser Haus«, sagte sie. »Aber das wissen Sie ja bereits.« Sie hielt inne und lachte ratlos. »Meine Tochter Marsha – das ist Marsha.«

Das iranische Paar sah zuerst sich an und dann Mr. McBride. Meine Mutter, die diesen Blick bemerkte, fügte eilig hinzu: »Wenn Sie irgendwelche Fragen haben, irgend ... irgend etwas, wir sind hier.«

Sie lächelte ihr breitestes Lächeln. Der Gürtel ihres Regenmantels hing neben ihren Füßen auf den Boden, eine schwere schwarze Tasche baumelte von ihrer Schulter, ihre Sneakers waren schlammverspritzt. Das Paar starrte uns eine Weile neugierig an, als wären wir seltene triste Geschöpfe, denen sie nicht noch einmal begegnen würden; dann wandten sie sich schweigend um und gingen nacheinander die Kellertreppe hinunter. Vom Flur aus sah ich, wie sich das Licht der nackten Glühbirne auf ihrem glatten blauschwarzen Haar spiegelte, während sie leise redend neben der Tischtennisplatte standen.

»Hallo, Lois«, sagte Mr. McBride und rührte sich in seinem krähenschwarzen Anzug. »Ich habe dich nicht kommen hören.«

Meine Mutter lächelte noch angestrengter.

»Hast du was von Larry gehört?« fragte er dann und blickte zögernd an seiner langen Nase vorbei. »Er hat gekündigt. Offiziell, meine ich. Schriftlich. Wir haben einen Brief bekommen.«

Meine Mutter lächelte noch einen Augenblick weiter, dann wandte sie sich ab. »Das wußte ich nicht.«

»Also, wenn ich was – Geld. Brauchst du – ?«

»Nein«, sagte meine Mutter und sah ihn schnell wieder an. »Im Augenblick haben wir genug, danke, Harold. Solltest du dich nicht um deine ...?« Sie machte eine Kopfbewegung Richtung Keller.

»Oh«, sagte Mr. McBride. »Natürlich.«

Meine Mutter behielt den Regenmantel an, als wäre sie die uneingeladene Besucherin, und tat so, als würde sie die alte Post auf dem Eßtisch sortieren. Nach ein paar Minuten kam das iranische Paar vor Mr. McBride die Kellertreppe wieder herauf, ihre Lacklederschuhe glänzten, als sie über das Parkett im Flur gingen. Meine Mutter stellte sich neben die Garderobe und entschuldigte sich zweimal, weil wir sie gestört hatten.

»Hoffentlich haben Sie alles gesehen, was Sie sehen wollten«, sagte sie. »Sie brauchen sich unseretwegen nicht zu beeilen.«

Sie sahen sie aus feuchten Augen an. Dann langte der Mann zur Tür, um sie für seine Frau zu öffnen, und meine Mutter trat ein wenig erschrocken zur Seite.

»Tut mir leid, daß wir euch so überrascht haben, Lois«, murmelte Mr. McBride und zog die Schultern hoch, als er dem Paar ins Freie folgte.

»Nein, nein. Das war *meine* Schuld. Mea culpa«, sagte meine Mutter fröhlich. Sie winkte von der Tür aus, als sich die Iraner wie ein Paar Handschuhe in Mr. McBrides leichenwagenartiges Oldsmobile setzten.

Aber die Tür war noch nicht ganz ins Schloß gefallen, als sie ihre Tasche durch das Wohnzimmer schleuderte. Sie traf den Zeitschriftenstapel auf dem Fernseher, und die Zeitschriften schlitterten über den Boden. Ein Schachbrett aus Gesichtern grinste uns plötzlich entgegen – Gesichter junger Frauen mit roten Lippen und langen Wimpern, Gesichter von sprechenden Männern mit offenen Mündern, das Gesicht von Präsident Nixon, das Gesicht des Vorsitzenden Mao, George McGoverns Gesicht, George Wallace' Gesicht, Gesichter von Filmschauspielerinnen, Sportlern, Geschäftsmännern, ein ganzes Volk von Gesichtern, als ob die Tage und Wochen der letzten Monate buchstäblich Gesichter angenommen hätten. Gesichter von Menschen, die wir nicht kannten. Gesichter, die uns nicht ansahen. Gesichter, denen es gleichgültig war, ob wir lebten oder starben.

Oben traten Julie und Steven auf den Flur. Ich sah sie die Treppe hinunterspähen, während meine Mutter, die noch immer den Regenmantel anhatte, durchs Zimmer lief, Zeitschriften aufhob und in die Ecken warf. Feuchte Haarsträhnen klebten an ihrer Stirn. Sie ächzte und beugte sich vor, Gesicht und Hals liefen rot an, und in ihrem zerknitterten braunen Regenmantel und mit den schmutzigen Schuhen glich sie irgendwie einem Tier. Plötzlich sah ich sie vor mir, wie sie an jenem Abend mit meinen Tanten dagestanden hatte, nackt, ein Handtuch um den Kopf geschlungen, die rosa Narbe, die sich in den dunklen Haarbusch schlängelte.

Nachdem sie die meisten Zeitschriften durch den Raum geschleudert hatte, stapfte sie zu mir, die ich im Flur auf meinen Krücken hing, kam mir so nahe, daß ich die dünne Schweißschicht in den Härchen auf ihrer Oberlippe sehen konnte.

Einen Augenblick lang starrten wir einander an. Ich weiß nicht, was sie in meinem Gesicht sah – Angst, Widerwillen, vielleicht auch nur Erstaunen, was unter gewissen Umständen schlimm genug sein kann. Vielleicht sah sie die Farbe von Adas Haar auf meinem Kopf. Was immer es war, es veranlaßte sie, etwas zu tun, was sie noch nie getan hatte und nie wieder tun würde. Keuchend, nahezu pfeifend, riß sie den Arm zurück und schlug mich hart ins Gesicht.

Ich stürzte zu Boden, die Krücken fielen auf mich, bevor sie aufs Parkett krachten. Fast sofort verspürte ich eine merkwürdige Befriedigung. Dann durchflutete mich etwas Dunkles, Kaltes, ein hermetisches und verzweifeltes Gefühl, als würde ich ertrinken.

»*Mom*«, schrie Julie von oben an der Treppe.

Im nächsten Moment saß meine Mutter auf dem Boden und zog mich auf ihren Schoß. Julie und Steven standen um uns herum, aber auf dem Boden, wo ich lag, konnte ich nur ihre nackten Beine und Knöchel sehen. Meine Mutter sagte: »Ist schon in Ordnung.«

Sie wiegte mich unter dem Garderobenständer im Flur, ihr Hals roch feucht nach Regen und Körperpuder. Eine Ader pulsierte in meinem Gesicht. Ich blieb ganz still und zählte die Herzschläge, bis ich nicht mehr wußte, ob ich meinen Puls oder ihren oder den von uns beiden zählte.

»Was ist los?« sagte Julie, die Hände nahe am Gesicht. »Seid ihr in Ordnung?« sagte Steven in genau dem gleichen Augenblick. Sie klangen ängstlich und verwirrt und unsicher, ob sie verstehen wollten, was gerade geschehen war.

Ein Knurren im Magen meiner Mutter schien aus meinem zu kommen. Sie strich mir übers Haar und klopfte mir auf den Rücken, die Knöpfe ihres Mantels bohrten sich in mein Schlüsselbein.

»Alles in Ordnung?« fragte Julie mit hoher Stimme. »Mom?« Sie hatte angefangen zu weinen und zitterte etwas. »Mom? Mom?« Sie und Steven neigten sich zueinander, ihre Gesichter glatt und besorgt.

»Alles in Ordnung«, sagte meine Mutter schließlich und stand auf. »Tut mir leid ...«

Und dann klingelte das Telefon. Wir horchten, wie es wieder und wieder klingelte.

Und wir wußten alle: Es könnte mein Vater sein. Er könnte es sein, der uns endlich aus Nova Scotia anrief.

Ich kann ihn mir heute noch so vorstellen, wie ich ihn mir an jenem Abend vorstellte. Er steht in einer dunklen Straße in einer altmodischen roten Telefonzelle aus Holz, Autos rauschen an ihm vorbei, der Kragen seines Jacketts ist hochgeschlagen bis zum Kinn. Das am Glas der Telefonzelle herunterlaufende Regenwasser spiegelt sich auf seinem Gesicht. Er beugt sich zu dem schwarzen Telefon vor, stützt sich mit einer Hand am Glas ab. Seine Koteletten sind länger. Jemand hat den Bügel seiner Nickelbrille mit einer Sicherheitsnadel gerichtet. *Hallo? Hallo?* sagt er. *Ich vermisse euch. Ich komme zurück. Es war alles ein großer Fehler.*

Das Klingeln erfüllte das ganze Haus, lauter und lauter klingelte es, näher und näher, bis es uns endlich auseinanderbrachte und meine Mutter zum Telefon lief. Ein Augenblick verging, währenddessen sie sich den Telefonhörer ans Ohr preßte, dabei auf das Linoleum starrte und die andere Hand an die Stirn legte.

»Hallo, Fran«, sagte sie schließlich und drehte sich von uns weg. »Ja, natürlich geht's mir gut.« Sie drehte sich wieder um, und dann drehte sie sich noch einmal um die eigene Achse, und die Telefonschnur wickelte sich locker um ihren Hals.

9

ES WAR MITTWOCH, der 26. Juli, sechs Tage nachdem Boyd Ellison ermordet worden war, und wenn man nicht wüßte, was in unserer Nachbarschaft geschehen war, sähe die Straße aus wie jede andere Straße in jedem anderen Vorort einer amerikanischen Großstadt.

Die Väter gingen in weißen Hemden und mit dunklen Krawatten zur gewohnten Zeit zur Arbeit, vielleicht sogar ein wenig früher als üblich. Die Mütter hängten wieder Wäsche im Garten auf und banden Kopftücher über ihre Lockenwickler, bevor sie zum Supermarkt ins Einkaufszentrum fuhren, aber sie blickten öfter als gewöhnlich über die Schulter und sahen auf den Rücksitz des Autos, bevor sie einstiegen. Die Kinder machten wieder Tagesausflüge oder besuchten die Sommerschule, oder wenn es sich um Kinder wie Luann Lauder handelte, begingen sie wieder kleinere Akte von Vandalismus.

Auf dem Gehsteig zerrte Mrs. Lauder Luann, die als Tambourmajorin mit einem roten Rock und einer Tunika bekleidet war und Quasten an den kurzen weißen Stiefeln hatte, an unserem Haus vorbei. »Was stimmt nur nicht mit dir?« sagte Mrs. Lauder zweimal. Sie zog so abrupt an Luann, daß ihr blaßgelbes Haar hochflog und wieder herunterfiel. »Ich hab's dir immer wieder gesagt.«

Luann ließ den Kopf hängen, aber ich sah, wie sie aus den Augenwinkeln um sich spähte.

An diesem Morgen hatte meine Mutter beim Frühstück zu mir gesagt: »Du bist zuviel allein. Frag doch mal, ob Luann heute mit dir spielt.« Als ich protestierte, sagte meine Mutter: »Wenn du heute vormittag nicht zu ihr gehst, melde ich dich für einen Tagesausflug an. Und laß dein Notizbuch hier«, fügte sie hinzu. »Ich kann es nicht mehr sehen, wie du dieses Ding mit dir herumschleppst.«

»Du willst es ja nur lesen.«

»Das stimmt nicht.« Meine Mutter blickte von ihrem Toast auf. »Aber um ehrlich zu sein, ich finde es nervtötend, daß ein gesundes Kind in deinem Alter so viel Zeit damit verbringt, in ein Notizbuch zu kritzeln.«

»Ich bin nicht gesund«, rief ich. »Ich habe einen gebrochenen Knöchel.«

Aber selbst ich hatte es langsam satt, »Beweise« dafür zu sammeln, wie Mr. Sperling von gegenüber eines Morgens einen platten Reifen wechseln mußte, bevor er zur Arbeit fuhr, oder wie lange der alte Mr. Morris brauchte, um die Rosenstöcke zu gießen, oder wie Mrs. Morris, als sie Lebensmittel ins Haus trug, eine Flasche Saft auf dem Weg fallen ließ, die zerbrach und auf dem Beton und ihren Tennisschuhen auslief. Oder auch nur, wie Mr. Green von nebenan den Sonntagvormittag damit verbrachte, das Gras um seine Ziegelterrasse mit einer Geflügelschere zu schneiden. Und als ich sah, wie Mrs. Lauder Luann den Gehsteig entlangzerrte, freute ich mich darauf, sie zu fragen, was sie angestellt hatte.

Wie sich herausstellte, hatte sie mit roter Kreide hundertmal »pissn« auf die Tapete hinter dem Kopfteil ihres Betts geschrieben. Ihre Mutter hatte Luanns Werk nach dem Frühstück während des Staubsaugens entdeckt, und als sie sie anschrie, war Luann auf die Straße gerannt. Offensichtlich war es nicht das erstemal, daß sie sich auf der Tapete künstlerische Freiheiten herausgenommen hatte. »Einmal«, sagte sie an diesem Nachmittag, als wir beide allein waren, »einmal habe ich ein Bild gemalt von meiner Mom und meinem Dad, nackt.«

Mrs. Lauder hatte uns mit Luanns altem Puppenhaus und zwei Gläsern Orangenlimonade in den Garten hinter dem Haus geschickt. »Spielt ein bißchen, Mädchen«, sagte sie und schaffte es, mich anzulächeln und gleichzeitig Luann böse anzublicken. »Ich bin hier im Haus.«

Schweigend tranken wir die Limonade und betrachteten uns interessiert und verächtlich über die Ränder unserer Brillen hinweg.

Wir hatten gleichzeitig ausgetrunken und stellten die Gläser auf das kleine Blechtablett, das Mrs. Lauder dagelassen hatte. Dann seufzte Luann, nahm zwei Barbiepuppen aus dem Puppenhaus und legte sie, beide unbekleidet, ins Gras. Eine hatte eine Hand verloren, schien aber ansonsten auf abgehärmte Weise intakt. Die andere Puppe war jedoch ein großartiger Anblick. Luann hatte ihr das Haar abgeschnitten, so daß die Wurzeln im Plastikschädel zu sehen waren, und den gesamten Körper mit verschiedenfarbigen Filzstiften tätowiert. Sie hatte Schlangen um ihre Arme gemalt, die Brüste waren in zwei rot-schwarze Zielscheiben verwandelt, um eine braune phallische Ausbuchtung herum hatte sie ihr einen grünen Busch Schamhaar verpaßt. Das Gesicht war halb schwarz, halb lila angemalt. Pinnadeln steckten in den Augen.

»Der heißt Roy«, sagte sie und hielt die Puppe hoch. »Die andere ist Tiffany. Welche willst du?«

Als ich sagte, daß ich keine von beiden anrühren würde, zuckte Luann die Achseln und setzte beide Puppen einander gegenüber ins Gras. »Paß mal auf«, sagte sie. »Roy mag Tiffany, aber sie mag ihn nicht.«

Ein paar Minuten lang kam es – mit Luann als ihrem Medium – zwischen den beiden zu einem lebhaften Wortwechsel, in dem Roy kundtat, was er gern mit Tiffany machen würde, und Tiffany darauf hinwies, wie widerwärtig sie Roy fand. »Ich werd dich in die Titten beißen«, sagte

Luann als Roy. »Ich würde nicht für eine Million mit dir ausgehen«, sagte Tiffany.

Nachdem in dieser Hinsicht alle Möglichkeiten erschöpft waren, ließ Luann Roy auf Tiffany springen. Er drückte sie schmatzend an sich, während sie schrie: »Hilfe! Hilfe!« Dann knurrte er: »Das hast du jetzt davon, daß du so zickig warst.«

»Jetzt leg ich sie wieder in ihr Haus«, sagte Luann. »Da können sie schlafen.«

»Wieso hat Roy Brüste?« fragte ich sarkastisch. Ich hatte die Vorstellung überaus aufregend gefunden, hätte mir aber lieber die Zunge abgebissen, als es Luann zu sagen. Außerdem war ich nervös, weil Mrs. Lauder uns womöglich vom Küchenfenster aus gesehen hatte und meiner Mutter von Roys und Tiffanys Abenteuer erzählen würde.

»Roy ist durcheinander«, erklärte Luann und legte ihre Puppen wieder in das rosa-weiße Wohnzimmer, das mit einem echten Stück Teppich ausgelegt war und in dem sie ein paar Diet-Rite-Flaschenverschlüsse, einen Tampon, zwei leere Pillenfläschchen und eine Gummimaus aufbewahrte. »Er weiß noch nicht, von welchem Ufer er ist.«

»Du solltest mal sehen, was ich zu Hause unter dem Spülbecken habe«, sagte ich nach einer Weile, denn ich hatte das Gefühl, an Boden verloren zu haben. »Ich züchte drei verschiedene Schimmelsorten in Gläsern.«

»Einmal hat Roy Tiffany vor der gesamten Marine strippen lassen«, fuhr Luann fort. »Aber ein Admiral hat sie gerettet und ihn in den Hintern getreten.«

»Ein Schimmel ist wie blauer Pelz.«

»Aber Roy läßt sich nicht unterkriegen.« Luann verschränkte die Arme. »Er ist zu allem bereit.«

Einen Augenblick lang betrachteten wir beide das stille Puppenhaus, in dem Roy und Tiffany jetzt friedlich zwischen dem ganzen Schrott dösten. Auf der anderen Straßenseite fing Baby Cameron Sperling zu weinen an.

Ich stellte mir die kleine Mrs. Sperling vor, die im Nachthemd neben seinem Bettchen stand und selbst in Tränen ausbrach, was sie – wie sie meiner Mutter erzählt hatte – manchmal tat, wenn er nicht schlafen wollte. »Es gibt so viel zu erledigen«, sagte sie einmal mit zittriger Stimme. »Eine Familie ist wirklich keine einfache Sache.«

Eine Weile lang sagten wir beide nichts. Luann kratzte an einem Mückenstich auf ihrer Wade. Ich hatte das Gefühl, daß ich sie langweilte.

»Weißt du, wer unheimlich ist?« fragte ich und beugte mich vor. »Ich finde, Mr. Green von nebenan ist wirklich unheimlich.«

»Jaa?« Luann blickte auf.

»Abends sitzt er draußen, und wenn die Nacktschnekken auftauchen, bestreut er sie mit Salz, und sie vertrocknen, und er sieht zu.«

»Hu«, sagte Luann. Ihr Blick wanderte zurück zu dem interessanten Chaos im Puppenhaus.

»Ich glaube, er streut auch Gift aus für die Hunde«, sagte ich. »Er will, daß die Hunde der Morris' das Gift fressen, wenn sie auf seinen Rasen pinkeln.«

»Ich bin mal von einem Hund gebissen worden.« Luann griff ins Schlafzimmer und holte ein zerrissenes goldenes Ballkleid aus Lamé heraus. »Er hat mich mitten ins Gesicht unter das Auge gebissen.«

Es irritierte mich, daß ich mich um Luanns Aufmerksamkeit bemühen mußte. Sie war eine blöde Achtjährige, die es kaum wert war, wahrgenommen zu werden, eine menschliche Stubenfliege. Alles, was sie verdiente, war ein Schlag mit der Fliegenklatsche. Aber während ich mir diese Meinung vorsagte, ging mir gleichzeitig durch den Sinn, daß ich selbst es noch weniger wert war, wahrgenommen zu werden, wenn ich es nicht schaffte, die Aufmerksamkeit so einer Person zu gewinnen.

»Mr. Green hat in seinem Garten einen Grill gebaut«, sagte ich laut. »Er versteckt sich im Gebüsch mit einem Netz und wartet, bis ein Hund vorbeikommt. Dann grillt er ihn und trinkt sein Blut. Aber zuerst zieht er ihm die Haut ab, um einen Mantel daraus zu machen.« Das Bild des stillen untersetzten Mr. Green in einem Hundefellmantel gefiel mir; es schien zu seiner unüberwindlichen Fremdheit zu passen, so wie hölzerne Pantinen zu Holländern passen. Ich stellte ihn mir vor, wie er in einer winterlichen Tundra stand, mit Ohrenschützern aus dem Fell der Sperlingschen Katze.

»Mein Onkel ist Pfarrer. Er sagt, daß man das Blut und das Fleisch von Christus essen muß.« Luann sagte das so beiläufig, als hätte ihr Onkel empfohlen, Sonnenschutzcreme aufzutragen.

»Das ist was ganz anderes«, sagte ich. »Ich rede über was anderes.«

»Schau dir Roy an!« schrie Luann. »Er ist wieder hinter ihr her!«

Und tatsächlich, Roy war aus seinem erfrischenden Nickerchen erwacht und hatte Tiffany an ihren strohigen Haaren gepackt. Der folgende Kampf erschütterte das Puppenhaus in seinen Grundfesten. Flaschenverschlüsse rollten. Winzige Taschen und Schuhe aus Plastik flogen aus den Fenstern. Und nur wenige Minuten später, so schien es, tauchte meine Mutter auf der Hintertreppe auf und rief mich zum Abendessen.

»Ihr müßt euch ja amüsiert haben«, sagte sie, als ich auf Krücken in unsere Küche schlurfte. »Ihr beide habt ausgesehen wie zwei richtige Verschwörer.«

»Ich sehe überhaupt nicht aus wie Luann«, fuhr ich sie an.

An diesem Abend schloß ich mich oben im Bad ein, stellte mich auf die rosa Badematte, wusch mich mit einem Waschlappen und Seife und dachte dabei an Roy und Tiffany. Ich steckte den Kopf ins Waschbecken, ließ Wasser über meinen Kopf laufen, massierte Shampoo ein, spülte es aus und trocknete mein Haar mit einem Handtuch. Dann schüttelte ich ein bißchen Babypuder auf meine Hand und verrieb ihn zwischen meinen Beinen.

»Na, Fräulein Saubermann«, sagte meine Mutter, als sie sich zu mir beugte, um mir einen Gutenachtkuß zu geben.

Zu dieser Zeit begann ich damit, in den Zimmern der Zwillinge zu schnüffeln, wann immer sie nicht da waren. Ich weiß nicht, wonach ich suchte, als ich unter ihren Betten nachsah, ihre Kommodenschubladen aufzog und zwischen Socken, Unterwäsche, Kaugummipapier und wattierten Dingen herumschnüffelte, aber der Akt des Suchens erregte mich. Mir schien, daß ich etwas finden würde, wenn ich nur gründlich genug suchte, etwas, was ich finden mußte. Was ich damit, sollte ich es finden, tun würde, war unklar, aber ich war schon zu sehr an das Suchen gewöhnt, als daß mir das etwas ausgemacht hätte. Beide hatten an verschiedenen Stellen in ihren Zimmern Süßigkeiten versteckt, hinter Büchern, unter dem Teppich: Toffees, Karamelbonbons, Lakritze, Bonbons, die man im Supermarkt aus offenen Gläsern klauen konnte. Wenn ich auf diese alten, unrechtmäßig erworbenen Süßigkeiten stieß, aß ich sie nachdenklich und ließ sie an meinen Zähnen kleben.

Ich fand ein paar merkwürdige, verräterische Dinge, und ich notierte gewissenhaft alles. In Julies Zimmer entdeckte ich eine Ringschachtel aus Pappe mit winzigen schimmernden Steinen, ein vernickeltes P.O.W.-Armband und ein Babynahrungsglas mit der filigranen Leiche einer

Wolfsspinne. Ich fand auch ein Gedicht, das sie geschrieben und zwischen Nachttisch und Fußleiste versteckt hatte. »Wer bin ich/ Ich bin Niemand/ Ich habe kein Gesicht/ Ich habe keinen Körper/ Ich kann nur weinen.« Ich hielt es für ein sehr gutes Gedicht, wiewohl ich nicht begriff, wie jemand, der kein Gesicht hatte, weinen konnte.

Eines Morgens, als die Zwillinge zu Amy Westendorf gegangen waren, weil ihre Eltern einen Swimmingpool und im Keller eine mit Schnapsfläschchen aus Flugzeugen aufgefüllte Minibar hatten, schnüffelte ich in Stevens Zimmer herum und fand in seinem Kleiderschrank einen Bikinischrein. Die gesamte rückwärtige Wand war mit Bildern von vollbusigen Frauen in Bikinis bedeckt. In die Mitte, etwas abgesetzt von den anderen, hatte er das Bild einer großen glänzenden schwarzen Frau in einem Bikini mit Leopardenmuster gepinnt. Sie blickte herausfordernd aus dem Foto, die Zähne entblößt, ein Bein nach vorn gestreckt, als wollte sie gleich aus dem Schrank hüpfen.

Verfolgt vom Blick dieser furchteinflößenden Frau, humpelte ich vorsichtig durchs Zimmer, bemüht, alles, was ich angefaßt hatte, an die gleiche Stelle zurückzustellen. Aber etwas an ihrem wilden Ausdruck erfüllte mich mit einer neuen Art von Wagemut. Zum erstenmal hob ich zitternd Stevens Matratze hoch, aber es war nichts darunter. Aber unter seinem Bett fand ich einen zerbrochenen Kompaß und ein ungeöffnetes Paket Juicy-Fruit-Kaugummi, beides steckte ich ein, ebenso ein quadratisches verschweißtes kleines Päckchen, in dem ich, als ich es aufmachte, einen geheimnisvollen blassen Ballon fand.

Mir fiel auf, daß sein Zimmer einen dumpfen Geruch angenommen hatte, wie der Korb mit der schmutzigen Wäsche, wenn er eine Weile nicht geleert worden war. In Julies Zimmer roch es dagegen nach dem gleichen billigen Maiglöckchenparfum, nach dem auch Ada gerochen hatte, als ich sie zum letztenmal sah, eine verwirrende Verbindung, die ein heimliches Einverständnis zwischen den beiden nahelegte. Es legte zudem nahe, daß Julie dieses Parfum hatte mitgehen lassen, denn meine Mutter benutzte es nicht und hätte nie zugelassen, daß Julie sich Parfum kaufte. Ich spielte mit dem Gedanken, es hier und da im Haus zu versprühen, nur um zu sehen, was für eine Reaktion es hervorrufen würde, verwarf die Idee jedoch, ohne darüber nachzudenken, warum.

Wie immer fühlte ich mich nach dieser Schnüffelorgie belebt und schuldbewußt. Zur Buße beschloß ich, meiner Mutter bei der Hausarbeit zu helfen, vielleicht sogar anzubieten, in einem Blumenbeet Unkraut zu jäten. Aber als ich auf Krücken in die Küche humpelte, runzelte meine Mutter die Stirn und kehrte mir den Rücken, konzentrierte sich auf wen immer am Telefon, den sie dazu bringen wollte, eine Zeitschrift zu abonnieren. Um ihre Aufmerksamkeit zu erregen, zog ich an der Telefonschnur, aber sie hielt die Hand über die Sprechmuschel. »Ich kann jetzt nicht mit dir reden«, sagte sie heiser. »Ich bin bei der Arbeit.«

Deswegen nahm ich den blassen Ballon, den ich aus Stevens Zimmer entwendet hatte, trug ihn hinaus und ließ ihn vor Mr. Greens Haus auf den Gehsteig fallen.

Obwohl mir verboten worden war, unsere Straße zu verlassen, schwang ich mich anschließend auf den Krücken bis zum Einkaufszentrum, weil ich es gern hörte, wie die mit Gummi überzogenen Enden meiner Krücken auf dem Terrazzoboden quietschten. Der Boden war frisch gewachst, deswegen benutzte ich die Krücken wie Stöcke und schlitterte auf meinem gesunden Bein wie ein einbeiniger Skifahrer herum, graue Streifen hinterlassend. Ungeachtet dessen, was dahinter passiert war, schien das Einkaufszentrum mitten am Tag ein friedlicher Ort zu sein;

mit seinen hohen Decken und dem kühlen Duft nach Wachs wirkte es beinahe wie eine Kirche.

An diesem Tag war das Einkaufszentrum fast leer. Ich kaufte eine Tüte M&Ms und aß sie, die Stirn an das Fenster der Tierhandlung gepreßt, knackte die feste Schale vorsichtig mit den Zähnen, bevor ich in das Innere aus Schokolade biß, und stellte mir vor, ich würde tauchen, während tropische Fische an mir vorbeischwammen. Als nur noch grüne M&Ms übrig waren, warf ich sie verstohlen auf den Boden und zertrat sie mit der Ferse.

Ich stand noch immer vor der Tierhandlung, als ich Steven aus dem Drugstore rennen sah.

Einen Augenblick später folgte ihm ein dürrer schwarzer Mann in roter Hose und weißem Hemd. Der Mann rief: »Komm zurück, du kleiner Scheißer. Ich hab gesehen, was du geklaut hast, du kleiner Scheißer. Ich ruf die Polizei.«

Steven rannte so schnell, wie ich ihn noch nie hatte rennen sehen; er lief an mir vorbei, ohne mich zu bemerken, und lächelte ein verkniffenes, erstauntes Lächeln. Seine Sneakers klatschten auf dem gewachsten Boden, und sein Pferdeschwanz wippte auf und ab. Er hielt eine eckige Schachtel in der Hand, die er im Laufen wegwarf; sie rutschte über den Boden und blieb hinter einem großen Farn nahe der Bank liegen.

»Komm zurück, du kleiner Scheißer«, rief der Mann und lief ihm weiter nach. Sein langes dunkles Gesicht war schweißnaß, und er hielt sich eine Hand an die Brust. Aber Steven war ihm weit voraus und hatte bereits die Doppeltür aus Glas erreicht. Der Eingang war an diesem Nachmittag von Sonnenlicht erfüllt, und für einen Augenblick hing Steven in der Tür, eine klar umrissene Silhouette, Arme ausgestreckt, Beine gespreizt, für mich so unerklärlich wie ein chinesisches Schriftzeichen. Dann war er durch die Tür und verschwunden.

Der Mann blieb keuchend stehen, fuchtelte mit der Faust in der Luft herum. Seine glänzenden Schuhe müssen ihn gezwickt haben, denn er hob vorsichtig einen, dann den anderen Fuß und zog die Schultern hoch, während er durch die Glastür meinem Bruder nachschaute. Schließlich drehte er sich um.

»He«, sagte er. »Kennst du den Jungen?«

Ich schüttelte den Kopf.

»Kleiner Scheißer«, brummte er und richtete sich auf. Er wischte sich die Stirn und ging zu dem Farn. »Schau dir das an. Hat versucht, eine ganze Stange Zigaretten zu stehlen.«

Wieder starrte er mich an. »Wenn du den Jungen kennst, dann sag ihm, daß er sich hier nicht mehr sehen lassen soll. Ständig kommt er und klaut. Wenn ich ihn noch einmal in meinem Laden sehe, rufe ich die Polizei.« Er schwang drohend die Stange Zigaretten.

Ich drückte mich an das Fenster der Tierhandlung. Als fiele ihm erst jetzt auf, daß er ein kleines weißes Mädchen auf Krücken anschrie, blickte der Mann nun etwas betroffen drein. Er sah über die Schulter und befingerte das Namensschild, das an seiner Brusttasche steckte. *Hallo, ich bin Byron. Ich wünsche Ihnen einen schönen Tag.* »Geh schon«, sagte er und verscheuchte mich mit der Hand, in der er die Zigaretten hielt. »Das ist kein Ort zum Rumlungern.«

Zu Hause war Steven allein in der Küche. Das Radio lief. Ich hörte die Jackson Five »ABC, it's easy as one, two, three« piepsen, als ich über die Veranda das Haus betrat. Er tanzte zur Musik und machte sich dabei ein Sandwich.

Für einen Augenblick überlegte ich, in die Küche zu stürmen und Steven zu erzählen, daß ich alles gesehen hätte. Du Dieb, würde ich rufen, mit einem wunderschönen selbstgerechten Ausdruck im Gesicht. Du Verbrecher. Aber als ich in der Tür stand, fühlte ich mich merkwürdig erschöpft. »One, two, three«, sang Steven in der Küche. »Baby, you and *me.*« Schließlich stapfte ich nach oben in mein Zimmer und legte mich aufs Bett.

Tatsache war, daß der Anblick meines an mir vorbeihastenden Bruders etwas Schreckliches gehabt hatte, die ausholenden Beine, der zu einem Grinsen der Angst verzerrte Mund. Er hatte so fremd ausgesehen. Doch gleichzeitig hatte ich, als er die endlose widerhallende Passage entlangrannte und durch die blendenden Glastüren verschwand, das Gefühl, ihn noch nie zuvor so gut verstanden zu haben.

Vermutlich verstand ich, daß Steven Spaß gehabt, daß er auf so einen Augenblick gewartet hatte und daß er das Geschäft, in dem er klaute, mit Bedacht ausgewählt hatte. Sich mit solcher Absicht so schlecht zu benehmen zeugte von Macht, von einer wilden, berauschenden Macht, und die ließ ihn laufen wie der Wind. Niemand hätte ihn einholen können. Aber vielleicht ist mir letzteres auch erst später klargeworden, als ich über den wütenden schwarzen Geschäftsführer mit seinen zu engen Schuhen nachdachte.

Am nächsten Nachmittag wurden die Zwillinge eingeladen, mit den Westendorfs zweieinhalb Wochen nach Cape May zu fahren. Amy Westendorf ging in dieselbe zehnte Klasse wie Julie und Steven. Sie war verknallt in Steven und pflegte deshalb eine enge Freundschaft mit Julie. Sie war zwergenhaft klein, hatte eine lange Matte roter Haare und hafermehlfarbene Haut; sie zupfte immer an ihren roten Augenbrauen und kicherte zwanghaft, aber das schien die Zwillinge nicht zu stören.

»Sie ist ein bißchen ein Doofie«, sagte Julie seufzend. »Aber was für eine tolle Stereoanlage. Klasse Lautsprecher.« Steven sagte nur: »Ich wünschte, sie würde sich die Zähne putzen.«

Die Westendorfs waren die reichste Familie, die wir kannten, und abgesehen von ihrem Swimmingpool hatten sie auch noch ein Haus am Strand. Julie und Steven waren ganz außer sich bei dem Gedanken zu verreisen.

»Oh, Mom, *bitte* sag ja«, rief Julie während des Abendessens und klammerte sich auf dramatische Weise am Ärmel meiner Mutter fest. »Du weißt gar nicht, was für eine Gelegenheit das ist.«

»Doch, das weiß ich«, sagte meine Mutter lächelnd.

»Dann können wir also fahren?« sagte Steven und griff nach ihrem anderen Ärmel. »Bitte, Mom.«

Meine Mutter überlegte eine Weile, oder sie tat zumindest so. Es war schön, sie so von den Zwillingen eingerahmt zu sehen. Ihre Augen strahlten aufgeregt, und sie mußte über so viel Aufmerksamkeit lachen. Es war bestimmt einfacher, dachte ich unwillkürlich, als sie nur die beiden hatte.

»Natürlich«, sagte sie. »Natürlich könnt ihr fahren.«

Während der nächsten beiden Tage übernahmen Rodney und Felicia vollständig das Kommando, sie streiften durchs Haus auf der Suche nach Badesachen, bügelten ihre besten gebatikten T-Shirts, verlangten Geld, um Gummilatschen und Badehandtücher im Einkaufszentrum zu kaufen, und verstreuten in ihren Zimmern so viele Kleidungsstücke auf dem Boden, daß meine Mutter kaum noch die Tür aufschieben konnte.

In ihrer Aufregung, uns zu verlassen, erwärmten sie sich nahezu bis zur Freundlichkeit. Als meine Mutter uns zum Einkaufszentrum fuhr, gestattete mir Julie, sie zum Drugstore zu begleiten, wo sie eine Flasche Babyöl und eine billige Sonnenbrille stahl. Sie ließ sie einfach in ihre afrikanische Strohtasche fallen.

»Du hast nichts gesehen«, sagte sie gelangweilt.

Steven mußte ihr alles über seine knappe Flucht ein

paar Tage zuvor erzählt haben, denn sie legte es darauf an, zweimal am Geschäftsführer vorbeizugehen, und sie fragte ihn sogar, wo die Damenbinden wären.

Die Zwillinge reisten an einem Freitag kurz vor dem Abendessen im Volvo-Kombi der Westendorfs ab. Ich hatte mich auf ihre Abreise gefreut, weil ich dann das Haus für mich allein hätte, so daß ich ihre Zimmer mit etwas mehr Ruhe durchsuchen könnte, aber kaum fiel die Verandatür hinter ihnen ins Schloß, konnte ich mir nicht mehr vorstellen, was ich mit mir anfangen sollte, solange sie weg waren. Plötzlich war das Haus, das sonst erfüllt war von ihrem Singen und Streiten, ihrem strengen britischen Akzent und ihren geschwätzigen, interessanten Telefongesprächen, nahezu still. Ich konnte die Wanduhr, die die Form einer strahlenden Sonne hatte, in der Küche ticken hören.

Draußen mähte jemand Rasen. Mehrere Autos fuhren vorbei. Das Licht schlich sich langsam aus dem Garten, während uns meine Mutter Spaghetti kochte, von denen wir beide nicht viel aßen. Dann schaltete sie das Radio ein und machte es sich mit einem Glas Chablis bequem.

»Komm, setz dich zu mir«, sagte sie. Aber ich tat so, als hätte ich sie nicht gehört. Ich nahm mein Notizbuch, setzte mich auf die Veranda und beobachtete die Nachtwache auf ihren Runden. An diesem Abend patrouillierten Mr. Reade und Mr. Guibert. Ich winkte ihnen zu, wenn sie an unserem Haus vorbeikamen, aber sie sahen mich nicht. Oder zumindest winkten sie nicht zurück.

10

»FÜR IHRE RINGELBLUMEN«, lautete die Botschaft, mit blauer Tinte auf einer weißen Karteikarte notiert. Unterschrieben war sie mit »A.G.«.

Meine Mutter fand sie früh am nächsten Morgen, an eine gelbe Schachtel Backpulver gelehnt, auf der Treppe vor dem Haus. Sie trug die Sachen herein und stellte sie auf den Verandatisch, den sie bereits für das Frühstück gedeckt hatte.

»Schau mal«, sagte sie und hielt die Karte hoch, als sie sich hinsetzte und an ihrem Kaffee nippte. »Wer, meinst du, ist A.G.?«

Heuschrecken zirpten in den Pappeln. Julie und Steven waren noch keine vierundzwanzig Stunden fort. Heißes Sonnenlicht sickerte durch das Laub, tüpfelte das Unkraut in unserem Rasen.

»Es ist Mr. Green«, sagte ich schließlich hinter der Cheerios-Cornflakesschachtel. »Alden Green. Die Nacktschnecken. Erinnerst du dich nicht?«

Ich fragte mich, ob Mr. Green irgendwie gehört hatte, was ich über ihn zu Luann gesagt hatte. Meiner Erfahrung nach ereignen sich Zufälle nicht, sondern werden heraufbeschworen. Und meine Vorstellung, daß der Himmel ein Fundbüro im Jenseits ist, in dem verlorene Dinge wenn nötig bis in alle Ewigkeit herumliegen und beiläufige Kommentare oder Gesten kurze Zeit hängen, bis sie uns auf unerwartete Weise heimsuchen, habe ich nie gänzlich aufgegeben.

»Ach, du lieber Himmel«, murmelte meine Mutter und

nahm beides, Backpulver und Karte, in die Hand und blinzelte.

»Du hast ihn gefragt, wie man die Schnecken in den Ringelblumen loswird.« Ich redete absichtlich mit vollem Mund, auf eine Weise, die meine Mutter höchst anstößig fand.

Aber sie paßte nicht auf; sie starrte auf die Karte und die ordentliche geschwungene Schrift. »Übrigens, gestern abend hat Mavis Lauder angerufen«, sagte sie nach einer Weile, ohne den Blick von der kleinen weißen Karte zu nehmen, »als du schon im Bett warst.«

Mein Herz begann in der Brust zu rasen. Hinter der Cheerios-Schachtel suchte ich fieberhaft nach einer Möglichkeit, jede Beteiligung an Roys und Tiffanys schmutzigen Taten zu leugnen. Meine Mutter, obwohl nicht prüde, mißbilligte kindliche Sexspiele. »Lies ein Buch, wenn du was über Anatomie wissen willst«, hatte sie zu Steven gesagt, als sie die »Titten«-Bilder unter seinem Bett fand. »Was tust du?« rief sie stets die Treppe hinauf, wenn die Bettfedern verdächtig quietschten. Luann ist durcheinander, beschloß ich zu sagen. Sie weiß noch nicht, von welchem Ufer sie ist.

Meine Mutter legte die Karte seufzend neben ihren Teller. »Mavis sagte, daß Luann vor ein paar Tagen ein Kondom auf der Straße gefunden hat. Weißt du, was ein Kondom ist?«

Ich schüttelte den Kopf, obwohl ich, noch bevor sie das Wort »Kondom« ganz ausgesprochen hatte, wußte, was es war und wo Luann es gefunden hatte, und mein Herz klopfte noch stärker.

Meine Mutter schaute auf ihren Teller. »Es ist etwas, was Männer über ihr Geschlechtsteil ziehen. Tu mir den Gefallen und heb nie etwas auf, was aussieht wie – wie ein –«

»Luftballon?«

»Ich wußte es«, sagte sie und versuchte, zornig zu klingen, aber sie sah eher erleichtert aus. »Ich wußte, daß du weißt, wovon ich spreche.«

»Nein, weiß ich nicht«, sagte ich. »Aber ich hab's erraten.«

Meine Mutter runzelte die Stirn. »Es ist ganz schön traurig«, sagte sie, »wenn Kinder besonders schlau sein wollen. Jedenfalls hat Luann dieses Ding in der Nähe von unserem Haus gefunden, und ihre Mutter sagt, daß sie die Polizei rufen wird, wenn eins von euch Kindern noch mal so was findet. Also sei vorsichtig, verstanden? Geh nirgendwohin, ohne mir Bescheid zu sagen, nicht einmal nach nebenan.«

Sie bestrich eine Scheibe Toast mit Butter und biß hinein. »Außerdem wollte Mavis wissen, ob wir was für den Kuchenverkauf machen, den sie heute nachmittag für die Nachtwache organisiert.«

»Toll«, sagte ich mit zu großer Begeisterung. »Wollen sie Gewehre oder so was kaufen?«

Meine Mutter kniff die Augen zusammen. »Meiner Meinung nach wird das Viertel etwas überaufgeregt wegen der Nachtwache. Wir sind hier nicht im Wilden Westen. Oder im O.K. Corral. Wir sind hier in Washington, D.C.«

»Ein Kind ist tot, Mom.«

»Das weiß ich.«

Aber statt gereizt zu reagieren, beobachtete sie mich über den Rand ihrer Kaffeetasse hinweg.

Draußen summte eine Biene, prallte gegen das Fliegengitter. Gegenüber schlurfte Mr. Morris die Treppe hinunter, um die Zeitung zu holen, seine Frotteeslipper kratzten auf dem Beton, während in der Ferne ein abfliegender Jet grollte.

Niemand wartet gern darauf, daß etwas geschieht, es sei denn, man erwartet etwas Positives. Wissen die Leute nicht, was mit ihnen passieren wird, werden sie nervös und abergläubisch. Zufälle gibt es nicht mehr; alles ist bedeutungsvoll. Ich habe einige Erfahrung darin, darauf zu warten, daß etwas geschieht, ohne zu wissen, was dabei herauskommen wird, und fast immer fühle ich mich dazu getrieben, die Welt um mich herum als Lexikon der Zeichen und Symbole zu lesen. Der rötliche Fleck im Schnee bedeutet einen schlechten Laborbericht. Ein am Morgen verpaßter Bus bedeutet einen schlechten Tag. Einen Penny auf dem Gehsteig zu finden bedeutet gute Nachrichten. Drück die Daumen, wenn du an einem Friedhof vorbeigehst. Klopf auf Holz.

Nichts zu wissen fördert das Primitive in den Menschen zutage. Meine Mutter zum Beispiel hat immer von sich behauptet, etwas hellseherisch veranlagt zu sein. Je nachdem, wie groß meine Verzweiflung ist, wenn ich sie um Rat frage, ignoriere oder übertreibe ich diese Fähigkeit. Ich erinnere mich an den Sommer nachdem ich mein Jurastudium beendet hatte, mich auf meine Zulassung als Anwältin vorbereitete und sie ständig fragte, ob sie glaube, daß ich bestanden hätte. Ohne zu überlegen, sagte sie immer: »Ja.« Als ich sie schließlich fragte, warum sie so zuversichtlich sei, antwortete sie: »Einer muß ja zuversichtlich sein.«

Diese Antwort beruhigte mich zwar nicht vollständig, aber sie erinnerte mich daran, daß meine Mutter nichts davon hielt, mit dem Schicksal Spielchen zu treiben. Anders als sie neige ich dazu, bei der verzweifelten Taktik Zuflucht zu suchen, so zu tun, als glaubte ich nicht, daß etwas eintreffen wird, damit die Götter meine Demut anerkennen und geschehen lassen, worum immer ich bitte. Die Götter lieben Überraschungen. Um im Leben Erfolg zu haben, müssen meiner Beweisführung nach die Chancen schlecht stehen. Als Kind beschwor ich häufig diese Regel. »Ich weiß, daß ich durchgefallen bin«, sagte ich bereitwillig zu anderen Kindern und drückte mir heimlich die Daumen. »Da bin ich ganz sicher.«

Und wenn ich tatsächlich durchfiel, war niemand überrascht.

»Bitte um das, was du willst«, hat meine Mutter mir immer geraten. »Trag dein Anliegen vor. Wenn du nicht bekommst, was du willst, liegt es jedenfalls nicht daran, daß niemand davon wußte.«

Während sich die Tage nach dem Mord hinzogen, wollte ich, was alle wollten, nämlich daß die Polizei den Mann fand, der Boyd Ellison ermordet hatte, damit wir nicht mehr warten mußten, bis er gefunden wurde. Ungewißheit drückte sich nicht mehr in entsetzter Aufgeregtheit aus, sondern in einer ängstlichen Ungeduld, die die gesamte Nachbarschaft erfaßt hatte. Man konnte diese Ungeduld nahezu hören, ein beständiges elektrisches Geräusch, ähnlich dem hartnäckigen Brummen unseres Kühlschranks. Mit der Zeit wurde es lauter, und die Polizei hatte noch immer nichts zu berichten. Der Junge vom Supermarkt, der ein braunes Auto vom Parkplatz hatte fahren sehen, hörte auf, dort zu arbeiten, und besuchte Verwandte in Pennsylvania. Die Floristin, die auf dem Hügel das Wimmern gehört hatte, schloß ihr Geschäft für eine Woche und fuhr an die Küste von New Jersey. Und obwohl es der kühlste Ort des Viertels war, ging niemand in das Wäldchen hinter dem Einkaufszentrum, wo immer noch die gelben Bänder der Polizei an den Stämmen von ein paar Weymouths-Kiefern flatterten.

Mrs. Lauder übernahm die Verantwortung für den Nachtwachen-Kuchenverkauf, aus dessen Erlös für die Patrouillengänger zwei Walkie-Talkies gekauft werden sollten – was sie damit tun würden, schien unbestimmt, aber alle waren der Meinung, daß sie Walkie-Talkies haben sollten.

Der Kuchenverkauf fand auf dem Parkplatz des Einkaufszentrums statt. Ankündigungen auf gelbem Zeichenpapier hingen in den letzten Tagen überall im Viertel; sogar meine Mutter hatte klein beigegeben und ein Plakat an unseren Holzapfelbaum gehängt.

Mrs. Lauder präsidierte über zwei zusammenklappbare Tische, die unter einem Lampenpfosten in der Nähe des Haupteingangs aufgestellt waren und an die sie ein großes handgeschriebenes Schild geklebt hatte: NACHTWACHEN-KUCHENVERKAUF. Aber sie hatte nicht genug Platz für alle Buchstaben gelassen, ein Versehen, das sie zu korrigieren versuchte, indem sie Buchstaben zusammenquetschte und andere kleiner schrieb. Aus der Ferne schien auf dem Schild zu stehen: NICHTWACHEN-KUCHEN.

Die meisten Nachbarinnen hatten etwas beigesteuert. Mrs. Sperling stellte einen Teller Kekse mit Schokoladenchips zur Verfügung, die verbrannten schlauerweise ganz unten versteckt. Mrs. Morris machte Pekannußplätzchen. Mrs. Guibert stiftete einen Bundt-Kuchen. Mrs. Reade buk Schokoladenschnitten, Mrs. Bridgeman Zitronenkekse. Mrs. Lauder hatte zwei Dutzend Blaubeermuffins, einen Biskuitkuchen mit Vanille und ein Blech Mokkakaramellen gebacken, die in der Sonne zu schmelzen begannen. Alles war weit überteuert. Als wir mit dem Mohn-Zitronen-Kuchen meiner Mutter ankamen, hatte Mrs. Lauder bereits fünfzehn Dollar eingenommen.

»Setz dich.« Angetan mit einem orangefarbenen langen Muumuu mit Blumenmuster, schob sie einen Plastikgartenstuhl in Richtung meiner Mutter, kaum waren wir aus dem Auto gestiegen. Hinter dem Stuhl ihrer Mutter lungerte Luann herum, Tiffany an einem nackten Bein gefaßt.

»Setz dich, Lois«, sagte Mrs. Lauder. »Steh nicht rum, sonst holst du dir einen Hitzschlag.« Neben dem weiten

Muumuu, den ich großartig fand – wie etwas, was eine hawaiianische Königin trägt –, wirkten der blaue Rock und die rosa Bluse meiner Mutter priesterlich.

»O nein. Wirklich, ich würde gern, aber ich kann nicht«, sagte sie. »Ich muß arbeiten – du weißt, ich verkaufe ...«

Mrs. Lauder lächelte. »Aber heute ist Samstag, Lois.«

Meine Mutter wurde rot und stellte den Kuchen auf den Tisch. »Na gut«, sagte sie. »Für ein paar Minuten.«

»So ist's recht.« Mrs. Lauders dunkles Haar schien völlig verschoben unter ihrem Strohhelm von einem Sonnenhut, aber sie war in ihrem Element, der orangefarbene Muumuu bauschte sich königlich in der Brise, sie gab sich einer wohltätigen Aktivität hin, die erforderte, daß sie andere herumkommandierte.

»Sechs Dollar für das ganze Ding«, sagte sie zu einer jungen schwangeren Frau mit stachligen Wimpern, die stehengeblieben war und ein Auge auf Mrs. Guiberts Bundt-Kuchen geworfen hatte. »Sie kaufen ihn besser, sonst wünschen Sie sich später, daß Sie's getan hätten. Hören Sie nicht drauf, wenn man Ihnen erzählen will, daß Sie auf Ihr Gewicht achten sollen. Dicke Frau, dickes Kind.«

Mrs. Lauder lachte. Die junge Frau ging weiter zu den Schokoladenschnitten. Mrs. Lauder beobachtete sie, rückte ihren Strohhelm zurecht. »Hier, du kannst kassieren.« Sie reichte meiner Mutter eine Zigarrenschachtel, in der Münzen klimperten.

»Ich kann wirklich nicht lange bleiben«, beharrte meine Mutter.

»Kann ich eine Limo haben?« fragte Luann und trat gegen ein Stuhlbein.

»Wie ich immer sage«, fuhr Mrs. Lauder fort. »Zwei Leute im Geschäft sind besser als einer.«

»Ich hab Durst«, sagte Luann.

»Ich hab dich gehört«, sagte ihre Mutter. »Warum spielst du nicht mit Marsha dort unter dem Baum?«

»Nur zehn Minuten«, sagte meine Mutter und setzte sich in den Gartenstuhl neben Mrs. Lauder. »Dann muß ich wirklich wieder gehen.«

»Setz dich hin«, zischte Mrs. Lauder Luann an.

Und so setzten Luann und ich uns in den kümmerlichen Schatten eines jungen Ahornbaums. Luann spuckte gelegentlich auf den Gehsteig, um zu überprüfen, ob es so heiß war, daß ihre Spucke brutzelte. Ich hatte mein Notizbuch dabei und zeigte Luann ein paar Seiten über Mr. Green.

»Er ist satanisch«, sagte ich und versuchte es mit einem neuen Wort aus meinem Sherlock-Holmes-Buch. Luann nickte gelangweilt. Die Sonne flimmerte über dem Asphalt. Wenn es je einen Tag gegeben hatte, der heiß genug war, um einen Nichtwachen-Kuchen zu schmelzen, dann dieser.

Um fünf Uhr waren zwei Drittel der Kekse, Muffins und Schnitten verkauft. Kunden des Einkaufszentrums, vor allem Frauen, waren die besten Abnehmer. Ein paar Leute aus dem Viertel schauten vorbei; ein Polizist kaufte mehrere von Mrs. Sperlings Keksen mit Schokoladenchips und runzelte die Stirn, als er in einen verbrannten biß.

Niemand interessierte sich für den Mohn-Zitronen-Kuchen meiner Mutter, aber sie schien es nicht zu bemerken. Mehrere Leute, die nicht in unserer Nachbarschaft wohnten, blieben vor dem kleinen Tisch stehen und fragten Mrs. Lauder, ob sie etwas Neues über den Mörder wisse. Und dann verglichen sie flüsternd die Geschichten, die sie gehört hatten: Er war ein Serienmörder; er war ein Drogenabhängiger.

Von dort, wo ich saß, konnte ich meine Mutter mit Mrs.

Lauder sprechen hören, sogar lachen. Mehrmals zählte sie das Geld in der Zigarrenschachtel; es schien ihr Spaß zu machen, unter der heißen Sonne Wechselgeld herauszugeben, sie stieß Mrs. Lauder mit dem Ellenbogen an, als sie Beobachtungen über ein dickes Mädchen in einem gelben rückenfreien Oberteil austauschten.

Schließlich zog sie unschlüssig eine Schachtel Kools aus ihrer Tasche; aber bevor sie Mrs. Lauder fragen konnte, ob es ihr etwas ausmachte, wenn sie rauchte, sagte Mrs. Lauder: »*Zigaretten.* Ich habe vor zwei Jahren aufgehört, aber den ganzen Tag ist mir schon nach einer Zigarette.«

Während unsere Mütter rauchten, saßen Luann und ich auf dem Randstein und starrten auf ihre Köpfe. »Ich möchte eine Orangenlimo«, sagte Luann schlechtgelaunt.

Eine Möwe segelte über den Parkplatz, und das erinnerte mich an den Nachmittag, an dem mein Vater uns erzählt hatte, daß er fortfahren würde. Es schien so lange her, aber tatsächlich waren er und Ada erst knapp fünf Wochen weg. »Es ist, wie es ist«, hatte er an jenem Tag gesagt und mich durch seine funkelnde Nickelbrille angesehen. Was hatte er gemeint? Wußte er, was er meinte? Natürlich muß er es gewußt haben. Hatte er es nicht gesagt? Aber was hatte er gesagt?

Mein Kopf begann zu schmerzen. Luann spuckte wieder auf den Gehsteig. Über uns kreischte die Möwe, und ich dachte an Rehoboth Beach, wohin wir im Sommer zuvor mit meinem Vater und Onkel Roger und Tante Ada gefahren waren. Julie und Steven und ich schwammen den ganzen Tag, und weil keiner ihrer Freunde dabei war, durfte ich mit ihnen die Strandpromende entlanggehen. Wir kauften Cokes und tranken sie im Gehen, etwas, was meine Mutter nie dulden würde, weil sie es für ein Zeichen schlechter Manieren hielt. Die Zwillinge machten witzige Kommentare über die Leute, an denen wir vorbeikamen, und manchmal lachte ich, während ich das Coke trank, und die Kohlensäure kitzelte mich in der Nase. Ich verspürte einen stechenden Schmerz, wenn ich daran dachte, was sie sagen würden, wenn sie mich neben Luann Lauder sitzen sähen. »Lagoon Lauder«, nannte Steven sie. Julie sagte, Luann hätte soviel Verstand wie nasses Toilettenpapier. Aber dasselbe sagte sie natürlich auch über mich.

»Ich hab Geld«, sagte ich zu Luann. »Ich hol zwei Limo.«

Benommen von der Hitze humpelte ich zum Einkaufszentrum, drückte die Glastür auf und blieb dankbar in der plötzlichen Kühle stehen, um das Schwarze Brett zu betrachten, an dem Kleinanzeigen für gebrauchte Schlafsofas und fast neue elektrische Gitarren hingen. Neben einem Werbezettel für einen Modern Dance Workshop hing eins von den gelben Flugblättern über den Mord. Neben dem Schwarzen Brett waren zwei blaue Blechschilder angebracht: KEINE FAHRRÄDER und HUNDE MÜSSEN DRAUSSEN BLEIBEN.

»Tut mir leid, Morast«, sagte Steven immer, wenn wir an diesem Schild vorbeigingen. »Aber du mußt draußen bleiben.«

Ich hastete am Drugstore vorbei, hielt Ausschau nach dem schwarzen Geschäftsführer mit der roten Hose; aber er war nirgendwo zu sehen. Ich hatte meiner Mutter nichts von Stevens Diebstahl erzählt, aber ich hatte belauscht, wie er Julie schilderte, daß er »beinahe erwischt« worden wäre. Er klang stolz auf sich selbst. »Ach, verdammt«, sagte Julie mit ihrem besten Noël-Coward-Akzent und gähnte gelangweilt. »Wir werden Fluppen von *madre* klauen müssen. Denk nur, Rodney. Menthol. *Quelle* Horror.«

Zwei Frauen im Supermarkt starrten auf meine Krükken, während ich die Münzen in den Schlitz des Cola-Automaten steckte, der neben dem Förderband stand. Schon immer war es einer meiner größten Wünsche, mit den grauen Lebensmittelkisten auf dem Förderband durch den schwarzen Streifenvorhang zu fahren und im wartenden Auto meiner Mutter abgeladen zu werden. Manchmal dachte ich sogar, daß es sich für diese Chance lohnen würde, im Supermarkt zu arbeiten.

Als ich mich wieder hinausschwang, war der Himmel über dem Parkplatz bedeckt, der Wind wehte heftiger, auf dem Kuchenverkaufstisch raschelte Plastik, und vom Fluß her kam der typische Zinngeruch. Luann wartete auf mich und sah nahezu dankbar aus, als ich ihr eine Flasche reichte. Gemeinsam tranken wir die Orangenlimonade, rülpsten leise und sahen zu, wie es auf dem Parkplatz dunkler wurde.

Meine Mutter hatte nicht bemerkt, daß ich weggegangen war. Mrs. Lauder beschrieb gerade einen Kirchenskandal, in den ein Jugendarbeiter und der Chorleiter verwickelt waren, und vergaß, die Stimme zu senken, als sie erzählte, wie die beiden, nur noch teilweise bekleidet, hinter den Bongotrommeln im Freizeitraum entdeckt worden waren. »Genau unter einem Spruchband, auf dem stand: ›Die Liebe höret nimmer auf‹«, sagte sie. »O nein«, sagte meine Mutter. »O doch«, sagte Mrs. Lauder und nahm noch eine Kool.

Ein Baby schrie am anderen Ende des Parkplatzes, der immer düsterer wurde. Während sie rauchte, aß Mrs. Lauder einen Pekannußkeks und eine Schokoladenschnitte. Später, sagte sie, sei der Gemeinde ein Brief präsentiert worden. Weit weg, Richtung Bethesda, begannen Kirchenglocken zu läuten.

»Ich sage, vergeben und vergessen. Die Leute begehen ihre Sünden. Daran führt kein Weg vorbei.« Mrs. Lauder seufzte und starrte auf den Parkplatz. »Ich meine, schau nur, was hier passiert ist. Schau nur, was überall passiert.

Das eigentlich Interessante an den Leuten ist« – sie senkte die Stimme –, »wie schlecht sie sein können.«

Meine Mutter nickte. Dann blies sie einen Rauchring, der über ihrem Kopf schwebte wie ein Heiligenschein.

»Also was ist eigentlich passiert?« fragte Mrs. Lauder. »Mit dir und deinem Mann?«

Meine Mutter saß ganz still. Schließlich rührte sie sich auf ihrem Stuhl. »Larry?«

»Na klar«, sagte Mrs. Lauder geduldig. »Selbstverständlich Larry.«

In Richtung Bethesda läuteten weiterhin die Glocken. Der Himmel hing tief. Ein plötzlicher Windstoß fegte eine leere Dose klappernd über den Parkplatz. Unter dem Rand ihres Strohhelms fixierte Mrs. Lauder meine Mutter.

»Larry«, sagte meine Mutter und senkte die Stimme. »Larry hat mich verlassen, weil er eine Affäre mit meiner Schwester hat.«

Mrs. Lauder lehnte sich auf ihrem Stuhl zurück, dessen Plastikgeflecht ächzte. Sie langte nach einem weiteren Pekannußkeks, während meine Mutter ihr von der Flucht meines Vaters und Adas nach Nova Scotia erzählte.

»Das ist ja schrecklich«, sagte Mrs. Lauder nach einer beträchtlichen Pause. »Aber solche Dinge passieren. Es ist keine große Hilfe, aber, wie gesagt, die Menschen machen Fehler. Sie tun entsetzliche Dinge.«

Meine Mutter starrte weiterhin geradeaus.

»Es ist bestimmt schwer für die Kinder. Und schwer für dich.« Mrs. Lauder wischte sich Krümel vom Busen. »Aber wichtig ist jetzt, daß du mit *deinem* Leben weiterkommst, Lois. Mach aus ihrem Fehler nicht *deinen* Fehler. Das wäre wirklich ein Verbrechen. Hast du was von ihm gehört?« fragte sie nach einem Augenblick.

»Ein Brief. Eigentlich nur eine kurze Nachricht, daß sie weggehen.«

»Hast du ihm geantwortet?«

»Er hat keine Adresse hinterlassen«, sagte meine Mutter.

Es wurde allmählich leer auf dem Parkplatz, als sich der Himmel staubiglila verfärbte. Neben mir umschlang Luann ihre Knie und sang ein Lied vor sich hin. Auf dem großen Parkplatz hatte ihre gedrosselte kratzige Stimme etwas Tröstliches, sogar Inspirierendes, gleichgültig, was die Zwillinge von ihr hielten. Ich hoffte, daß sie nicht gehört hatte, was meine Mutter ihrer Mutter erzählte.

Eine Libelle flog schimmernd vorbei. »Also, wo hast du dieses Kondom-Ding gefunden?« fragte ich sie schließlich und schaute auf meine Knie.

Luann hörte auf zu singen, wandte den Kopf und sah mich ernst an. Sie schien weder erstaunt über diese Frage noch besonders daran interessiert. »Auf der Straße. Meine Mom hat's ins Klo geworfen. Damit sammelt man den Samen auf«, fügte sie geheimnisvollerweise hinzu. »Das sagt meine Mom.«

Während ich diese Information verarbeitete, sagte Luann: »Am Sonntag gehe ich in die Kirche von meinem Onkel. Wir beten und singen.« Sie steckte die Zungenspitze aus dem Mundwinkel.

Unsere Mütter standen auf, sammelten Papierservietten und Pappteller ein. Ich fragte mich, ob Luann mit dem Jugendarbeiter und dem Chorleiter reden würde, falls sie sie sehen sollte. Ich stellte mir zwei dürre, schlitzäugige Erwachsene vor, die sich unter ein Spruchband mit der Aufschrift »Die Liebe höret nimmer auf« kauerten und sich verstohlen gegenseitig in den Hintern kniffen. Mir war klar, daß mein Schimmelexperiment jemanden wie Luann nie interessieren würde. Nichts, was ich wußte, überraschte sie. Sogar Stevens »Titten«-Bilder wirkten prosaisch, verglichen mit der großartigen Verderbtheit von Roy und Tiffany, dem Jugendarbeiter und dem Chorleiter.

In diesem Moment fuhr ein brauner Dodge vor und parkte in der Nähe meiner Mutter, die übriggebliebene Schokoladen- und Zitronenschnitten einpackte. Die Tür wurde geöffnet; gleich darauf berührte einer von Mr. Greens Slippern mit Quaste den Boden, dann der zweite, dann tauchte Mr. Green selbst auf. Vor dem dunklen Himmel sah sein Gesicht noch rosiger aus als gewöhnlich.

»Das ist aber eine Überraschung.« Mrs. Lauder strich ihren Muumuu glatt, der sich wunderschön gebläht hatte, wie ein Segel im Wind. Als sich Mr. Green dem Tisch näherte, warf sie meiner Mutter einen Blick zu. »Hallo, Herr Nachbar.«

Mr. Green kicherte nervös und rieb sich die Hände. »Haben Sie etwas gebacken?« fragte er meine Mutter, sein Adamsapfel hüpfte über dem Kragen.

»Ja, selbstverständlich.« Sie deutete auf den Mohn-Zitronen-Kuchen, der nach zwei Stunden in der Hitze zusammengesackt war und schmierig glänzte. Luann, die erneut gesummt hatte, verstummte.

»Sehr gut«, sagte Mr. Green. Er blickte zu Luann und mir, dann wieder auf den Kuchen. »Der sieht sehr gut aus.«

»Es ist ein Mohn-Zitronen-Kuchen«, sagte meine Mutter. »Mehr oder weniger.«

»Aha«, sagte Mr. Green.

Mrs. Lauder, die zwischen meiner Mutter und Mr. Green hin und her geblickt hatte, mischte sich rasch ein: »Er kostet fünfzehn Dollar.« Als sich meine Mutter erstaunt zu ihr umwandte, fügte Mrs. Lauder hinzu: »Das ist ein ganz besonderer Kuchen.«

Mr. Green hüstelte und hielt sich dabei die Faust vor den Mund. Dann langte er in seine Gesäßtasche und zog eine schwarze Lederbrieftasche heraus.

»Hier.« Er reichte Mrs. Lauder einen Zehner und einen Fünfer und sah dabei weder sie noch meine Mutter an.

Sein Gesicht war nicht mehr rosig, sondern von einer Art Herzinfarktbraun. Meine Mutter starrte ihn mit leicht geöffnetem Mund an; dann blickte sie auf die offene Zigarrenschachtel, die auf dem Tisch stand, und begann die Ein-Dollar-Scheine zu ordnen, die sie vor kurzem erst geordnet hatte.

»Also, vielen Dank, Alden. Sie heißen doch Alden, oder?« sagte Mrs. Lauder geschwätzig. »Nett übrigens, Sie mal außerhalb Ihres Gartens zu sehen. Sie arbeiten so hart für Ihren Rasen, daß Sie kaum Zeit haben, Ihre Nachbarn kennenzulernen. Wissen Sie, wir sollten dieser Tage wirklich mal eine Party in unserer Straße veranstalten. Alle Nachbarn zusammen. Die Chiltons, die Leute, denen Ihr Haus vor Ihnen gehört hat, die haben immer diese kleinen Zusammenkünfte organisiert. Eistee am Sonntag, Limonade für die Kinder. Ich sage immer, daß in der Nachbarschaft jeder jeden kennen sollte.«

Sie lächelte Mr. Green unter ihrem Strohhelm an. »Jetzt tun Sie doch nicht so, als ob Sie ein Fremder wären«, fügte sie hinzu, als sie ihm den Kuchen meiner Mutter reichte.

Mr. Green blickte auf, murmelte etwas und zog sich langsam zu seinem Wagen zurück. Aber bevor er die Tür aufmachte, salutierte er ein wenig unsicher, indem er sich mit zwei Fingern an die Stirn tippte. Das erinnerte mich an die Filme, in denen ein Soldat salutierte, nachdem er einen schwierigen Befehl bekommen hatte. Dann öffnete er die Wagentür, stieg ein und fuhr zu schnell los, den Blick geradeaus gerichtet.

Mrs. Lauder sah den Rücklichtern von Mr. Greens Wagen nach, bis sie um die Ecke des Einkaufszentrums verschwanden. »Ich frage mich, ob er jemals verheiratet war«, sagte sie.

»Wahrscheinlich nicht«, sagte meine Mutter, die noch immer die Dollarscheine in der Zigarrenschachtel ordnete.

»Warum nicht, frage ich mich.« Mrs. Lauder blickte nachdenklich drein.

»Wer weiß«, sagte meine Mutter abweisend.

»Na, jedenfalls war er entschlossen, deinen Kuchen zu kaufen. Fünfzehn Dollar.« Mrs. Lauder zog die Augenbrauen hoch. »Vielleicht hätte ich ihm auch noch die restlichen Schokoladenschnitten verkaufen können.«

»Eine Ameise hat mich gebissen«, verkündete Luann. Der Wind wurde stärker. Die ersten Regentropfen fielen platschend auf den Gehsteig.

Mrs. Lauder sammelte die verbliebenen Teller ein und warf sie in eine Papiertüte. »Trotzdem. Über jemanden wie ihn muß man sich schon wundern.«

Meine Mutter sagte: »Was sollen wir mit den Plastikgabeln machen?«

Die Hartriegelblätter begannen zu rascheln, die blassen Unterseiten wurden noch oben gewirbelt, als ein heller Blitz über den Himmel zuckte; einen Augenblick später folgte ein Donnerschlag. Ein richtiges Sommergewitter. Ein weiterer Blitz durchbrach die Wolken, dann donnerte es wieder.

»Also. Danke für deine Hilfe«, rief Mrs. Lauder und zog Luann am Arm zu ihrem Auto.

»Danke *dir*«, rief meine Mutter. Das Haar wehte ihr um die Ohren, der Wind zerrte an ihrem Rock.

Aber bevor wir unser Auto erreichten, prasselte der Regen auf uns herunter, urplötzlich, er schlug so hart auf dem Asphalt auf, daß die Tropfen abprallten. Sofort war das Haar meiner Mutter klatschnaß, und ihre rosa Bluse war so naß, daß man den Spitzeneinsatz des BHs erkennen konnte, den sie darunter trug.

»Steig ein«, keuchte sie und zerrte an der Wagentür, der Regen lief an ihrem Gesicht herunter, tropfte von ihrer Nase. »Um Himmels willen, steig endlich ein.« Aber als sie mich auf den Rücksitz schob, meine Krücken ins Auto warf und die Tür zuschlug, sah ich, daß sie lächelte.

11

ES WAR ENTWEDER in der folgenden Nacht oder in der übernächsten, daß ich schreiend aufwachte.

Ich hatte geträumt, Mr. Green habe sich in einen unbehaarten blauen Affen verwandelt. Er saß neben dem Schreibtisch in meinem Zimmer und zerrte an seinem Penis. »Wie ein Daumen«, keckerte er. »Man braucht keine Angst davor zu haben.« Er grinste und winkte mich mit einer kleinen verhutzelten Hand zu sich. Als ich näher kam, hüpfte sein Penis auf und ab und wurde plötzlich riesengroß, so groß wie eine Wassermelone. Dann platzte er, und Mr. Green flog kreischend durch das Zimmer, ein blasser Ballon, aus dem die Luft entwich, während Grassamen herausfielen. »Komm zurück, du kleiner Scheißer«, schrie er.

»Alles in Ordnung?« rief meine Mutter im Flur. Einen Augenblick später stand sie in der Tür und knotete das Band ihres geblümten Morgenmantels. Als ich nicht antwortete, kam sie ins Zimmer, setzte sich auf mein Bett und nahm meinen gesunden Fuß in die Hand. »Hast du was Schlimmes geträumt?«

»Kannst du mir sagen, wovon er gehandelt hat?« sagte sie nach einer Weile und legte mir eine Hand auf den Nacken.

Als sie mir übers Haar fuhr und die Decke um meine Schultern legte, erzählte ich ihr schließlich, daß ich von Mr. Green geträumt hatte.

»Er ist widerlich«, sagte ich und versuchte, den Kopf im Kissen zu vergraben.

»Was?« Sie beugte sich näher zu mir. »Was hast du gesagt?«

»Er ist mir unheimlich«, flüsterte ich verzweifelter, als ich beabsichtigt hatte. Aber ich dachte an Mr. Green, wie er, tätowiert und mit nackter Brust, in seinem Garten kniete und Ziegel für seinen Grill aufeinanderschichtete. Dann fiel mir ein, wie er mich damals durch das Fliegengitter der Veranda angesehen hatte. Mit diesem Blick hatte er eine Art Anspruch zum Ausdruck gebracht, eine Art Wiedererkennen.

»Er *sieht* mich *an*«, kreischte ich in mein Kissen, dann brach ich in Tränen aus.

Meine Mutter zog ihre Hand zurück. Da ich das Gesicht ins Kissen drückte, sah ich ihre Miene nicht, aber ich spürte, wie sich die Temperatur im Zimmer veränderte.

Als sie wieder sprach, klang ihre Stimme eiskalt. »Ich will genau wissen, was du damit meinst, Marsha, wenn du sagst, daß Mr. Green dich ansieht.«

Ich war noch nie jemand, der eine Lüge zurücknehmen oder eingestehen konnte, daß er etwas einfach so dahingesagt hatte, daß er nicht meinte, was er gesagt hatte. War die Lüge einmal auf dem Tisch, hatte ich mich damit in eine Geschichte katapultiert, die ein Eigenleben entwickelte. Es ist nicht so, daß ich mich selbst davon überzeuge, die Wahrheit zu sagen, sondern die Wahrheit wird flexibel. Oder die Wahrheit erscheint mir vielmehr vollkommen relativ, ein erschreckender Gedanke, aber unvermeidlich, wenn man irgendeine Wahrheit lange genug überprüft, sogar auf kalte Weise beruhigend.

Und so plapperte ich über Mr. Green, der mich anstarrte, wenn er aus dem Auto stieg, der mich anstarrte, wenn er hinter den Fliederbüschen stand, der mich anstarrte, wenn er seinen Rasen mähte, und als ich mich umdrehte und die hochgezogenen Augenbrauen meiner

Mutter bemerkte, hielt ich noch entschlossener an meiner Geschichte fest. Ich sagte, er habe Cameron Sperlings Hintern angestarrt, als Mrs. Sperling ihn einmal nackt in den Garten hinaustrug. Ich sagte, er habe Luanns Unterhose angestarrt, als sie einmal Handstand im Garten übte und ihr das Kleid über den Kopf fiel. Ich sagte, er würde sich beim Spielplatz herumtreiben und die Kinder anstarren, die die Rutsche herunterrutschten. Nichts sehr Schwerwiegendes, aber schwerwiegend genug, wenn in der Nachbarschaft ein Kind vergewaltigt und ermordet wurde und der Täter immer noch nicht gefaßt ist.

»Hat er dich jemals berührt?« fragte meine Mutter mit derselben eiskalten Stimme.

Ich dachte an Mr. Greens stumpfe Finger, die die kahle Stelle auf seinem Kopf betasteten, während er mit der anderen zitternden Hand das Glas lila Limonade nahm, das meine Mutter ihm anbot.

»Nein«, sagte ich. »Aber er ist unheimlich.«

»Hör mal.« Sie packte mich an der Schulter, ihre Fingernägel bohrten sich durch mein Nachthemd. »Hör mir zu. Wenn dir Mr. Green angst macht, dann bleib weg von ihm. Aber ich will nicht, daß du mit jemand anders darüber redest. Ist das klar? Sag mir, wenn er etwas macht, was dir nicht geheuer ist, aber rede sonst mit niemandem darüber. Hast du verstanden?« Ihre Stimme klang hoch und unsicher. Ich sah sie an. Sie ließ meine Schulter los.

»Was du mir gerade erzählt hast, könnte eine Menge Leute in der Gegend alarmieren«, fuhr sie ruhiger fort. Sie nahm meine rechte Hand zwischen ihre Hände und drückte jeden einzelnen meiner Finger. »Alle haben zur Zeit Angst, und wenn die Leute Angst haben, machen sie manchmal Dinge, die ihnen später leid tun.«

Sie blickte aus dem Fenster auf die Telefonleitungen, die sich über die Straße schwangen. Von meinem Fenster aus konnte man Licht in einem zum Verteidigungsministerium gehörenden Gebäude in der Nähe des Einkaufszentrums sehen; vielleicht blickte sie zu diesen Lichtern und fragte sich, wer so spät noch arbeitete. Ich entzog ihr meine Hand, nahm meine Brille vom Nachttisch und hielt ein Glas an ein Auge, als würde ich durch ein Teleskop schauen. Ich betrachtete ihr Gesicht, das kleine V ihres Kinns, die entspannte Fläche ihrer Backen, ihre weiche, etwas zu breite Oberlippe. Das Haar hing ihr glatt und trocken um die Ohren; ihr Kopf sah oben ganz flach aus.

Ich sagte: »Das ist mir egal. Er macht mich krank.«

Meine Mutter schaute mich an. »Soll ich mit Mr. Green darüber sprechen? Willst du, daß ich ihm erzähle, was du mir gesagt hast?«

»Nein«, schrie ich.

»Hat das vielleicht etwas mit deinem Vater zu tun?«

Für einen Augenblick stellte ich mir beide nebeneinander im Garten vor, Mr. Green und meinen Vater. Mr. Green mit seinen kitschigen Schuhen, der kurzen Hose und dem khakifarbenen Hemd – und meinen Vater, so entspannt und so normal mit Nickelbrille, Anzug und Krawatte. Jeder konnte sehen, daß mein Vater nichts mit Mr. Green gemein hatte. Auch meine Mutter müßte es sehen können.

Und dann stellte ich mir die etwas dreieckigen blauen Augen meines Vaters vor, seine schmalen geschwungenen Augenbrauen, die er unabhängig voneinander hochziehen konnte. Er hatte weiße, kleine, eckige Zähne und eine Goldkrone, die weit hinten in seinem Mund funkelte. »Mein geheimer Schatz«, hatte er sie einmal genannt und wie ein Pirat gelächelt.

»Marsha«, murmelte meine Mutter. Sie legte mir die Hand auf den Rücken und massierte mein Rückgrat. »Paß auf dich auf.« Das gleiche hatte vor kurzem der Detective zu mir gesagt, ein Ratschlag, den ich zu meinem großen Bedauern bald in den Wind schlagen sollte.

Mittlerweile drückte ich mich in die Ecke des Betts, schob das Gesicht an die Stelle, an der zwei Wände aufeinandertrafen. Während meine Mutter neben mir saß und in der Dunkelheit atmete, versteifte ich meinen Rücken und zählte meine Atemzüge. Bis meine Mutter schließlich aufstand und aus dem Zimmer ging.

Die Wände an meinem Gesicht fühlten sich kühl an. Ich preßte mich noch fester in die Ecke und war froh, als mein Kopf vom Druck zu schmerzen begann. Als ich am nächsten Morgen aufwachte, lag ich noch immer in dieser Stellung da, gegen die Wand gepreßt.

Es war am Mittwoch, knapp zwei Wochen nachdem Boyd Ellison ermordet worden war, als wir die Einladung zu Mr. Greens Grillparty erhielten. Früh am Morgen stellte er einen kleinen weißen Umschlag auf die Treppe, so wie er zuvor eine Schachtel Backpulver für meine Mutter hingestellt hatte. Von der Veranda aus sah ich weiße Umschläge auch vor den Türen der Morris' und der Sperlings. Sie sahen aus wie kleine weiße Tauben.

Meine Mutter holte den Umschlag, bevor ich ihn nehmen konnte. Sie öffnete ihn, und dabei fiel hinter ihr die Tür ins Schloß. Er enthielt eine Karte, die sie im Sonnenlicht auf der Treppe stehend las, während blasse Glyzinienblätter um ihren Kopf schwebten. Dann kam sie herein und reichte mir die Karte. Sie setzte sich und trank ihren Orangensaft, strich Butter auf einen Toast und überflog die erste Seite der Zeitung.

Die Karte hatte die Form eines Teddybären, der einen Ballon hielt. In roten Blockbuchstaben waren darauf die Worte EINE PARTY! gedruckt, danach kam das Wort WO, dann ein Zwischenraum, dann das Wort WANN und noch ein Zwischenraum. Im ersten Zwischenraum stand in blauer Tinte, geschrieben mit der gleichen ordentlichen geschwungenen Schrift wie auf der Karteikarte, die wir neben dem Backpulver gefunden hatten: »Mr. Alden Green, Jr., 23 Prospect Terrace«. Nach WANN hatte er eingefügt: »Sonntag. 17 Uhr. Kinder willkommen!«

Wären Julie und Steven zu Hause gewesen, hätten sie diese Einladung angemessen bissig kommentiert. »O Gott«, würde Julie stöhnen. »Das kann er nicht ernst meinen. Für wen veranstaltet er die Party denn? Für die Bobbsey-Zwillinge?« Aber ich brachte angesichts des Teddybären und des lustigen kleinen Ballons nicht mehr zustande als eine düstere Grimasse.

Ich stellte Mr. Greens Karte an den Serviettenhalter und sah meiner Mutter dabei zu, wie sie den Toast aß. Sie war mit der ersten Zeitungsseite fertig, blätterte um und las weiter, wischte sich die buttrigen Fingerspitzen ordentlich an ihrer Serviette ab. Sie rührte Sahne in ihren Kaffee, las weiter, nahm die Tasse, um einen Schluck zu trinken. Wieder blätterte sie um. Schließlich sah sie mich an.

»Ja?« sagte sie. »Hast du was gesagt?«

»Ich gehe nicht hin.«

Sie trank noch einen Schluck Kaffee, stellte die Tasse mit einem kurzen harten Laut zurück auf die Untertasse.

»Gehst du hin?«

»Vielleicht.«

»Warum magst du ihn?« fragte ich.

»Ich mag eine Menge Leute.« Sie blickte mich aus zusammengekniffenen Augen an.

»Ich muß ja nicht hin.«

»Nein«, pflichtete sie mir bei und lächelte das kleine Lächeln, das für Nachbarn und Supermarktkassiererinnen reserviert war. »Nein, natürlich nicht.«

Am Abend beobachtete ich, wie Mr. Green seinen Grill inspizierte. Er ging durch seinen Garten, schritt zwischen Haus und Blutbuche hin und her, umrundete den Picknicktisch und die beiden zusammenklappbaren Campingstühle, die er in einem betont lässigen Winkel aufgestellt hatte, blieb dann eine Weile vor seinem Grill stehen und bewunderte den sauberen Luftabzug und die beiden eingebauten Bretter. Er ging sogar in die Knie, hob das neue Grillgitter heraus und betrachtete die Feuerstelle.

Ich konnte ihn nicht ansehen, ohne an den blauen Affen aus meinem Traum zu denken. Genausowenig konnte ich ihn ansehen und irgend etwas Tadelnswertes an ihm finden. Er war so rücksichtsvoll. In den Monaten, seit er neben uns wohnte, hatte Mr. Green nie Krach gemacht, nicht einmal wenn er mauerte oder einen losen Fensterladen festnagelte. Keine Kartoffelchipstüten flatterten über seinen Rasen; in den Sprüngen im Gehweg vor seinem Haus wuchs kein Unkraut. Er war der perfekte Nachbar.

Ich saß auf dem Sofa auf der Veranda, mein Notizbuch auf den Knien, und stellte mir seine Grillparty vor, als hätte sie schon stattgefunden: die Cocktailservietten hätte er bereits vor Wochen gekauft, niedlicherweise wären sie bedruckt mit Martinigläsern oder einem lächelnden Beschwipsten mit einem Lampenschirm auf dem Kopf; das rotkarierte Papiertischtuch; die Kerzenständer aus Glas mit Blasen darin. Ich stellte mir vor, wie er seinen Einkaufswagen zur Supermarktkasse schob und Pappteller, Plastikgabeln und -messer, in Folie geschweißte Hot dogs und Würstchen, Brötchen, Cokeflaschen und Schachteln mit Eiscreme entlud.

Mr. Green stand wieder auf, wischte Gras von seinen Knien. Dann ging er zu dem von den Chiltons zurückgelassenen Picknicktisch, den er repariert hatte, so daß er wieder aufrecht stand. Eine Weile betrachtete er den

Tisch, die Hände in die Hüften gestemmt. Dann drehte er sich um und ging ins Haus, nicht jedoch ohne zuvor einen Blick auf unsere Veranda zu werfen. In der Abenddämmerung konnte er nicht erkennen, wer dort saß, aber er hob die Hand und winkte kurz.

Das Telefon klingelte, während meine Mutter im Keller Laken und Handtücher zusammenlegte. Noch bevor ich den Hörer abgenommen hatte, wußte ich, daß es mein Vater war.

Mittlerweile wüßte er, was in seiner Abwesenheit geschehen war. Alle Zeitungen hier hatten über den Mord an Boyd Ellison berichtet; auch in Nova Scotia hatten die Zeitungen ihn bestimmt erwähnt. Irgendwann mußte er in einen Drugstore gegangen sein, um ein Päckchen Kaugummi zu kaufen, und da stand es, auf der ersten Seite: KIND IN RUHIGEM VORORT VON WASHINGTON ERMORDET.

»Hallo?« sagte ich fast zitternd.

»Marsha?«

Ich brauchte einen Moment, um Mrs. Lauders Stimme zu erkennen. »Ist deine Mama da?«

Meine Mutter stand neben mir; ich hatte sie gleich beim ersten Klingeln die Kellertreppe herauflaufen hören. Jetzt entwand sie mir den Hörer.

»Ja?« sagte sie zu beiläufig. »Ach. Ach, hallo, Mavis.«

Dann sagte sie: »Entschuldige. Ob ich wohin gehe?« Sie atmete langsam aus, wandte sich von mir ab und dem Spülbecken zu, um ihr Spiegelbild im schwarzen Fenster zu betrachten. »Ja, wir haben eine gekriegt.«

Nach einer weiteren Pause sagte sie: »Ich habe mich noch nicht entschieden.«

Sie nahm ein Geschirrtuch und preßte es sich an die Brust. Obwohl meine Mutter mir den Rücken zukehrte, konnte ich Mrs. Lauders Stimme hören. Ich hörte die Worte »dämlich« und »gesamte Nachbarschaft« ganz genau.

»Vermutlich ist er der Meinung, daß er so etwas machen kann«, sagte meine Mutter schließlich; ihr Gesicht war gerötet. Sie hatte sich wieder zu mir umgedreht, schnalzte mit den Fingern und deutete auf die Tür. Als ich mich nicht von der Stelle rührte, starrte sie mich böse an und schüttelte den Kopf. »Du hast ihm doch erzählt, daß die Chiltons immer Nachbarn eingeladen haben. Also wirklich, Mavis. Wahrscheinlich hat er nicht daran gedacht, daß es erst kurz her ist –«

An dieser Stelle muß Mrs. Lauder sie unterbrochen haben, denn meine Mutter hörte auf zu sprechen und zog den Kopf ein. Nach einer Weile sagte sie kalt: »Ich bin sicher, daß er nichts Böses im Sinn hatte.«

Unten rumpelte die Waschmaschine in eine neue Phase ihres Zyklus; Wasser rauschte in den Leitungen. Draußen fuhr hupend ein Auto an unserem Haus vorbei.

»Na gut«, sagte sie und starrte auf das Geschirrtuch, das sie noch immer in der Hand hatte. »Mach ich. Danke für den Anruf.« Auf der anderen Straßenseite begannen die Hunde der Morris' zu bellen, fielen ein in den Chor der ächzenden Leitungen, der rumpelnden Waschmaschine, des brummenden Kühlschranks und der langsam tickenden Wanduhr neben der Tür.

Meine Mutter legte auf. »Sag jetzt nichts.«

»Wollte ich gar nicht«, sagte ich schmollend.

»Danke.« Sie legte das Geschirrtuch über den Ständer neben der Spüle. Dann holte sie eine offene Flasche Wein aus dem Kühlschrank und schenkte sich ein Glas ein.

Sie trug das Glas ins Wohnzimmer und schaltete den Fernsehapparat ein. Walter Cronkites schnurrbärtiges Gesicht füllte den Bildschirm; meine Mutter hatte mir einmal erzählt, daß sie sich Walter Conkrite immer als Vater gewünscht habe. Jeden Abend sah sie Walter Cronkite, wie er die CBS-Nachrichten verlas, seine Augen strahlten unaufdringliches Mitgefühl angesichts der Katastrophen dieser Welt aus. »Was für ein netter Mann«, sagte sie bisweilen. »Man merkt, daß ihm am Herzen liegt, was mit diesem Land geschieht.«

An diesem Abend setzte uns Walter Cronkite davon in Kenntnis, daß die Ermittlungen im Zusammenhang mit dem »Watergate-Einbruch« ausgeweitet würden. Es schien ihm leid zu tun, das verkünden zu müssen; er blickte direkt in die Kamera, direkt in unser Wohnzimmer, seine tiefe Stimme wurde noch getragener, so als wüßte er mehr, als er uns mitzuteilen für ratsam hielt.

»Natürlich werden sie ausgeweitet«, sagte meine Mutter zum Fernsehapparat.

Nach den nationalen Meldungen schaltete meine Mutter auf einen Lokalsender. Der kahle Moderator – der eine viel höhere Stimme hatte als Walter Cronkite und deswegen weniger mitfühlend wirkte – berichtete von einer Schießerei in Baltimore, konnte uns jedoch über unseren Mord nichts Neues sagen. Ich dachte an den Mord als »unseren« Mord, so wie man von der örtlichen Footballmannschaft als »unserer« Mannschaft oder von einer Berühmtheit aus der Nachbarschaft als »unserem« Soundso spricht. Der Moderator erwähnte unseren Mord mit keinem Wort, was mich überraschte, weil ich mir nur schwer vorstellen konnte, daß irgend etwas anderes berichtenswert sein könnte.

12

AM NÄCHSTEN MORGEN, gleich nach dem Frühstück, klopfte ein Detective in blauem Sakko und brauner Hose von der Polizei des Montgomery County an unserer Verandatür. Er zeigte seine Marke und sagte, er wolle uns noch ein paar Fragen stellen, wenn meine Mutter nichts dagegen habe.

Ein Eichelhäher kreischte im Holzapfelbaum. Es war ein weiterer heißer, windstiller Morgen, an dem die Luft gesättigt ist mit dem süßen Seifenduft von gewaschener Wäsche und die Blätter an den Bäumen hängen wie nasse Handtücher.

Meine Mutter öffnete ihm die Tür, bot ihm einen der Regiestühle an und zog sich selbst auch einen heran. Ich brauchte nur einen Augenblick, um Detective Small wiederzuerkennen, diesen grobknochigen, stiefelgesichtigen Detective, der uns schon einmal befragt hatte.

»Ich möchte, daß du ins Haus gehst, Marsha«, sagte meine Mutter und strich sich den Rock über den Knien glatt, während sich der Detective setzte. »Auf der Stelle, bitte.«

»Wenn Sie nichts dagegen haben, Ma'am, wäre es mir lieber, wenn das kleine Mädchen dabei ist.« Detective Small lächelte nicht, zwinkerte mir aber kurz zu.

»Ach?« sagte meine Mutter und gab nicht sehr überzeugend vor zu lachen.

»Wissen Sie, manchmal hören Kinder Dinge, die Erwachsene nicht hören.«

Wie Hunde, dachte ich und hielt gleichzeitig mein Notizbuch fest bei dem Gedanken, von einem Detective vernommen zu werden (»ein Vertreter des Gesetzes«, wie ich ihn zu nennen begann).

Und wer hätte besser Auskunft geben können als ich? Hatte ich nicht jeden Zeitungsartikel über den Mord aufgehoben? Hatte ich nicht mein ganzes Notizbuch vollgeschrieben mit den Dingen, die die Nachbarn gesagt hatten, wer was dachte und warum? War ich nicht jemand, der den Jungen persönlich gekannt hatte?

Mittlerweile war Boyd Ellisons Haus Bestandteil meiner regelmäßigen Runde, das heißt, daß ich drei- oder viermal in der Woche daran vorbeikam, wenn ich auf den Krücken durch die Nachbarschaft humpelte und mich zwang, eine angemessene Pause einzulegen, bevor ich kehrtmachte und erneut daran vorbeiging. Sosehr ich es auch wollte – sosehr ich mich auch dazu hingezogen fühlte –, ich brachte es nicht über mich, das Haus direkt anzusehen. Es würde einfach zu gewöhnlich wirken. Statt dessen schwang ich mich auf meinen Krücken vorwärts und verließ mich auf Blicke aus dem Augenwinkel. Ein Stück Ziegelmauer, eine Fensterscheibe, die das Sonnenlicht reflektierte, eine zusammengerollte Zeitung auf der Treppe vor dem Haus.

Aber am Tag zuvor hatte ich Luann, die mit Roy und Tiffany in ihrem Garten saß, aufgefordert, mich zu begleiten. Sie stand wortlos auf und folgte mir, ohne auch nur einmal zurückzublicken. Ich stapfte auf den Krücken über den Asphalt, schnaufte in der Hitze und summte übertrieben gelangweilt eine Werbemelodie aus dem Fernsehen vor mich hin. Luann ging hinter mir, ihr gelbes Haar streifte ihren Hals, den Blick heftete sie auf ihre mit Kreide bemalten Mary-Jane-Schuhe. Aber als wir am Haus der Ellisons anlangten, hob sie den Kopf und schaute auf die der Straße zugewandten Fenster. Während ich mich auf dem Gehsteig wild entschlossen vorankämpfte, ging sie gemessenen Schritts hinter mir her.

Erst als wir wieder vor meiner Verandatreppe standen und unter der Glyzinie zusammensackten, konnte ich sie fragen: »Was hast du gesehen?«

Sie zuckte die Schultern und sagte, daß eine schlanke dunkelhaarige Frau die Tür geöffnet und auf die Straße geschaut habe.

»Sah sie traurig aus?« wollte ich wissen.

Luann zuckte erneut die Achseln.

»Was hatte sie an?«

»Ein Kleid.«

»War es schwarz?« sagte ich.

»Ich versuche, dabei zu helfen, den Fall zu lösen«, erzählte ich ihr. Luann gab zu, daß sie einen eingerollten schwarzen Männerschirm auf der kleinen Veranda vor dem Haus hatte stehen sehen und daß im ersten Stock alle Jalousien heruntergelassen waren.

»Schau dir das an.« Ich stützte einen Ellenbogen auf der Stufe hinter mir auf und blätterte in meinem Notizbuch. »Irgendwo hier drin«, sagte ich und tippte auf eine Seite, »irgendwo hier drin ist wahrscheinlich ein Hinweis. Das gleiche tun wir, wenn wir an ihrem Haus vorbeigehen: Wir suchen nach Hinweisen. Es darf einem nichts entgehen, wenn man etwas Wichtiges entdecken will.«

Sie nickte und rieb gedankenverloren an einem Schmutzfleck auf ihrem Knie. Auf der anderen Straßenseite begannen die Jack-Russell-Terrier zu jaulen und an der Tür zu kratzen, weil sich der Postbote dem Haus näherte. Sie mußten Baby Cameron von nebenan aufgeweckt haben, denn plötzlich war sein Geschrei aus einem Fenster im ersten Stock zu hören.

Schließlich blickte Luann von ihrem Knie auf. »Mein Dad sagt, daß es ein Perverser gewesen ist, der ihn umgebracht hat.«

»*Das* weiß ich«, sagte ich. »Alle wissen das. Du weißt wahrscheinlich nicht mal, was das ist.«

»Ich weiß es.« Sie blickte beleidigt drein.

»Der.« Ich deutete mit dem Finger in Richtung von Mr. Greens leerer Einfahrt. »*Der* ist ein Perverser.«

Luann schaute zu Mr. Greens Haus, zu seinen zurückgeschnittenen Azaleen und den Ringelblumen, die neben seiner Treppe blühten.

»Wirklich«, sagte ich. Meine Stimme wurde lauter. »Hier steht's drin. Er versteckt sich im Gebüsch. Ich habe ihn gesehen. Er versteckt sich im Gebüsch, manchmal direkt neben dem Haus der Ellisons. Ich habe ihn gesehen.«

Zu diesem Zeitpunkt war mir gleichgültig, was ich sagte, wichtig war nur, daß mich Luann hingerissen ansah. »Hast du dort heute nichts rascheln hören, irgendwas im Gebüsch neben ihrem Haus?«

»Eine Katze?« hauchte Luann.

»Nein«, sagte ich jubilierend. »Er war es.«

Luann starrte mich an. Dann rieb sie wieder an ihrem Knie und stieß leise seufzende Laute aus dem Mundwinkel aus. »Mein Dad sagt, daß es nichts mehr nützt, wenn man jetzt noch jemanden fängt«, sagte sie schließlich. »Er sagt, es wartet schon jemand anders drauf, das gleiche zu tun.«

Ein Streifen Sonnenlicht fiel durch das Laub der Pappel. Ich griff mir an den Kopf, fühlte mein Haar und spürte, wie die Hitze in mein Gehirn drang. Der Postbote schien Stunden zu brauchen, um vom Haus der Sperlings die Straße zu überqueren und mit einem Stapel Zeitschriften für meine Mutter den Weg zu unserem Haus entlangzugehen. Er sagte hallo zu uns, als er sie in den Briefkasten stopfte, dunkle Monde aus Schweiß unter den Armen.

»Geh heim«, sagte ich zu Luann, als der Postbote wieder auf der Straße war. »Warum gehst du nicht einfach heim?«

Sie stand auf und schlurfte halb, hoppelte halb über unseren Rasen nach Hause. Erst als sie auf ihrer Einfahrt war, wurde mir klar, daß sie meine Art, auf den Krücken zu gehen, nachahmte. Ihre Schultern waren fast bis zu den Ohren hochgezogen, und sie humpelte wie eine Person, die versucht zu gehen, obwohl sich jemand an ihrem Bein festhält.

Oben auf der Treppe vor dem Haus drehte sie sich um und grinste, dann ballte sie beide Hände zu Fäusten und hielt sie vor die Augen wie ein Fernglas, das auf mich gerichtet war.

»Du hast nichts dagegen, wenn ich dir ein paar Fragen stelle?« sagte der Detective. Ich schüttelte den Kopf.

Er drückte mehrmals auf den Knopf seines Kugelschreibers. Trotz der Hitze und obwohl seine Stirn feucht war, wirkte er, als wäre ihm nicht heiß. Meine Mutter lächelte nervös. Er sah sie einen Augenblick lang an, vielleicht wollte er herausfinden, wie nervös sie wurde, bevor er mit seinen Fragen anfing. Wie lange lebte sie hier? War sie mit ihren Nachbarn befreundet? Hatte sie den toten Jungen gekannt?

Ja, antwortete sie auf alle Fragen, aber ich merkte an der Art, wie sie ihr Kinn vorschob, daß sie das Gefühl hatte, nicht ganz aufrichtig zu sein. In Kaufhäusern reagierte sie auf diese Weise, wenn die Alarmglocke losging, als fürchtete sie, diejenige zu sein, die etwas gestohlen hatte. Es dauerte nicht lange, bis sie anfing, Fragen zu beantworten, die ihr gar nicht gestellt worden waren.

»Boyd – das Kind, das – er war einmal hier bei einem Pfadfindertreffen. Mein Sohn –«

Detective Small nickte, weder ermunterte er sie, ausführlicher zu werden, noch hielt er sie davon ab, fortzufahren, bis meine Mutter ihm alles erzählt hatte, was sie über Boyd Ellison wußte, einschließlich Stevens unbewiesener Behauptung, Boyd habe Geld von der Pfadfinder-Altpapiersammlung gestohlen.

Aber bald war klar, daß er sich mehr dafür interessierte, was sie über Mr. Green wußte. »Er ist neu hier, oder? Lebt allein? Hat nicht viel Besuch? Würden Sie sagen, daß er gesellig ist oder eher ein Einzelgänger?«

»Ich würde sagen«, antwortete meine Mutter nach einem Augenblick, »ich würde sagen, daß er versucht, ein guter Nachbar zu sein.«

»Soweit ich weiß, will er eine Party geben?«

»Eine Grillparty. Das hat er seit einiger Zeit vor. Vielleicht seit drei Wochen. Bevor das alles passiert ist.«

Detective Smalls Ohren standen von seinem schmalen Gesicht ab wie Türknäufe. Die Morgensonne glühte rot durch seine Ohrläppchen, so daß er aussah, als stünde er unter Strom. Dieser Eindruck wurde noch verstärkt von seinem kurzen schwarzen Haar, das von seinem Kopf abstand, und seinen dicken Augenbrauen, die er blitzschnell in die Höhe zog, wenn er zuhörte, als würden ihm selbst unbedeutende Antworten auf seine Fragen einen leichten Schlag versetzen.

»Wann genau ist Mr. Alden Green eingezogen? Wissen Sie, ob er eine Familie hat? Wo hat er zuvor gelebt?«

»Hören Sie, ich will Ihnen helfen«, sagte meine Mutter. »Aber dazu kann ich Ihnen nichts sagen.« Sie lehnte sich auf ihrem Stuhl zurück und ließ die Hand sinken, die sie sich an den Mund gehalten hatte. Der Eichelhäher kreischte wieder. »Mr. Green scheint ein sehr netter Mann zu sein«, fügte sie hinzu, »aber ich kenne ihn kaum.«

Detective Small zog die Augenbrauen hoch, ungläubig oder resigniert.

»Das ist die Wahrheit«, sagte sie, und ich fragte mich, ob sie nicht spürte, wie wenig vertrauenswürdig diese Behauptung sie klingen ließ. »Haben Sie noch nicht mit ihm gesprochen?«

»Noch nicht.« Die Augen des Detective wirkten ausdruckslos.

»Und nichts –« Meine Mutter zog am Saum ihres Rocks.

»Ist sonst noch jemand vor kurzem eingezogen?«

Meine Mutter schüttelte den Kopf. »Glauben Sie wirklich, daß der Mann, der das getan hat – glauben Sie, daß, wer immer –, in der Nachbarschaft lebt?«

Detective Smalls Augen waren so dunkelbraun wie seine Hose. Geplatzte Kapillargefäße zogen sich bis zur Iris. Die Haut unter den Augen sah fleckig aus.

»Warum glauben Sie das?« fragte sie respektvoll.

»Es ist nicht so, daß wir das glauben. Wir haben nur keinen Grund, diese Möglichkeit auszuschließen.« Detective Small drückte mehrmals schnell auf den Knopf seines Kugelschreibers. Dann zuckte er die Achseln, zog seine Krawatte zurecht, und wir begriffen, daß die Befragung zu Ende war. »Würden Sie bitte Ihren Nachnamen buchstabieren?« sagte er und schrieb ihn in seinen Notizblock. »Und wie ist die Telefonnummer?«

»Was wird jetzt passieren?«

»Wir suchen weiter. Wir werden ihn finden.«

Jetzt, da er bereit war aufzubrechen, tat es mir leid, daß Detective Small schon wieder gehen wollte. Mir gefiel sein Sakko auf unserer Veranda, ein frisches Blau vor den verwitterten Rattanmöbeln und den verwelkenden Begonien, die meine Mutter ständig zu gießen vergaß. Mit einem Polizisten auf unserer Veranda waren wir so sicher, wie wir nur sein konnten. Vielleicht sicherer, als wir je wieder sein würden. Detective Small schien alles über uns zu wissen. Mir gefiel seine kompetente Aura, die einen glauben ließ, daß er alles, was er jetzt tat, schon oft getan hatte; er war jemand, den nichts überraschen würde, und sei es noch so schrecklich oder unerwartet.

Außerdem hatte er mir keine Fragen gestellt. Ich hatte darauf gewartet, daß er mich etwas fragte.

»Möchten Sie eine Tasse Kaffee?« fragte meine Mutter plötzlich, vielleicht weil auch sie wollte, daß er noch blieb.

Detective Small schüttelte den Kopf, aber diesmal lächelte er. »Hier ist meine Karte«, sagte er. »Ich habe Ihre Nummer. Falls ich noch etwas wissen will.«

Meine Mutter nahm die Karte, führte dann die Hand an den Mund und nickte.

»Wann ist Ihr Mann wieder zurück?« Er steckte seinen Kugelschreiber in die Brusttasche. »Ich möchte ihm die gleichen Fragen stellen, die ich Ihnen gestellt habe.«

»Mein Mann hat mich im März verlassen«, sagte sie. »Ich habe ihn seit Ende Juni nicht mehr gesehen. Er ist nach Kanada gegangen.«

Einen Moment lang blickte Detective Small sie an, als überlegte er, ob sie die Wahrheit sagte oder nicht. »Na gut«, sagte er schließlich, klappte sein Notizbuch zu und stand auf. »Tut mir leid«, fügte er hinzu. Er wurde ein bißchen rot und griff sich mit der Hand an den Nacken.

»Ist schon in Ordnung.«

Er öffnete die Fliegengittertür, blieb stehen und blickte sich zu uns um, sein Ausdruck wieder gleichgültig. »Danke«, sagte er, halb über die Schulter. »Danke für Ihre Hilfe.«

Aber bevor er ganz durch die Tür war, bevor meine Mutter mich aufhalten oder ins Haus schicken konnte, beschloß ich zu sagen, was ich die ganze Zeit über hatte sagen wollen. Ich hatte auf die Chance gehofft, es zu sagen, ja, ich hatte mich geradezu danach gesehnt. Ich sagte: »Wir mögen ihn nicht. Niemand mag ihn.«

»Was?« Detective Smalls Augenbrauen schnellten in die Höhe und sackten wieder herunter. »Wen?«

»Entschuldigen Sie, Detective«, mischte sich meine Mutter entschieden ein. »Bitte bedenken Sie, daß meine Tochter durcheinander ist nach allem, was passiert ist.« Zuerst starrte sie ihn an, dann mich. »Im Augenblick mag sie Männer nicht besonders.«

»Stimmt das, Marsha?« fragte der Detective, der nicht sonderlich verwirrt schien. »Was ist mit mir? Magst du mich?«

»Ich kenne Sie nicht«, sagte ich und ignorierte meine Mutter.

Detective Small hatte die Tür wieder zufallen lassen und lehnte mit verschränkten Armen am Türstock. Es war unmöglich abzuwägen, wie sehr er sich für das interessierte, was ich ihm zu sagen hatte. Er hielt seinen Kopf schräg, so daß ein Schatten auf sein Gesicht fiel und seine Augenbrauen noch dunkler wirkten.

»Also, Marsha«, sagte er, »wen magst du nicht?«

Meine Lippen waren trocken. »Mr. Green«, sagte ich schließlich; auch mein Mund war trocken. »Er beobachtet mich. Er beobachtet Kinder in der Nachbarschaft.«

»Wie beobachtet er?«

»Weiß ich nicht.«

»Weißt du nicht?«

»Nein. Er beobachtet sie einfach«, sagte ich. Meine Mutter starrte mich an, als wollte sie durch meinen Schädel in mein Gehirn starren, um zu sehen, was darin vor sich ging.

Detective Small lehnte weiterhin an der Tür, vielleicht zählte er bis zehn, wie er es in seiner Ausbildung sicherlich gelernt hatte. (»Lassen Sie dem Zeugen Zeit. Damit er den Druck des Schweigens spürt.«) Über seinem Kopf, gleich links neben dem Türsturz, hing eine kleine braune Spinne in ihrem Netz, die dünnen Beinchen bewegten sich geschäftig. Von der Straße klang ein leises *Pock-Pock* zu uns, als ob jemand mit einem Hammer auf Stein schlüge. Ich hätte gern noch mehr gesagt, aber in diesem Augenblick fiel mir nichts mehr ein.

Schließlich seufzte Detective Small und stieß sich vom Türstock ab. »Na gut, Marsha. Wahrscheinlich nicht wichtig. Aber wenn du mir noch etwas über Mr. Green zu sagen hast«, fügte er hinzu, »irgend etwas, dann laß es mich wissen.«

Die Fliegengittertür quietschte. Einen Moment später sahen wir den zerknitterten Rücken seines blauen Sakkos auf dem Weg kleiner werden, er ging am struppigen Gras vorbei, an der überwucherten Forsythie, dem Löwenzahn und dem welken Rhododendron, hinaus in das helle Sonnenlicht auf dem Gehsteig. Er wandte sich nach rechts, um für eine Weile Mr. Greens tadelloses Haus zu betrachten, Hände in die Hüften gestemmt, das Jackett weit genug geöffnet, um das schwarze Holster freizulegen, bevor er die Straße überquerte und bei den Sperlings klingelte.

Die Tür der Sperlings wurde geöffnet und gab den Blick frei auf Mrs. Sperling in ihrem rosa Bademantel. Nach einem Augenblick trat sie zurück. Der Detective ging ins Haus. Die Tür der Sperlings wurde geschlossen.

»Fein«, sagte meine Mutter schließlich mit ruhiger Stimme. »Hoffentlich bist du stolz auf dich. Hoffentlich ist dir klar, was du gerade getan hast.«

»Ja«, sagte ich.

»Gut«, fuhr sie mit der gleichen ruhigen Stimme fort. »Denn es sollte einem klar sein, wenn man einen Fehler begangen und etwas getan hat, was man später bereuen wird.«

Draußen trottete ein fremder Golden Retriever mit der Nase am Boden über unseren Rasen, seine Marken klapperten. Er blieb nicht stehen, sondern schnüffelte hier und dort völlig vertieft im Gras, ohne zu finden, wonach er suchte, bis er nicht mehr zu sehen war.

»Ich habe keinen Fehler gemacht.«

Meine Mutter steckte die Karte des Detective unter einen Begonientopf, dann stand sie auf und kehrte mir den Rücken. »Hoffentlich nicht.«

In diesem Augenblick warf ich mein Notizbuch nach ihr. Ich warf es so fest, wie ich nur konnte, Sehnen und Bänder schmerzten, als ich mit dem Arm ausholte und warf. Das Notizbuch flog über die Veranda. Es traf sie zwischen den Schulterblättern, wo der Verschluß ihres BHs gegen den dünnen weißen Stoff ihrer Bluse drückte.

Sie wankte ein wenig, stützte sich mit dem Arm an der Tür ab. Das Notizbuch fiel aufgeschlagen neben ihre Füße, genau hinter die linke Ferse ihrer Sandale. Eine Seite hatte jetzt ein Eselsohr, und aus irgendeinem Grund war ich entsetzt über dieses Eselsohr; es schien ein ebenso schmerzlicher Schlag, wie ich ihn gerade meiner Mutter versetzt hatte.

»Heb das auf.« Sie drehte sich nicht um.

Als ich mich nicht rührte, sagte sie wieder: »Heb das auf.«

Es war mir zu mühsam, meine Krücken zu nehmen und mich über den Boden zu schwingen, deswegen ließ ich die Dinger an den Tisch gelehnt stehen und ging statt dessen auf die Knie.

Ich kroch in Richtung meiner Mutter und streckte die Hand aus, um das Notizbuch zu mir zu ziehen. Ich war so nahe bei ihr, daß ich die Haut durch das Gewebe ihrer Nylonstrümpfe sehen konnte und auch das verirrte Haar, das sich oberhalb ihres Knöchels im Strumpf verfangen hatte. Ihr Bein zitterte.

Aber sie bewegte sich nicht. Sie wartete, bis ich zurückgekrochen war. Dann drehte sie sich um, nicht schnell, sondern ganz natürlich, als hätte sie vergessen, was sie mir sagen wollte.

Auf schwerfällige, dumpfe Weise begriff ich, daß ich den ganzen Sommer auf das gewartet hatte, was sie als nächstes sagen würde. Seit meine Mutter mit mir und den Zwillingen allein im Haus war; seit dem Abend, als sie mich geschlagen hatte; seit dem Moment, als ich ihr erzählt hatte, daß ich Mr. Green haßte, wartete sie auf die Gelegenheit, mir etwas zu sagen.

Und wenn sie jetzt mit mir gesprochen hätte, wenn sie mir gesagt hätte, ich solle in mein Zimmer gehen oder das Geschirr spülen, wäre vielleicht alles anders verlaufen. Aber sie sagte nur: »Ich muß jetzt arbeiten.« Sie stieg über meine Beine und ließ mich mit meinem Notizbuch allein auf der Veranda.

13

»NA GUT, MARSHA, wirst du das anziehen?« fragte meine Mutter und hielt ein mit Stockflecken übersätes Baltimore-Orioles-T-Shirt hoch, das mein Vater im Sommer vor zwei Jahren Steven geschenkt hatte. »Willst du es anziehen?«

»Ja.« Dasselbe hatte ich zu einer zu kurzen Denimhose, einem braunen Kordsamtrock mit zerrissenem Saum und einem Bikini gesagt, der fast alle Elastizität verloren hatte.

Die Zwillinge waren seit einer Woche weg. Es war Sonntag nachmittag, ein schwüler, stickiger Nachmittag, und wir – gereizt von der Hitze, von uns, dem Rieseln der Rasensprenger im Garten der Nachbarn – waren übereingekommen, ein paar Stunden lang etwas »Nützliches« zu tun. Also standen wir in ihrem Schlafzimmer und sortierten Kleidung aus, die wir zur Altkleidersammlung geben wollten.

Während der letzten Tage hatten wir uns an einen verbindlichen Zeitplan von Mahlzeiten und kleinen Aufgaben gehalten und waren jeden Abend noch ein bißchen früher ins Bett gegangen. Keine hatte sich entschuldigt. Es schien und scheint immer noch so, als wäre eine Entschuldigung überflüssig gewesen.

Am Morgen, an dem uns der Detective aufsuchte, wurde der Frühstückstisch nicht abgeräumt. Während des Mittagessens und des Abendessens blieb der Tisch unverändert, eine Fliege zog träge Kreise über Tassen und Teller, Butterresten und Toastrinden, dem Orangensaftfleck auf dem Tischtuch. Meine Mutter räumte den Tisch schließlich spätabends ab, nachdem ich zu Bett gegangen war. Als ich am nächsten Tag hinunterhumpelte, war der Tisch wieder ordentlich gedeckt, die Butter in der Butterschale, der Orangensaft im Krug, ein frisches Tischtuch war aufgelegt. Nur die Teller waren nicht ganz sauber. Sie hatte sie nicht gespült.

Keine von uns erwähnte es. Wir aßen unser Frühstück schweigend von nicht ganz sauberen Tellern. Am nächsten Morgen waren die Teller gespült.

Während meine Mutter barfuß einen Berg Bluejeans und muffige T-Shirts sortierte, aus denen die Zwillinge herausgewachsen waren, legte ich mich auf ihr Bett neben dem Fenster und horchte auf das Zirpen einer Grille. Mr. Greens Grillparty sollte in nur zwei Stunden beginnen, und meine Mutter hatte immer noch nicht gesagt, ob sie hingehen würde. Aus der Tatsache, daß sie seine Einladung in den Mülleimer in der Küche geworfen hatte, schloß ich, daß sie nicht hingehen würde, aber noch nicht wußte, wie sie es ihm sagen sollte. Also hatte sie beschlossen, die Schränke auszumisten.

Nachdem sie mit den Sachen der Zwillinge fertig war, machte sie sich an ihre eigenen. Ein beigefarbenes Hauskleid segelte auf den Haufen zum Weggeben, ebenso ein Paar rissige weiße Lacklederstiefel mit Reißverschluß auf der Seite und eine Bluse mit Paisleymuster. Dann warf sie eine weiße Strohhandtasche mit applizierten Marienkäfern dazu, schließlich ein schimmerndes Ding, das ein Nachthemd gewesen sein könnte.

Plötzlich blieb sie vor dem großen Spiegel neben ihrem Schreibtisch stehen und hielt sich ein erdbeerfarbenes Baumwollkleid mit Plastikknöpfen in Form von Sonnenblumen an. Die Knöpfe sahen fast genauso aus wie die Ohrringe, die Ada an dem Tag getragen hatte, als sie zu uns kam und mich bat, meiner Mutter nichts davon zu erzählen. Es hätte tatsächlich ein Kleid sein können, das Ada passend zu den Ohrringen gekauft und dann meiner Mutter geliehen hatte. Als mir Adas Besuch und der Sonnenblumenohrring, der noch immer am Boden meiner Unterwäscheschublade lag, einfielen, machte ich mich ganz flach und rührte mich nicht.

Aber meine Mutter achtete nicht auf mich. Sie betrachtete sich im Spiegel, musterte ihre Erscheinung, während sie sich das erdbeerrote Kleid anhielt, wandte den Kopf hin und her. Es war ein Minikleid, das ich seit Jahren nicht mehr an ihr gesehen hatte, gekauft für eine Reise nach Miami Beach, wo sie und mein Vater ihren zehnten Hochzeitstag feierten. Er hatte es ihr »heißes Kleid« genannt.

»Was meinst du?« sagte sie schließlich. »Behalten oder weggeben?«

Sie ging ins Bad, um das rote Minikleid anzuziehen, dann kam sie zurück. »Also, was meinst du?« In dem kurzen hellen Kleid sah sie mager und müde aus, aber auch entschlossen. Sie hielt die Arme seitlich hoch, den Rücken dem Spiegel zugewandt.

»Du siehst aus wie ein Lippenstift.«

»Was für eine Farbe?« Sie lächelte zum erstenmal an diesem Tag. »Magisches Magenta? Weinrote Umarmung?« Lachend tanzte sie einen Shimmy vor dem Spiegel. »Dekadent glühender Rubinschimmer?«

Ihr dabei zuzusehen, wie sie vor dem Spiegel posierte, erinnerte mich an die Geschichten, die sie früher über sich und ihre Schwestern erzählte. Bis zu diesem Augenblick hatte ich nicht gewußt, wie sehr sie mir fehlten, die Mayhew Girls, diese unverwüstlichen Schwestern mit dem scharlachroten Lippenstift, die unter Röcken aus Shantungseide Unterwäsche aus alten Kopfkissen versteckten und mit der kurz angebundenen, hingebungsvollen Arroganz von Königinnen lateinische Verben konjugierten (*amaveram, amaveras*). Die gemeinsam auf einem Bett saßen und sich gegenseitig die Zehennägel lackierten. Die unter der rosafarbenen Isolierung im Speicher ihres Hauses Zigaretten rauchten, im nikotinhaltigen Mottenkugelmief husteten und lachten. Ein Durcheinander langer Arme und langer Beine – eine Tochter, vier Köpfe. Ihr kennt doch Fran-Claire-Lois-Ada. Sie waren so wunderbar, so unangreifbar. Sie waren immer zu viert. Es hatte nie Raum für jemand anders gegeben.

»Rosa Rausch«, sagte meine Mutter und schwang die Hüften.

In diesem Augenblick schwebte ein roter Ballon am Schlafzimmerfenster vorbei. Er hing in der Luft, ordentlich eingerahmt vom Fensterstock, dann trug ihn eine Brise mit sich fort.

Ich setzte mich im Bett auf, schaute hinaus und sah Mr. Green in Shorts und Hemd, wie er vier Campingstühle in einem Halbkreis neben dem Grill aufbaute. Seine kahle Stelle tauchte auf und verschwand, als er sich vorbeugte, um die Beine des zusammenklappbaren Tischs auszuziehen, dann richtete er sich auf und stellte den Tisch zu den Stühlen. Er trat zurück, um das Arrangement kurz zu überprüfen, hob dann den Tisch hoch und stellte ihn links vom Grill erneut auf. Unter der Blutbuche lagen mehrere Tüten Papierservietten, Pakete mit Papptellern und Plastikgabeln und ein Transistorradio. Hier und dort war an der Mauer des Grills ein Luftballon befestigt.

Er verschwand durch die Hintertür, um gleich darauf mit einem Plastikkrug und einem Paket Hot-dog-Brötchen wiederaufzutauchen. Geschäftig trug er alles zum Tisch, schaltete dann mit ausholender Geste das Radio ein und drehte so lange an einem Knopf, bis er einen Folkmusic-Sender gefunden hatte.

Where have you gone? grölte eine nasale Männerstimme,

begleitet vom Pfeifen eines Zugs. *Will I see you again?* Mr. Green trat einen Schritt zurück, um den Tisch zu begutachten. Dann schob er die Papierservietten neben die Pappteller und legte die Plastikgabeln ordentlich neben den Plastikkrug. Erneut trat er einen Schritt zurück. Einen Augenblick später schob er die Hot-dog-Brötchen neben die Pappteller. Er fummelte am Radio herum.

Ein orangefarbener Luftballon streifte seine Ferse. Gleichzeitig sprang im Garten nebenan spotzend ein Rasenmäher an. Mr. Green hob den Kopf und runzelte die Stirn.

»Marsha«, flüsterte mir meine Mutter ins Ohr. »Geh weg vom Fenster.«

Um halb fünf an diesem Nachmittag saß Mr. Green auf einem der vier Campingstühle. Einmal stand er auf, um den Sack mit Holzkohle, der am Grill lehnte, aufzureißen. Er schüttete Kohle heraus und verschloß den Sack dann wieder, indem er den Rand sorgfältig zweimal umfaltete. Dann nahm er eine Flasche mit Spiritus und spritzte Flüssigkeit über die Holzkohle, zündete ein Streichholz an und ließ es in die Kohlen fallen. Das Streichholz erlosch.

Er zündete noch eins an, und dann noch eins. Schließlich flackerten Flammen im Grill auf, züngelten fast bis zu seiner ausgestreckten Hand empor, bevor sie sich mit den Kohlen begnügten.

Nach einer Weile beugte er sich über den Grill und betrachtete unzufrieden das Feuer. Er nahm die Spiritusflasche wieder in die Hand, als meine Mutter, die nicht mehr ihren Schrank aufräumte, sondern das Bad putzte und noch immer das erdbeerrote Minikleid anhatte, sich hinter mich stellte und sich mit den Handflächen auf dem Fensterbrett aufstützte.

»Es brennt«, rief sie hinunter. »Sie müssen den Kohlen ein bißchen Zeit lassen, damit sie richtig heiß werden.«

Mr. Green starrte zu uns herauf, blinzelte in die Sonne. Sofort verflog der unzufriedene Ausdruck auf seinem Gesicht.

Er winkte, dann stellte er den Spiritus wieder ab, und bevor meine Mutter ihm zurufen konnte, daß sie zu seiner Grillparty – die mittlerweile in einer Viertelstunde beginnen sollte – leider nicht kommen könne, bevor sie sagen konnte, daß es ihr leid täte, daß aber im letzten Moment etwas Unvorhergesehenes dazwischengekommen sei, bevor sie sich auch nur räuspern konnte, war er erneut im Haus verschwunden.

Sie zupfte an einem Sonnenblumenknopf, schob sich an mir vorbei zur Tür und blieb kurz stehen, bevor sie hinunterging. »Ich habe schon erlebt, wie sich Leute mit Spiritus schwer verbrannt haben«, sagte sie zu mir. »Sie denken, das Feuer ist aus. Sie gießen noch mehr Spiritus drauf, die Flammen lodern hoch und die Flasche explodiert.« Nervös fuhr sie sich mit dem Handgelenk über die Stirn.

»Übrigens«, fügte sie hinzu, »das wollte ich dir noch sagen. Ich habe ein Angebot für das Haus.« Ihr Schlafzimmer roch nach schalem Parfum und der Bananenschale, die ich auf ihren Nachttisch gelegt hatte. In der Luft flimmerten Staubpartikel. Sie drehte sich um, und ich sah ihrer schlanken, geschwungenen Schulter nach, als sie sich zur Tür wandte. »Es ist ein gutes Angebot«, hörte ich sie sagen. »Zumindest ist es annehmbar.«

Sie trat auf den Flur, wo sie einen Augenblick zögerte. »Also, ich weiß nicht, was mit dir ist, aber ich werde jetzt was zum Abendessen machen.« Eine Wolke schob sich über die Sonne und verdunkelte das Zimmer. Ich schloß die Augen, dann machte ich sie wieder auf.

Mr. Green betrat den Garten. Erneut setzte er sich in einen Campingstuhl; diesmal schlug er die Beine übereinander. Leise Musik entrang sich dem Radio, das auf dem Tisch stand. Von dort, wo ich saß, sah seine kahle Stelle im Licht des Spätnachmittags aus wie eine rote Zielscheibe. Als hätte er gespürt, daß seine kahle Stelle gemustert wurde, langte er nach oben und kämmte mit den Fingern ein paar Haarsträhnen darüber.

Ein blasser Falter flatterte in seinem Rücken wie ein Fetzen Papier. Er hob den Arm und winkelte das Handgelenk an, um auf seine Uhr zu blicken, dann umfaßte er die metallenen Armlehnen des Campingstuhls.

Um Viertel vor sechs saß er noch immer auf seinem Stuhl. Meine Mutter hatte begonnen, Fleisch für Hamburger zu braten; das Geräusch des brutzelnden Fleisches drang bis nach oben. Die Kühlschranktür wurde geöffnet und wieder geschlossen.

Draußen hatte Mr. Green seine Position auf dem Stuhl seit nahezu einer halben Stunde nicht verändert. Er starrte geradeaus, hielt sich mit beiden Händen an den Armlehnen fest, als würde sich der Stuhl mit Lichtgeschwindigkeit bewegen, demnächst mit dem Grill zusammenstoßen und ihn in den Nachbargarten katapultieren. Mücken schwärmten in einem kleinen grauen Kranz um seinen Kopf. In den Bäumen summten und zirpten Heuschrecken, es klang, als ob jemand eine Blechdose voller Holzperlen schüttelte.

Im Radio ging ein Lied zu Ende, und ein anderes begann. Aus dem Haus der Sperlings kam das entfernte Geklimper von »Pop Goes the Weasel«. Über uns dröhnte ein Flugzeug vom National Airport und übertönte alles andere. »Lu-ann«, rief Mrs. Lauder, als der Jet vorbei war. »Lu-ann.« Eine Fliegengittertür fiel ins Schloß. Ein paar Häuser weiter ließ jemand einen Basketball aufprallen, vielleicht einer der Reade-Brüder. *Kaduum, kaduum*, dann das Geräusch des Balles, der den Korb traf. Auf der anderen Straßenseite bellten die Terrier der Morris' zweimal unisono. Mr. Green saß auf seinem Campingstuhl und starrte geradeaus, distanziert wie ein Astronaut mit irgend etwas beschäftigt. Ich sah zu, wie er immer weiter schrumpfte, als würde, je länger er wartend auf seinem Stuhl saß, um so mehr im Rest der Welt passieren, und er war ausgeschlossen.

Sobald er meine Mutter über den Rasen auf sich zukommen sah, ließ Mr. Green die Armlehnen los und faltete die Hände im Schoß. Dann stand er schwankend auf – eins seiner Beine mußte eingeschlafen sein – und machte zwei taumelnde Schritte auf sie zu.

Als sie vor ihm stand, hob er eine Hand. Sie war barfuß und trug noch immer das rote Minikleid.

»Das ist für Sie«, sagte sie und streckte ihm eine Ananas entgegen.

Er ließ die Hand sinken und starrte die Ananas ernst und überrascht an. Dann nahm er sie und stellte sie auf den Tisch.

»Danke«, sagte er. »Bitte, setzen Sie sich.«

Er deutete auf einen Stuhl, und meine Mutter setzte sich mit einem unbeholfenen kleinen Knicks, schaute dann auf den vollgestellten Tisch, auf dem jetzt zwischen Kartoffelchips und Hot-dog-Brötchen ihre Ananas stand wie ein kleiner verwunderter Kopf.

Mr. Green setzte sich neben sie auf einen Campingstuhl, der etwas instabil wirkte, als wären die Beine nicht vollständig ausgeklappt. Er rieb sich die Hände. »Möchten sie ein Glas Wein?«

»Oh, vielen Dank«, sagte sie, als würde sie sich nichts auf der Welt so sehr wünschen wie ein Glas Wein.

Nachdem er ihr ein Glas Weißwein in einen Plastikbecher eingeschenkt hatte, hastete Mr. Green zum Grill und wedelte mit einer Zeitung über den Kohlen herum. Dann hastete er zurück zum Tisch, nahm eine Schüssel mit Kartoffelchips und bot sie meiner Mutter an. Er schien erleichtert, als sie eine kleine Handvoll davon nahm. Er bot ihr wieder Wein an.

»Danke«, sagte sie und hob ihren Becher, um ihm zu zeigen, daß er noch voll war. »Ich kann nur kurz bleiben.«

Er nickte zerstreut. »Ich glaube«, sagte er, »daß ich die Hamburger auf den Grill legen sollte. Oder möchten Sie ein Hot dog?«

Ich sah, daß meine Mutter beides ablehnen wollte, aber statt dessen schlug sie nach einer Mücke. Er stand wieder vor dem Tisch und fummelte am Radio herum. Er mußte versehentlich die Lautstärke aufgedreht haben, denn plötzlich plärrte eine Stimme: »Raus mit dem *Blei*! Tanken Sie *bleifrei*!« Er blickte über die Schulter zu meiner Mutter, das Lächeln gefroren.

»Ich esse, was Sie essen«, sagte sie.

»Sie können Hamburger oder Hot dog haben«, sagte er und schaltete das Radio aus. »Ich habe beides.«

Er starrte mit herabhängenden Armen auf den überladenen Tisch. Aber als sie eine Bewegung machte, als wollte sie aufstehen, richtete er sich auf und sah sie nahezu hochmütig von oben herab an. »Wahrscheinlich habe ich ein falsches Datum auf die Einladungen geschrieben.«

»Oh. Bestimmt – solche Fehler werden ständig gemacht. Ich habe mal von einer Party gehört – niemand kam, und zwar weil die Gastgeberin den falschen *Monat* auf die Einladungen geschrieben hatte. Mai statt April. Können Sie sich das vorstellen? Es war ...« Sie hielt abrupt inne, vielleicht weil sie den Anflug von Hysterie in ihrer Stimme gehört hatte.

»Ich glaube, ich möchte noch etwas Wein, danke«, fügte sie nach einem Augenblick hinzu und hielt ihm ihren Becher hin.

Als er sich vorbeugte, um ihr Wein einzuschenken, trafen sich ihre Blicke, und sie lächelte ihn an. »Es ist noch früh«, sagte sie. »Vielleicht kommen sie noch.«

»Ja«, sagte er.

Gegenüber stützte ich das Kinn auf die Hände, die auf dem Fensterbrett lagen. Hatte sie daran gedacht, die Flamme unter unserer Pfanne mit dem Hamburgerfleisch auszuschalten? Hatte sie auf dem Weg hinaus nachgesehen, ob die Kühlschranktür offenstand?

Wenn ich zurückblicke, habe ich keine großen Schwierigkeiten zu verstehen, wie meine Mutter an diesem Abend in Mr. Greens Garten gelangte. Während sie das Abendessen vorbereitete, muß sie immer wieder aus dem Küchenfenster geschaut und ihn dabei beobachtet haben, wie er allein auf seinem wackligen Stuhl saß und sein gestärktes khakifarbenes Hemd im frühabendlichen Licht verblaßte. Vermutlich war es die geballte Wirkung dieses Anblicks, die sie schließlich zur Tür trieb, als wäre das Hamburgerfleisch bereits verbrannt, als wäre das ganze Haus von Rauch erfüllt. Denn so, wie ich mich jetzt daran erinnere, hatte der Anblick von Mr. Green an diesem Abend etwas Schreckliches. Und etwas so Mächtiges, daß meine Mutter aus dem Haus eilte, barfuß und nicht richtig angezogen, und die Ananas, die neben dem Toaster stand, mitnahm. Sie wandte sich von der komplizierten Astronomie ihrer eigenen Küche ab, schaute hinaus und sah Mr. Green, der sich an den Armlehnen seines Campingstuhls festhielt, ein einsamer Planet in einem dunkelgrünen Garten, umgeben von einer Konstellation aus bunten Luftballons und Papptellern. Mitleid hatte kaum etwas mit ihrer Entscheidung zu tun, das Haus zu verlassen. Ich stelle mir vor, daß es vielmehr Wut war, und eine Art Angst. Was die Augen meiner Mutter an diesem Sommerabend zum Brennen brachte, was sie veranlaßte, zur Küchentür zu laufen, muß die von Todesangst verursachte Wut gewesen sein – die Angst, die entsteht, wenn man schlagartig begreift, daß man in einer unermeßlichen Welt allein ist, daß eines Tages etwas geschehen wird, was schlimmer ist als alles, was bislang geschehen ist, daß man krank werden und sterben oder umgebracht werden wird, daß sogar die eigenen Kinder sterben könnten, und selbst dann, wenn es jemand versuchen sollte, wird er nicht in der Lage sein, es zu verhindern, und man wird allein sein.

Während meine Mutter aus dem Küchenfenster schaute, muß sie verstanden haben, daß das auch ihr widerfahren könnte. Widerfahren würde. Unterdessen widerfuhr es einem anderen.

Vielleicht schreibe ich dem Entschluß meiner Mutter, als sie an diesem Abend mein Essen stehenließ und sich Mr. Green wie ein Obstkorb präsentierte, auch zuviel Bedeutung zu. Möglicherweise sah sie bloß den Freak in ihm. Oder ihr gefiel die Vorstellung, ein besserer Samariter als Mrs. Lauder zu sein. Oder vielleicht wollte sie mir nur zeigen, wie zerbrechlich die Bande zwischen uns, ihr und mir, in diesen Tagen waren. Daß sie sich entscheiden konnte, wie mein Vater, einfach so. Es ist auch denkbar, daß eine verworrene Kombination all dieser Gefühle sie veranlaßte, mit nackten Beinen über den Rasen zu laufen, in einem Minikleid und mit einer Ananas in der Hand, in voller Sichtweite aller Nachbarn.

Jetzt stand Mr. Green vor ihr mit dem Weinkrug und verbeugte sich wie ein Kellner.

»Wissen Sie«, sagte sie fröhlich, »jetzt – tut mir leid – ich glaube, ich sollte nichts mehr trinken.« Sie zog ihren Becher zurück.

»Ich habe viel Wein.« Er hob den Krug hoch und sah sie an, bis sie ihm ihren Becher erneut hinstreckte.

Nach einer Weile setzte er sich wieder neben sie; er selbst trank nichts. Seine Hände wirkten auf merkwürdige Weise leer; er hielt sie von sich, als trüge er Gummihandschuhe.

Auf der anderen Straßenseite begannen die Terrier der Morris' zu bellen. Ich fragte mich, wie viele Nachbarn zusahen.

»Mein Mann ...« sagte meine Mutter plötzlich; dann lachte sie schrill auf; es klang wie das Echo der bellenden Hunde, »mein Mann. Larry. Mein Mann heißt Larry. Tut mir leid, daß Sie ihn noch nicht kennengelernt haben – Larry. Er ist schon eine Weile weg. Er reist. Sonst hätten Sie ihn schon – Sie werden ihn noch ...« Sie hob den Plastikbecher an den Mund.

Mr. Green war auf stille Weise aufmerksam, das Gesicht und die khakifarbene Brust meiner Mutter zugewandt wie eine Schultafel. Unter seinem Hemdsärmel machte die Seejungfrau eine Pause, wartete darauf, daß er den Arm bewegte und sie wieder tanzen ließ.

Meine Mutter stellte ihren Becher auf den Boden. Als sie sich vorbeugte, muß sie Mr. Greens moschusartigen Zwiebelgeruch wahrgenommen haben, und als sie aufblickte, muß sie die vom Rasieren wunde Haut an seinem Hals und vielleicht sogar die Schwanzspitze der Meerjungfrau gesehen haben. Sie räusperte sich und setzte sich gerade. »Wir haben uns getrennt – wie Sie sich vielleicht denken können. Mein Mann ...«

Sie hielt so lange inne, daß es schien, als hätte sie selbst vergessen, was sie sagen wollte.

Schließlich sagte Mr. Green: »Ihr Mann –«

»Hat mich verlassen.«

»Sie verlassen?« Mr. Green bewegte sich auf seinem Stuhl.

»Ist schon in Ordnung«, sagte sie. Genau das hatte sie ein paar Tage zuvor zu dem Detective gesagt.

Vielleicht war es die Erinnerung an Detective Small, wie er auf unserer Veranda stand, offizielles Blau vor Rattan und verschwommenen Pflanzen, die sie veranlaßte, sich in diesem Moment zu weit vorzubeugen und nach dem Plastikbecher zu langen, den sie eben im Gras abgestellt hatte, und auf die Seite zu kippeln. Noch ein Augenblick, und sie hätte im Gras gelegen. Aber Mr. Green griff zu, bekam den Stuhl zu fassen und richtete sie wieder auf.

Seine Hand berührte ihren Arm. Ein stechender Schmerz, als würde kaltes Wasser auf einen empfindlichen Zahn treffen, durchfuhr mich. Als meine Mutter aufblickte, sah ich, daß auch sie es gespürt hatte.

Eine Weile saßen sie vollkommen still.

»Ich sollte jetzt wirklich gehen.«

»Gehen Sie noch nicht.«

Das Licht schwand langsam aus dem Garten, während der Schatten der Blutbuche über den Rasen und die Stühle wanderte. Entlang der Straße glühten erleuchtete Vierecke in den Häusern; hier und dort schimmerte ein Fernsehgerät blau. Auf dem Tisch brannte einer von Mr. Greens Kerzenhaltern. Die Straßenlampen waren eingeschaltet, jede hatte einen gelben Trichter, in dem ein Schwarm Motten tanzte.

Die nächtlichen Geräusche setzten ein: eine Grille zirpte, irgendwo lief eine Geschirrspülmaschine, eine Jalousie wurde heruntergelassen. Schritte waren zu hören – es war die Nachtwache, die an diesem Abend schweigend vorbeiging. Wie alle anderen hörten sie zu.

Ich stellte mir Mr. Lauder, Mr. Sperling, dann Mr. Guibert und Mr. Bridgeman vor, alle Väter aus der Straße, die sich unter der nächsten Straßenlampe versammelten und von der Straße aus zusahen, wie meine Mutter die Beine wieder und wieder übereinanderschlug, während sie leise kicherte. Ab und zu, wenn die Männer den Arm hoben und senkten und gestikulierten, blitzte ein Uhrarmband auf. Ihre neuen Walkie-Talkies rauschten leise. Jemand unterdrückte ein Husten.

Als meine Mutter ihren Hamburger gegessen und einen zweiten abgelehnt hatte, waren sie und Mr. Green von Dunkelheit umgeben.

»Gehen Sie noch nicht«, wiederholte er.

Daraufhin senkte sie den Kopf, nur ihr Profil war ihm jetzt zugewandt. In der Ferne heulte eine Sirene.

Mr. Green zog seinen Stuhl näher zu ihrem und fragte sie, was sie von den letzten Neuigkeiten halte.

Sie holte tief Luft, lachte und hob den Kopf: »Keine Nachrichten sind gute Nachrichten.«

»Finden Sie nicht«, sagte er nachdrücklich, »finden Sie nicht, daß es in der letzten Zeit nur schlechte Nachrichten gab?«

Sie trank einen Schluck Wein. »Also, wenn Sie diese Watergate-Geschichte meinen, stimme ich Ihnen zu.«

»Watergate?« Er klang verwirrt. »Ich spreche«, sagte er, entschlossen, es noch einmal zu versuchen, »über die Nachrichten in der Zeitung.«

»Oh. Die Nachrichten? Meinen Sie den kleinen Jungen?«

»Was immer es ist, es ist nie so, wie man es sich vorstellt«, fuhr Mr. Green fort, als hätte sie nichts gesagt. Jetzt, da er begonnen hatte zu sprechen, schien er entschlossen, weiterzumachen. »Alles, was sie bringen. Es ist nie, was man sich vorstellt.« Im dämmrigen Licht sah er aus wie eine Bulldogge. Dann sah er aus wie ein Löwe. »Jeden Tag«, sagte er, »etwas anderes.«

»Es scheint so«, sagte meine Mutter vage.

»Ständig muß man sich Sorgen machen«, sagte Mr. Green, jetzt mitteilsam. Er öffnete die über dem Bauch verschränkten Arme und beugte sich zu ihr. »Ständig muß man sich Sorgen machen. Das raten sie einem. Sogar über Sachen, über die man sich eigentlich keine Sorgen machen sollte.«

Meine Mutter nickte.

»Über das Essen zum Beispiel«, sagte er nach kurzem Nachdenken. Er neigte den Kopf zu ihrem, bis sie seinen Atem, dem noch der warme Geruch des verspeisten Hot dogs anhaftete, auf der Wange gespürt haben muß. Gemeinsam starrten sie auf den Boden, wie zwei Menschen, die ein Puzzle betrachteten.

»Was man ißt«, sagte er. »Und was man trinkt. Und – die Luft.«

»Sie haben wahrscheinlich recht.«

»Erst macht man sich wegen der einen Sache Sorgen, dann wegen einer anderen. Und wenn man sich wieder über die erste Sache Sorgen macht, ist es schlimmer geworden. Man kann sich nicht über alles gleichzeitig Sorgen machen.« Seine Stimme wurde heiser. Vielleicht hatte er noch nie zuvor so viel auf einmal gesagt; die Anstrengung schien ihn aufzuregen. »Aber andererseits muß man«, sagte er, »man muß versuchen, sich über alles Sorgen zu machen.«

»Ich weiß, wovon Sie sprechen«, murmelte sie.

»Ja«, sagte er, nahezu in ihr Haar. »So ist es.«

Seine Stimme war jetzt so tief wie die von Walter Cronkite, so tief wie die Schatten um sie herum. Und in der Dunkelheit schien es, als würde meine Mutter sich näher zu ihm neigen, noch näher, bis sie an ihm lehnte, während ein Luftballon ihre Knöchel streifte.

14

»MOM?« rief ich.

Unten taumelten meine Mutter und Mr. Green auseinander. *»Mutter«*, rief ich noch einmal.

»Tut mir leid«, sagte sie, stand in Mr. Greens Garten auf und warf dabei ihren Weinbecher im Gras um. »Ich hatte nicht bemerkt –«

»Nein –« sagte Mr. Green und stand ebenfalls auf.

»Ich muß nach Hause.« Als er einen Schritt auf sie zuging, legte meine Mutter eine Hand auf die Rückenlehne ihres Stuhls und trat dahinter, so daß der Stuhl zwischen ihnen stand. »Ich wollte nur vorbeischauen und hallo sagen – ein Glas Wein trinken. Ich hatte nicht vor – und jetzt sitzen wir hier draußen ...«

»Bitte«, sagte er.

»Wirklich, ich muß gehen«, sagte sie zu laut, als wäre ihr eben erst aufgefallen, daß es in der Nachbarschaft völlig still war. »Ich muß jetzt wirklich nach Hause.«

Mr. Green starrte sie an, bis sie wegsah.

Sie machte eine Geste nach oben. »Ich wollte eigentlich gar nicht kommen«, sagte sie mit der gleichen lauten Stimme. »Wissen Sie, ich habe gerade Abendessen gemacht – auch Hamburger, ist das nicht komisch –, aber ich wollte nicht – aber als ich Sie so ganz allein hier draußen sitzen sah – also, ich ...« Sie versuchte zu lachen, aber das Lachen verfing sich irgendwo in ihrem Hals und kam als dünnes Keuchen heraus.

Nach einem Augenblick versuchte sie erneut, etwas zu sagen, aber es gelang ihr nicht. Ich sah, wie sie zu der Ananas schaute, die drohend auf dem Tisch stand. »Brauchen Sie Hilfe?« brachte sie schließlich heraus. »Vielleicht brauchen Sie Hilfe, um die Sachen ins Haus zu tragen.«

Er antwortete nicht. Statt dessen ging er zu dem immer noch glühenden Grill und warf ein verschlossenes Paket Hot-dog-Brötchen in die orangefarbenen Kohlen. Einen Augenblick später warf er die nichtbenutzten Plastikgabeln und -löffel und Papierservietten hinein. Der Gestank des verschmorten Plastiks stieg in die Luft.

»Nicht.« Meine Mutter streckte einen Arm aus, die Hand erhoben, die Finger gespreizt. Von dort, wo ich saß, sah sie klein wie Spielzeug aus, den Arm dämlich ausgestreckt, als würde jemand hinunterlangen und sie bei ihrer kleinen Hand fassen und forttragen.

»Bitte tun Sie das nicht«, sagte sie. »Später werden Sie sich wünschen, die Sachen für ein anderes Mal aufgehoben zu haben.«

Als er sich nicht umwandte, ließ sie den Arm sinken und ausschwingen, als hätte sie bloß gewinkt. Dann ging sie sehr schnell über den ordentlichen Rasen neben seinem Haus und über unser ungepflegtes Gras. Mr. Green blieb, wo er war, er stand vor seinem Grill, den Rücken der Nachbarschaft zugekehrt.

Die Fliegengittertür wurde aufgerissen und schlug zu. Die Schritte meiner Mutter kamen über die Veranda, und zum erstenmal in diesem Sommer hörte ich, wie sie die Haustür zumachte und dann abschloß.

Als ich an diesem Abend hinunterhumpelte, saß meine Mutter fast im Dunkeln auf dem Wohnzimmersofa, eine Zeitschrift aufgeschlagen auf dem Schoß, mehrere andere neben sich, der Raum nur erhellt von der Straßenlampe draußen und dem Licht aus der Küche. Sie hatte sich ein Glas Wein eingeschenkt. Nach einem Augenblick, in dem sie nicht aufsah, klopfte meine Mutter auf das Polster neben sich.

Eine Weile saßen wir schweigend da, blickten auf den leeren Kamin und das Klavier, auf dem niemand mehr gespielt hatte, seit Julie »Heart and Soul« geklimpert hatte, ein paar Tage bevor sie und Steven mit den Westendorfs weggefahren waren. Mein Notizbuch lag auf meinen Knien, und ein-, zweimal blätterte ich darin. Meine Mutter trank ihren Wein. Es schien sehr lange her zu sein, seit meine Tanten das Zimmer abends mit ihren schnappenden Stimmen und langen Beinen erfüllt oder die Zwillinge auf dem Boden vor dem Fernseher gelegen hatten, das Kinn auf die Hände gestützt, oder seit dem Abend, als mein Vater hier gesessen und Tante Ada angestarrt hatte.

»Das ist der Beginn einer neuen Ära«, hatte meine Mutter an jenem Abend gesagt und zugesehen, wie Nixon dem Vorsitzenden Mao auf dem Bildschirm die Hand schüttelte.

Die Fenster waren geöffnet, die warme Abendbrise wehte uns ins Gesicht und trug Gitarrenmusik aus einem Radio irgendwo in der Straße heran. Der Mond war aufgegangen. Durch das Fenster sah er verschwommen aus, wie eine alte Münze, die über Mr. Greens Dach wanderte.

Während ich den Mond beobachtete, sah ich etwas Seltsames, falls »sehen« das richtige Wort dafür ist. Ich schaute aus dem Fenster und sah mich selbst die Straße zu unserem Haus entlanggehen. Aber dann war ich nicht mehr ich; ich war eine Fremde, die abends durch das Viertel ging und in die von gelbem Lampenlicht erhellten Wohnzimmer anderer Leute sah. Die meisten unserer Nachbarn machten sich nicht die Mühe, die Vorhänge zuzuziehen, und ich konnte leicht hineinschauen auf ein grünes Pflanzenblatt, die Ecke eines mit Kordsamt bezogenen Sessels, den Kaminsims mit gerahmten Fotos von Babys und von lächelnden Bräuten. An einem warmen Abend wie diesem waren die meisten Fenster geöffnet, und entlang der Straße hörte ich einlaufendes Badewasser, das Geklapper von Töpfen, Kinderstimmen, alles vermischte und unterbrach sich, bis es so klang, als gehörte die ganze Straße einer einzigen großen Familie. Als ich an den Häusern unserer Nachbarn vorbeikam, war jedes Fenster erleuchtet, so daß ich bunte Blumen in Vasen, Bücher in Bücherregalen und Zimmer voller Menschen sah, die hin und her gingen. Aber als ich vor meinem eigenen Haus stand, hörte ich nichts; die Lichter brannten nicht, und mein Haus war so still, als würde niemand darin leben.

Neben mir seufzte meine Mutter und schob eine Haarsträhne zurück, die ihr in die Stirn gefallen war.

Manchmal frage ich mich, ob ich nur das Schweigen zwischen uns brechen wollte, als ich sie daran erinnerte, was ich zweieinhalb Wochen zuvor gesehen hatte, am Donnerstag, dem 20. Juli, um 16.44 Uhr. Manchmal frage ich mich, ob es einfach nur das war. Aber nicht mehr oft.

Wieder seufzte meine Mutter. »Was hast du zu sagen?« fragte sie mich schließlich und schaltete die kleine Lampe neben sich an. »Denn ich habe das Gefühl, daß du etwas sagen willst. Wenn es so ist, dann sag es jetzt. Sonst gehe ich ins Bett.«

Vielleicht, vielleicht – wieder dieses vorsichtige Wort –, vielleicht hätte ich nie etwas gesagt, wenn sie mich an diesem Abend nicht herausgefordert hätte. Aber andererseits weiß ich, daß es nicht so ist. Nie zuvor in meinem Leben war ich so bereit, etwas zu tun.

»Was?« sagte sie und sah mich endlich an. »Was gibt es?«

Obwohl meine Finger zitterten, schlug ich mein Notizbuch auf und zeigte ihr die Seite vom 20. Juli, als ich um 16.44 Uhr, nicht eine Minute früher oder später – was ich dank des Abschiedsgeschenk meines Vaters, der wasserfesten Armbanduhr, ganz genau wußte –, Mr. Greens braunen Dodge hatte vorbeifahren sehen, zwei Stunden früher, als er gewöhnlich nach Hause kam.

»An welchem Tag, hast du gesagt?« flüsterte sie heiser.

Ich deutete auf das Buch. Dann blätterte ich jede Seite langsam, nahezu ehrfürchtig um und zeigte meiner Mutter alle Einzelheiten, die ich über Mr. Green notiert hatte, dazu die Zeitungsartikel, die ich eingeklebt hatte.

Da war der schwarze Kamm, den man am Schauplatz des Verbrechens gefunden hatte, ein schwarzer Kamm, wie ihn Mr. Green so häufig benutzte. Und die Annahme der Polizei, daß der Mörder Linkshänder sei, genau wie Mr. Green. Da war die ältere Frau in der Ridge Road, die gesehen hatte, wie kurz vor fünf ein Junge mit einem Mann mit schütterem Haar, der in einem Auto saß, gesprochen hatte; der Junge vom Supermarkt, der vielleicht einen braunen Dodge vom Parkplatz hatte fahren sehen, ungefähr zu der Zeit, als der Mord geschehen war; das Pflaster auf Mr. Greens Kinn an diesem Tag. Der Junge, der sich angeblich mit Kratzen und Beißen gewehrt hatte.

Und da war der Artikel, den ich auf eine Extraseite geklebt und mit Rotstift dick umrandet hatte. Er begann: ».. . geht die Polizei, die im Fall der Entführung und Ermordung des 12jährigen Boyd Arthur Ellison aus Spring Hill ermittelt, davon aus, daß jemand aus der Nachbarschaft das Verbrechen begangen haben könnte ...«

Wir saßen zusammen im Wohnzimmer, in dem kleinen Kreis aus Lampenlicht, und ich blätterte die Seiten meines Notizbuchs um, während meine Mutter erst ein Glas und dann noch ein Glas Wein trank.

»Hör auf damit«, sagte sie schließlich, ohne mich anzusehen. »Das ist ja wahnsinnig. Wahnsinnig und gemein. Ich will nichts mehr davon hören.«

»Warte«, sagte ich.

Aber sie stand auf und ging in die Küche.

Eine Weile saß ich da und starrte in den leeren Kamin. Mir war nie in den Sinn gekommen, daß meine Mutter meine Geschichte nicht glauben würde. Es war doch alles da; ich hatte alles aufgehoben. Jeder konnte sehen, was für gute Arbeit ich geleistet hatte. Draußen begann die Katze der Sperlings zu miauen. Es war ein leises, häßliches Geräusch, und nachdem ich ihr eine Zeitlang zugehört hatte, begann mein Gesicht zu brennen, und am liebsten hätte ich etwas aus dem Fenster nach der Katze geworfen, eine Tasse oder einen Briefbeschwerer, etwas, was ihr weh tun würde. Ich blätterte wieder in meinem Notizbuch, ließ die Seiten flattern, damit sie mir Kühlung zufächelten. Dann schlug ich die Seite mit Detective Smalls Karte auf, die ich unter dem Begonientopf hervorgeholt hatte. Danach waren die Seiten leer, nur dünne blaue Linien und eine dünne rote von oben nach unten am linken Rand jeder Seite.

Ich hörte, wie in der Küche ein Glas zerbrach. »Weißt du, was«, sagte meine Mutter mit gepreßter Stimme. Sie kam eilig zurück ins Wohnzimmer, die Hände zu Fäusten geballt. »Ich habe genug. Ich habe genug von dir. Ich habe genug von mir. Ich habe genug von allem.«

»Nein, hast du nicht«, sagte ich.

»O doch, habe ich. Ich habe genug, und ich bin müde.« Und dermaßen wütend, wie sie plötzlich zu sein schien, sah sie tatsächlich müde aus, so wie sie dastand mit dem Licht aus der Küche im Rücken, Umrisse wie diese schrecklichen Zeichnungen von Mordopfern auf einem Gehsteig. Ihre Schultern hingen herunter, und obwohl ich ihr Gesicht wegen des Lichts in ihrem Rücken nicht gut erkennen konnte, schien es mir verschlossen und ausdruckslos, als hätte sie mich bereits zurückgelassen und wäre ins Bett gegangen.

»Aber ich habe dir noch nicht alles erzählt«, jammerte ich.

»Ich will nichts mehr davon hören.«

»Aber ich weiß, daß er es getan hat«, sagte ich und trat mit meinem gesunden Bein gegen den Tisch.

»Das weißt du nicht«, sagte meine Mutter und verschränkte die Arme, drehte sich um und ging zur Treppe. »Du glaubst nur, daß du es weißt.«

»Ich weiß es.«

»Du willst es nur wissen. Das ist alles, Marsha«, sagte sie bitter und wandte sich mir noch einmal für einen Augenblick zu, ihr Mund eine schmale Linie. Und plötzlich erschien mir nichts in der Welt wichtiger, als sie dazu zu bringen zu bleiben, sie daran zu hindern, die Treppe hinaufzugehen und mich allein zu lassen.

»Mommy«, rief ich und streckte eine Hand nach ihr aus. »Warte. Ich muß dir noch etwas anderes sagen.«

»Mein Gott. Hör auf. Hör bloß auf«, kreischte sie am Fuß der Treppe und hielt sich die Ohren zu. »Warum kannst du nicht einfach aufhören?«

Ich hörte, wie sie in ihr Schlafzimmer hinauflief, ihre Schritte klangen, als würden Steine auf die Treppe fallen. Die Katze der Sperlings fing wieder an zu schreien, diesmal näher am Fenster, neben dem ich saß. Sie stöhnte und knurrte gleichzeitig, manchmal klang es tief wie ein gutturales Gemurmel, dann wie ein fürchterlicher hoher Schrei, ein so gräßliches, trauriges, verzweifeltes Geräusch, daß ich das Fenster zuknallte und anschließend in die Küche humpelte.

Ich legte mein Notizbuch auf den Tisch neben das Telefon und das Peterman-Wolff-Logbuch aus Vinyl und setzte mich. Oben ging meine Mutter in ihrem Schlafzimmer auf und ab, und ich starrte auf ihr Logbuch und fragte mich, was sie tat. Vielleicht packte sie einen Koffer. Ein-, zweimal fiel oben etwas auf den Boden, ein Buch, ein Schuh. Eine Tür wurde geöffnet und wieder geschlossen.

»Mommy?« rief ich leise. »Mom?« sagte ich, diesmal lauter. Aber sie hörte mich nicht.

Schließlich nahm ich den Hörer ab und wählte nach ein, zwei Augenblicken seine Nummer. Er nahm ab, als es zum zweitenmal klingelte, als hätte er darauf gewartet, von mir zu hören, was natürlich nicht der Fall war.

»Ich muß Ihnen etwas sagen«, sagte ich so laut, daß auch meine Mutter oben es hören mußte.

15

FÜNFZEHN MINUTEN VERGINGEN, vielleicht waren es auch weniger, und dann wurde zweimal rasch an unsere Fliegengittertür geklopft.

Für einen langen Augenblick geschah nichts. Ich blieb sitzen, wo ich saß, auf dem Wohnzimmersofa, und traute mich nicht, vom Boden aufzublicken. Dann rief meine Mutter von oben an der Treppe: »Na gut.«

»Na gut«, wiederholte sie, als sie die Treppe herunterkam und durch das Zimmer ging, um ihn hereinzulassen.

Wir saßen auf dem Sofa, meine Mutter und ich, Detective Small saß uns gegenüber auf der Klavierbank. Er trug sein blaues Sakko. Ich denke, daß er hallo sagte, obwohl ich mich nicht daran erinnere. Ja, ich erinnere mich nicht einmal, wie er hereinkam, er war plötzlich einfach da.

Aber als er sich setzte, hatte alles an ihm eine durchdringende Klarheit angenommen, so wie Bäume und Blätter nach einem Regenschauer ganz scharfe Konturen haben. Ich sah die Furchen in seinen schwarzen Lederslippern und die Rippen seiner schwarzen Socken. Ich sah, wo der Saum seiner braunen Hose etwas ausfranste. Als er sich vorbeugte, die Ellenbogen auf den Knien aufstützte, sich bei den großen Händen faßte, sah ich, daß er älter war, als ich gedacht hatte, daß er mittleren Alters war, wahrscheinlich so alt wie mein Vater, und daß sich neben seinem Mund ein kleiner Senffleck befand. Vor kurzem noch hatte er zu Abend gegessen.

Eine Zeitlang sagte keiner von uns etwas. Meine Mutter starrte auf ihre Knie. Detective Small sah mich an. Ich dachte an die Zwillinge, die im Schneidersitz mit Amy Westendorf am Strand von Cape May saßen, sich unter den Sternen Amys zwergenhaftes Gekicher anhörten und lachten, während die Wellen dunkel auf dem Sand ausrollten. Und ein saurer Geschmack stieg mir in den Mund.

Detective Small rutschte auf der Klavierbank hin und her, ließ seine Hände los. »Also, was hast du mir zu sagen, Marsha?« fragte er sehr freundlich, und dann ging er vor mir in die Hocke, vielleicht weil er hoffte, mich zu ermutigen, wenn er sich auf meine Ebene begab. »Am Telefon klang es, als hättest du mir etwas sehr Wichtiges mitzuteilen.«

Er versuchte zu lächeln, doch so sehr ich es auch hinter mich bringen wollte, ich konnte immer noch nicht sprechen, und nur der Anblick des angespannten weißen Gesichts meiner Mutter hielt mich davon ab, einfach in Tränen auszubrechen.

Aber wie ich bereits erwähnte, was immer auch geschieht, ich bin keiner, der anhalten kann, was er einmal in Gang gesetzt hat, erst recht nicht, da meine Mutter mich mit solch nackter Bestürzung und Verwirrung ansah, daß ich es weder ertrug, mit ihr allein zu sein, noch sie aus dem Blick zu lassen. Und um ehrlich zu sein, ich spürte zudem eine widerliche Erregung, eine Art nach innen gehender Faszination angesichts dessen, was ich gleich tun würde, die stärker war als jeder Impuls, es nicht geschehen zu lassen.

Ich hob den Kopf und sagte: »Er hat versucht, mit mir im Garten zu reden. Hinter den Fliederbüschen.«

Sofort trat mir das Bild vor Augen, wie Mr. Green zum erstenmal mit mir gesprochen hatte an jenem Frühlingsnachmittag, als ich in der Erde gegraben und vor mich hin gesungen hatte. Ein einfaches, verläßliches Bild. Ich stellte mir sein rosiges Gesicht vor, von grünen Fliederblättern umrahmt, seinen kurzen Hals, der aus dem Kragen seines khakifarbenen Hemds ragte. In der späten Nachmittagssonne warf seine fleischige Nase einen dreieckigen Schatten auf seine Backe. »Hallo«, sagte er und ließ seine Fingerknöchel knacken. Wir hatten über Amöben gesprochen.

»Er hat sich von hinten angeschlichen, wo ich ihn nicht gesehen habe«, sagte ich.

Jetzt, da ich endlich angefangen hatte, kam eine tiefe Ruhe über mich, und ich merkte, wie ich mich auf dem Sofa zurücklehnte. Das war geschehen. Es war die Wahrheit.

»Wer ist er?« fragte Detective Small.

»Mr. Green.«

Er sah mich unverwandt an. »Wann war das?«

»Im Frühling«, sagte ich unbeteiligt.

»Hat er etwas zu dir gesagt?«

»Er hat mich gefragt, ob ich ein Geheimnis wissen will. Er hat gesagt, das Ding von einem Jungen sieht aus wie ein Daumen.«

Meine Mutter blinzelte und sah mich durchdringend an, dann schauderte sie und nahm meine Hand in ihre heiße, trockene Hand. Ich zog sie sofort zurück und richtete mich auf.

»Er hat gesagt, er will mich in meine Titten beißen. Er hat gesagt, das passiert einem, wenn man so zickig ist. Dann hat er gesagt, wenn ich das irgend jemand erzähle, hackt er mir den Kopf ab und legt ihn auf seinen Grill.«

Detective Small verlagerte das Gewicht auf die Fersen. Nach einer Weile sagte er: »Hat er versucht, dich anzufassen?«

»Ja«, sagte ich.

Einen Augenblick lang sprach niemand. Dann sagte er sehr leise und auf eine umsichtige Art, für die ich Detective Small verachtete: »Wie?«

Ich dachte an Mr. Green, wie er an dem Morgen hinter seiner Hecke stand, als meine Mutter ihn fragte, ob ihm nicht ein kleiner Tornado gefallen würde. Nur ein kleiner Tornado, hatte sie gesagt, der die Hitze wegbliese. Und er hatte sie angestarrt, sich mit der *Post* auf die Handfläche geschlagen, sein Gesicht wurde rot, seine Lippen zuckten, auf seiner Stirn stand Schweiß.

»Er hat mich mit einer Zeitung geschlagen.«

Detective Small geriet kurz aus dem Gleichgewicht. Er stützte sich mit einer Hand auf dem Boden ab, stand dann auf und ging zurück zur Klavierbank. Meine Mutter sah ihn aufmerksam an und blickte dann wieder zu mir; ihre Augen waren groß und dunkel, aber sie sagte nichts.

»Er hat mir weh getan«, hörte ich mich jammern.

»Und was ist dann passiert?«

»Ich bin weggelaufen. Ins Haus. Ich wollte ihn nie wiedersehen, aber er war immer in der Nähe. Sie mag ihn«, sagte ich und blickte aus dem Augenwinkel zu meiner Mutter. »Allen anderen in der Straße ist er unheimlich.«

Während ich sprach, begann alles einen Sinn zu ergeben. Es war alles ziemlich überzeugend.

»Deswegen habe ich alles aufgeschrieben«, sagte ich. »Weil ich Angst hatte.« Dann schloß ich die Augen und konzentrierte mich darauf, ein- und auszuatmen. Das Atmen war anstrengend geworden. Ich erinnere mich, daß ich meinte, jeden Augenblick das Atmen vergessen zu können.

»Was hast du aufgeschrieben?« fragte Detective Small.

»Sie hat ein Notizbuch«, sagte meine Mutter schließlich, als ich keine Antwort gab. »Voll von kleinen Details über – vor allem über Mr. Green. Sie hat es mir heute abend gezeigt, nur – wirklich, Detective, ich glaube nicht –«

»Kann ich das Notizbuch sehen?«

Es lag neben meinen Füßen auf dem Boden. Ich spürte,

daß meine Mutter zögerte; dann beugte sie sich vor, ihr warmer Körper lag für einen Moment schwer auf meinen Knien, und hob es auf.

Das Geräusch des Umblätterns von Seiten war ein paar Minuten lang das einzige Geräusch im Raum. Ich ließ die Augen geschlossen und stellte mir vor, ich wäre ganz allein in einem dämmrigen kühlen Zimmer. Meine Mutter saß still neben mir. Einmal langte sie mir an den Kopf und strich mir das Haar aus der Stirn, und diese Geste hatte etwas so Schreckliches, etwas von der alten Vertrautheit, daß ich zusammenzuckte.

»Gibt es noch etwas, was du mir erzählen willst?« sagte Detective Small endlich. Als ich die Augen aufschlug, war der Blick seiner schlauen braunen Augen auf mein Gesicht fixiert. Es erstaunte mich, daß er skeptisch dreinblickte.

Meine Mutter sagte: »Hat sie noch nicht genug gesagt?«

Ich werde nie den Klang ihrer Stimme an diesem Abend vergessen, wie gepeinigt sie klang, und das freute mich, weil ich in gewisser Weise glaubte, daß alles, was geschehen würde, ihre Schuld war, nicht meine. Und wenn ich jetzt zurückblicke, meine ich, daß auch sie das glaubte.

Detective Small stand auf, ohne den Blick von mir zu wenden. »Ich weiß, daß das alles sehr schwer für dich war, Marsha. Und es war richtig von dir, mit mir zu reden. Aber ich möchte, daß du noch mal über alles nachdenkst, was du mir eben erzählt hast. Und wenn etwas dabei war, was nicht stimmt, dann sag es mir.«

»Bitte«, bat meine Mutter. Aber es war nicht klar, wen sie worum bat. Detective Small ignorierte sie und sah mich weiterhin unverwandt an. Nach einem Moment sah mich auch meine Mutter an.

Ein anderes Kind hätte diese Gelegenheit dankbar ergriffen, wäre zusammengebrochen und hätte gestanden, daß es gelogen hatte – es hätte geklagt, daß es Angst hatte, daß es einen Alptraum hatte, alles mögliche, was plausibel und verzeihlich war –, und alles wäre wieder in Ordnung gewesen. Die ganze Episode wäre irgendwie geglättet und nach ein paar Jahren vielleicht sogar vergessen worden. Leider hatte ich vor einiger Zeit aufgehört, ein anderes Kind zu sein.

»Ich habe gesehen, wie er sich zwischen den Büschen neben dem Haus der Ellisons versteckt hat«, sagte ich kalt. »Er stand zwischen ihren Büschen. Mitten in ihrem Garten. Sie können Luann von nebenan fragen. Sie können sie fragen, wie wir ihn in den Büschen von Boyds Haus gesehen haben. Er hat mir *weh* getan«, sagte ich.

Und dann begann ich zu weinen. Das war weder kalkuliert noch erzwungen. Es war nicht geplant. Seit Tagen wollte ich weinen, seit Wochen, Monaten, seit so langer Zeit, daß ich nicht mehr wußte, seit wann. Alles, was ich in diesem Augenblick wollte, war, mich in den Schoß meiner Mutter zu werfen, ihre Hände auf meinem Nacken zu fühlen und zu weinen, zu weinen und zu wissen, daß ich es konnte. Daß ich es wirklich konnte. Wie Steven an jenem Tag, als er erstaunt und Hals über Kopf aus dem Einkaufszentrum gerannt war und dabei aussah, als hätte er ebenso große Angst davor, zu entkommen, wie davor, erwischt zu werden. Ich wußte, daß ich die Wahrheit sagte, aber so, wie ich es sagte, war es nicht wahr, und was ich sagte, würde mißverstanden werden, das war unvermeidlich, und auch das wußte ich. Aber es war so eine riesige, ungeheuerliche Erleichterung zu weinen.

Die Polizei kam am nächsten Morgen, gerade als Mr. Green, seine Aktentasche neben sich, den Motor anließ und zur Arbeit fahren wollte. Sie blockierten seine Einfahrt mit ihrem schwarz-weißen Streifenwagen, glitten so lautlos heran, als stünde der Wagen auf dem Förderband vom Supermarkt. Hinter dem Vorhang an meinem Schlafzimmerfenster beobachtete ich, wie zwei Polizisten ausstiegen und dabei die absurd beiläufige, brutale Eleganz an den Tag legten, als würden sie das Öffnen der Wagentüren, das Aussteigen, das Zuwerfen der Türen, das Gehen vor einem großen Publikum vorführen. Die fleischigen nackten Unterarme etwas vom Körper entfernt, die Ellenbogen leicht angewinkelt, gingen sie zu Mr. Green, der in seinem Auto saß. Ich kann noch immer das Quietschen des harten Leders ihrer Schuhe hören.

Im Licht des frühen Morgens wirkten ihre Körper schwerfällig und kompakt und ihre Uniformen blauer als gewöhnlich. Die Sonnenbrillen verliehen ihnen einen höchst ausdruckslosen Ausdruck, als ob alles, jedwede Greueltat vor ihren Augen passieren könnte, und sie würden dennoch ungerührt weitergehen.

Schließlich blieben sie neben dem Rasen stehen.

»Sir, würden Sie bitte aussteigen«, sagte der größere in sachlichem Tonfall. »Wir möchten Ihnen gern ein paar Fragen stellen.«

Mr. Green stieg aus, nicht hastig, sondern gelassen. Als er sich aufrichtete, traten beide Polizisten näher, und er preßte seinen Rücken an die Wagentür, als würde ihn eine plötzliche heftige Bö dagegendrücken.

Dann machte er einen Schritt nach vorn und ging auf die Geste eines Polizisten hin über seinen gepflegten Rasen, an seinen orangefarbenen Ringelblumen vorbei, die drei Stufen hinauf und holte seinen Schlüssel heraus. Er fummelte eine Weile damit herum; vielleicht zitterten seine Hände. Auf der anderen Straßenseite quietschten Fliegengittertüren, zuerst eine, dann noch eine, dann trat ein weiterer Nachbar auf die Schwelle und gaffte, ihre Blicke wanderten vom Streifenwagen zu den Polizisten zu

Mr. Green, der mit den Schlüsseln auf der Treppe herumfummelte. Kurz darauf waren alle drei im Haus verschwunden.

Eine Stunde verging. Ich humpelte hinunter und blieb im Flur stehen. Meine Mutter saß in der Küche neben dem Telefon, aber sie machte keine Anrufe. Sie hatte die Knöchel gekreuzt und starrte auf die Küchentapete.

Sie stand auf, als Mr. Greens Tür geöffnet wurde und die drei, Mr. Green zwischen den beiden Polizisten, wieder herauskamen. Sie nahm meinen Arm und zog mich zu sich. Gemeinsam sahen wir zu, wie die drei Männer die Treppe hinunter- und über die kleine Rasenfläche zur Straße gingen. Sie gingen schnell, ohne daß sie sich überhaupt zu bewegen schienen. Ich hatte den Eindruck, als würde das leuchtende Gras unter ihren Füßen fließen und sie zum Gehsteig tragen.

Mr. Green hatte seine Aktentasche mit den glänzenden Schnallen bei sich; als sie vor dem Streifenwagen standen, blickte er geradeaus. Einer der Polizisten lächelte, als würde er sich an eine beliebte Melodie erinnern und sie in seinem Kopf hören. Er öffnete die rückwärtige Tür, während der andere Polizist Mr. Green behutsam am Ellenbogen faßte und zum Einsteigen bewegte.

16

ZWEI BLOCKS vom Einkaufszentrum Spring Hills entfernt steht eines dieser eckigen Bürogebäude, in dem es immer nach Putzmittel und neuen Teppichböden riecht, und dort saß Mr. Green am Nachmittag des 20. Juli von 16.55 Uhr bis 18.20 Uhr entweder im Wartezimmer seines Zahnarztes, das sich dieser mit einem weiteren Zahnarzt teilte, und blätterte in abgegriffenen *Reader's-Digest*-Heften, oder er lag ausgestreckt auf dem Behandlungsstuhl seines Zahnarztes, ließ sich einen Backenzahn plombieren und versuchte, nicht zu würgen, als der Abdruck für eine Krone genommen wurde.

Beide, der Zahnarzt und seine Sprechstundenhilfe, bestätigten dies, ebenso eine Frau, die im Wartezimmer neben dem verstaubten Farn saß, als er dort eintraf. Sie blickte in dem Moment auf ihre Uhr, als Mr. Green die Glastür zum Wartezimmer aufstieß, weil der für sie zuständige Zahnarzt sich verspätet hatte. Als sie von der Polizei gefragt wurde, ob ihre Uhr die falsche Zeit angezeigt haben könnte, erwiderte sie, daß es sich um eine »brandneue Timex« handelte.

Daß Mr. Green sofort nach dem Zahnarztbesuch nach Hause fuhr, konnte anhand meines Notizbuchs überprüft werden: »G. zu Hause. 18.30«. Gemäß dem Polizeibericht, wie ihn die *Post* zitierte, wurde Boyd Ellison zwischen 16.50 Uhr, als ihn die ältere Frau, die ihren Hund ausführte, auf der anderen Straßenseite stehen sah, und 17.30 Uhr angegriffen, als die Floristin mit einer Schachtel Orchideen zu ihrem Wagen ging und den leisen Schrei hörte.

Mr. Green fuhr laut meinem Notizbuch um 16.44 Uhr an unserem Haus vorbei, und danach wären ihm ungefähr elf Minuten geblieben, um zum Parkplatz des Einkaufszentrums von Spring Hill zu fahren, aus seinem Wagen zu springen, den Hügel hinaufzulaufen, den Jungen zu packen, ihn niederzuschlagen, sich vor der Floristin zu verstecken, ihr dabei zuzusehen, wie sie langsam den Hügel hinauf- und wieder hinunterging, darauf zu warten, bis sie vom Parkplatz gefahren war, zurückzulaufen, den Mord mit dem Kalkstein zu begehen, seine Kleidung in Ordnung zu bringen, nach Blutflecken zu suchen, den Hügel hinunterzuhasten, in sein Auto zu steigen – das geparkt war, wo jeder es hätte sehen können – und zum Zahnarzt zu fahren, wo er pünktlich, anstandslos gekleidet und normal atmend um 16.55 Uhr Timex-Zeit ankam.

Wenn man eine Chronologie wie diese konstruiert, wirkt sie selbstverständlich lächerlich, wie ein Schwarzweißfilm mit den Keystone Kops, in dem alles im Zeitraffer geschieht. Aber man muß bedenken, daß Sekunden und Minuten das Maß sind für Extreme wie Wut, Schmerz und Entsetzen. Ebenso dafür, wie lange der Kuchen gebacken werden muß oder die Wäsche braucht. Kein Wunder, daß wir versucht sind, die Zeit als etwas zu betrachten, das die Uhrenfabrikanten herstellen.

Mr. Green verbrachte drei Nächte im Gefängnis des Montgomery County, wo er von der Polizei verhört wurde. Zu meinen Beschuldigungen kam hinzu, daß die Polizei Zeitungsartikel über den Mord an seinem Kühlschrank klebend fand. Selbstverständlich waren es die gleichen Artikel, die auch ich ausgeschnitten und aufgehoben hatte. Zudem fand die Polizei das Foto eines blonden Jungen mit nacktem Oberkörper auf Mr. Greens Schlafzimmerkommode – es stellte sich heraus, daß der Junge sein Neffe war, der nach einem Schwimmwettbewerb posiert hatte. Und sie fanden eine ungeladene, nicht registrierte Pistole in seiner Schlafzimmerkommode, eine etwas antik aussehende Pistole. Es war ein Relikt aus dem Ersten Weltkrieg, aber all das zusammen reichte aus, um ihn dazubehalten.

Die Beweise schienen dürftig und zugleich belastend, allerhöchstens Indizien, aber verdächtige Indizien. Luann bestätigte mehr oder weniger meine Geschichte, daß wir Mr. Green im Gebüsch neben dem Haus der Ellisons gesichtet hatten, wiewohl sie eingestand, nichts Genaues gesehen zu haben, nur daß sich ein paar Zweige bewegten, und dann meinte sie, daß es auch eine Katze hätte sein können. Natürlich war da mein Notizbuch mit den vielen Seiten voller Details, das am Tag der Verhaftung konfisziert und später, mit Kaffeeflecken auf ein paar Seiten, zurückgegeben wurde, dasselbe Notizbuch, das in diesem Augenblick vor mir liegt. Jemand hatte auch den giftigen kleinen Zettel abgegeben, den ich Wochen zuvor mit aus Zeitungen ausgeschnittenen Buchstaben zusammengeklebt hatte; offensichtlich war er durch ein offenes Autofenster geweht worden.

Plötzlich schien es, als wäre allen Nachbarn etwas Merkwürdiges an Mr. Green aufgefallen. Mrs. Sperling erzählte der Polizei, daß sie abends zweimal aus dem Fenster gesehen habe, und jedesmal habe Mr. Green in seinem Garten gestanden. »Er hat nur geschaut«, sagte sie. »Im Dunkeln.« Mrs. Morris behauptete, Mr. Green habe eine drohende Geste mit seiner Maurerkelle gemacht, als ihr einmal ein Terrier entkam und über seinen Rasen lief. David Bridgemans Vater berichtete, daß Mr. Green mit seinem Auto zu nahe an David vorbeigekommen sei, als dieser auf dem Fahrrad in Richtung von Mr. Greens Haus fuhr. Dazu kam noch Luanns unerwartete Erklärung, daß sie sich eines Tages auf der Straße gebückt habe, um einen hinuntergefallenen Penny aufzuheben, und Mr. Green hätte sie angestarrt, als sie sich wieder aufrichtete. »Er hat meine Unterhose gesehen«, sagte sie zu Detective Small mit einer Miene widerwilligen Gekränktseins. »Und da war ein Loch drin.«

Und deswegen glaubten auch alle meine Geschichte, als sie nach und nach die Runde machte. So wie früher alle die Geschichten über meinen Vater geglaubt hatten, die in der Nachbarschaft zirkulierten, oder die Geschichten über Ada oder die Geschichten über meine Mutter, oder all die Geschichten, die wir über diejenigen erzählen, deren privates Unglück nicht privat bleiben darf. Und obschon die Beweise gegen Mr. Green heute gewiß dürftig aussehen, muß ich zu meiner Rechtfertigung anfügen, daß er unsere Straße Richtung Einkaufszentrum in einem braunen Dodge entlangfuhr, der der Beschreibung des Autos entsprach, das später an diesem Nachmittag kurz nach dem Mord gesichtet wurde.

Er hatte immer einen schwarzen Kamm in der Gesäßtasche, genau so einen Kamm, wie man ihn am Schauplatz des Mordes fand. Er war Linkshänder wie der Mörder und hatte schütteres Haar. Aber am meisten belastete ihn, daß er ein lediger Mann mittleren Alters war, der so gut wie keine Freunde hatte, keine Vergangenheit, die er erwähnte, keinen klar erkennbaren Grund, warum er lebte, wo er lebte – in einer Gegend, in der nur Familien wohnten.

In den ersten Tagen nach Mr. Greens Verhaftung waren alle sehr freundlich zu mir. Mrs. Lauder buk uns einen Apfelkuchen. Mrs. Morris kaufte mir sogar ein Nancy-Drew-Buch. Es wurde davon gesprochen, eine Art Verein zu gründen, der potentielle Hauskäufer unter die Lupe nehmen sollte, bevor sie einziehen durften. Nachbarn stan-den auf der Straße zusammen und beschrieben ihre Gefühle angesichts der Entdeckung, daß ein Mörder in ihrer Mitte gelebt hatte; Mrs. Sperling und die große dunkelhaarige Mrs. Reade fielen sich neben dem Briefkasten der Sperlings in die Arme. Irgend jemand warf Eier gegen Mr. Greens Vordertür.

Insgesamt war die Stimmung in der Nachbarschaft wenn schon nicht gehoben, so doch zumindest erleichtert. Rosen blühten. Der Himmel war blau. Die Frauen saßen auf den Treppen vor dem Haus und unterhielten sich. Wenn der Eiscremewagen vorbeifuhr, liefen die Kinder wieder auf die Straße. Die Reades veranstalteten an einem Abend eine spontane Würstchenparty, und die Leute brachten Schüsseln mit Kartoffelsalat, Tüten mit Chips und Popcorn mit, was immer sie zu Hause hatten, und die Lauders steuerten eine Wassermelone bei. Alle gingen hin, außer meiner Mutter und mir. Sie habe Kopfweh, sagte sie.

Aber nach drei Tagen ließ die Polizei Mr. Green wieder frei, nicht wegen seines Alibis beim Zahnarzt – Detective Small, der ihn verhörte, kannte alle möglichen elfminütigen Houdini-Zaubereien –, sondern schlicht und einfach deswegen, weil Mr. Greens Blutgruppe nicht derjenigen entsprach, die man auf der Kleidung des Jungen gefunden hatte.

Mr. Green leugnete selbstverständlich, mich mit einer Zeitung geschlagen oder damit gedroht zu haben, mir den Kopf abzuhacken und ihn auf den Grill zu werfen. Oder überhaupt mit mir gesprochen zu haben. Er leugnete, sich im Gebüsch neben Boyd Ellisons Haus versteckt zu haben. Letztendlich stand sein Wort gegen meines. Und in jenen Tagen neigte die Polizei dazu, Erwachsenen bereitwilliger zu glauben als Kindern, besonders einem Kind, das sich weigerte, seine Geschichte zu wiederholen. Obwohl alle enttäuscht waren, daß ich sie nicht bezeugen wollte, sagten sie zu meiner Mutter, daß sie mich verstünden. Es wäre ja, als würde ich alles noch einmal durchleben. Einmal war genug.

Als Mr. Green am Donnerstag morgen um 8.15 Uhr nach Hause zurückkehrte, wurde er von einem großen stämmigen Mann mit sandfarbenem Haar gebracht, den ich nie zuvor gesehen hatte. Von meinem Schlafzimmerfenster aus beobachtete ich, wie ein blauer Pontiac vorfuhr; der Motor lief weiter, als die Beifahrertür aufschwang, an den Randstein stieß und Mr. Green ausstieg. Er sah aus wie immer, das Haar ordentlich gekämmt, nur sein weißes Hemd war etwas zerknittert und feucht, so daß sich die Umrisse seines Unterhemds abzeichneten.

Auf merkwürdige Weise war ich froh, ihn zu sehen. Er war mir so vertraut, daß ich meinte, ihn vermißt zu haben – trotz meines absoluten Horrors davor, ihn jemals wiederzusehen.

Er trug seine Aktentasche, als käme er von einem arbeitsreichen Tag nach Hause zurück. Er beugte sich vor und sagte etwas zum Fahrer des Wagens, bevor er zur Seite trat und die Tür zuwarf. Ohne dem wegfahrenden Auto nachzublicken, drehte er sich um und ging den Weg zu seinem Haus entlang.

Als er oben auf der Treppe war, blieb er stehen und starrte auf die Spuren der Eier, die man an seine Tür geworfen hatte. Dann, mit dem Schlüssel in der Hand, wandte er sich zur Seite und blickte direkt über seinen Garten hinweg zu unserer Veranda. Sein Ausdruck war beherrscht, ja leer, als wäre er einen Moment zuvor noch ganz anders gewesen. Dann steckte er den Schlüssel ins Loch, drehte ihn um und ging hinein. Eine Viertelstunde später kam er in einem frisch gebügelten Hemd wieder heraus, stieg in sein Auto und fuhr fort. Am Abend kehrte er zurück und parkte wie gewöhnlich zwanzig

Zentimeter vom Regenrohr entfernt, als wäre nichts geschehen.

Und während der nächsten Woche geschah tatsächlich nichts. Mr. Green säuberte die Tür von den Eiern, wiewohl ein paar blasse Flecken zurückblieben, wo sich das Eigelb durch die Farbe gefressen hatte. Er ging und kam zu den üblichen Zeiten. Niemand auf der Straße sprach mit ihm, und er sprach mit niemandem. Jedesmal, wenn er aus dem Haus kam, zogen sich alle anderen in ihre Häuser zurück, so daß er allein auf der Straße war, als wäre er der einzige Mensch, der hier lebte. Aber er schaffte es, an einem Abend seinen Rasen zu mähen und seine Mülltonne auf den Gehsteig zu stellen; er schien sein normales Leben wiederaufgenommen zu haben. Dann tauchte ein »Zu verkaufen«-Schild auf seinem Rasen auf, ungefähr auf der gleichen Höhe wie unseres.

Wir erfuhren von dem Zahnarzttermin erst an dem Tag, an dem Mr. Green aus der Haft entlassen wurde. Der Cousin von Mrs. Lauders Schwager war diensthabender Polizist in einem anderen Revier und wußte alle Details. Mr. Green war ein kooperativer Häftling und hatte sogar auf sein Recht verzichtet, einen Anwalt zu rufen, bevor er verhört wurde.

»Er ist wasserdicht«, sagte Mrs. Lauder, als sie an diesem Tag bei uns in der Küche stand, mehrmals zu meiner Mutter. Ich las Comics im Wohnzimmer, aber durch die Türöffnung konnte ich ihre dicken Arme sehen, die sie auf dem Busen überkreuzt hatte. »Endlich nehmen sie jemand fest«, sagte sie, »und der Mann ist wasserdicht.« Als wäre Mr. Green ein U-Boot, das tagelang, monatelang unter Wasser bleiben konnte, während wir alle ertranken.

»Aber da ist immer noch, was er Marsha angetan hat«, sagte sie und senkte die Stimme. Bei diesem Gedanken schien sie sich wohler zu fühlen. »Dafür gibt es keine Entschuldigung.«

»Nein«, sagte meine Mutter leise. »Dafür gibt es wohl keine Entschuldigung.«

»Meiner Meinung nach«, sagte Mrs. Lauder und senkte die Arme, »reicht das, um ihn bis zum Jüngsten Tag festzuhalten. Und in einer Nachbarschaft wie dieser ist er völlig fehl am Platz. Frank ist zu ihm rüber und hat es ihm gesagt. Er sagte: ›Hören Sie, wir wissen Bescheid über Sie.‹ Schade, daß ihr ihn nicht angezeigt habt. Es war ein Fehler, ihn freizulassen. Ich wette, das werden sie noch bereuen.«

»Es war ein Fehler«, wiederholte meine Mutter leise und starrte aus dem Fenster.

Und doch ging sie ein paar Abende später über unseren Rasen, um den Zaun herum und die Treppe zu Mr. Greens Tür hinauf, wo sie in Sichtweite der Morris', die auf Stühlen in ihrem Garten saßen, und Mr. Guiberts, der seinen Rasen rechte, einen Augenblick stehenblieb, bevor sie klingelte. Sie hatte einen kleinen Strauß weißer Nelken in der Hand. Aber als Mr. Green die Tür öffnete und sie sah, schloß er die Tür sofort wieder.

Ihr blieb nichts anderes übrig, als die Treppe wieder hinunterzugehen und zu unserem Haus zurückzukehren, wo ich auf sie wartete.

»Luann fährt für den Rest des Sommers in ein Bibellager«, sagte Mrs. Lauder, als ich am nächsten Nachmittag bei ihr klingelte. »Sie wird nicht mehr mit dir spielen können, Püppchen.«

Es war ein ruhiger Sonntagnachmittag, heiß und schimmernd. Auf der anderen Straßenseite saßen die Sperlings auf der Treppe vor ihrem Haus und sahen zu, wie Baby Cameron versuchte, in die Hände zu klatschen. David Bridgeman fuhr auf seinem neuen Fahrrad vorbei. Ich hörte Luann singen, verstand aber die Worte nicht.

Mrs. Lauders breiter Körper füllte die Tür aus; ihre Hände waren mehlbestäubt, und auf ihrem Kinn war ein Mehlfleck, der aussah wie ein weißer Spitzbart. »Glaub mir, Liebes, so ist es am besten.«

Sie wirkte besorgt, weil ich immer noch vor der Tür stand. »Liebes«, sagte sie, »geh jetzt nach Hause.«

Die Zwillinge hatten an diesem Morgen angerufen, um zu fragen, ob sie noch zehn Tage länger bei den Westendorfs bleiben dürften. Meine Mutter hatte ja gesagt. Jetzt saß sie im Wohnzimmer und tat so, als würde sie eine Zeitschrift lesen. Während der letzten Tage waren wir uns aus dem Weg gegangen; beziehungsweise sie war mir aus dem Weg gegangen, während ich sie grausamerweise durchs ganze Haus verfolgte, sogar nachts, wenn sie schlief, in ihr Zimmer ging und sie anstarrte, nicht weil ich unbedingt bei ihr sein wollte, sondern weil ich mich selbst nicht ertrug. In der Nacht zuvor war sie aufgewacht, als ich neben ihrem Bett stand.

»Was tust du hier?« sagte sie, ohne das Licht einzuschalten.

»Ich glaube, ich habe etwas verloren«, sagte ich.

Sie starrte mich einen Augenblick lang an, ihr dunkles Gesicht vom Kopfkissen nicht zu unterscheiden, bis auf die beiden noch dunkleren Stellen, wo ihre Augen waren. »Geh wieder schlafen«, sagte sie schließlich.

Durch die Wohnzimmerfenster sah ich ihren gesenkten Kopf, als ich am Haus vorbeiging. Eigentlich hatte ich durch die Küchentür hineingehen wollen, aber der Anblick ihres gesenkten Kopfes und die entschlossene Stille ihres Gesichts veranlaßten mich, den Garten hinter dem Haus anzusteuern.

Eine Weile stand ich neben den Rhododendronsträuchern, gut abgeschirmt von der Straße. Ich dachte, daß ich ein paar von Julies und Stevens Zigarettenkippen in der Erde finden könnte, und so scharrte ich ein paar Minuten lang mit der Spitze einer Krücke im Boden.

Ich bin mir nicht sicher, was ich mit den Kippen getan hätte, wenn ich welche gefunden hätte, aber der vertraute Akt des Suchens hatte etwas Tröstliches. Während ich herumkratzte, fand ich eine haarige Raupe, einen Dosenverschluß aus Blech, den schmutzigen Überrest einer Kinokarte. Ich bin immer wieder erstaunt, was man finden kann, wenn man den Blick auf den Boden gerichtet hält. Nachdem ich die Erde mit einem flachen Graben durchzogen und die leere Hülle eines japanischen Skarabäus gefunden hatte, wußte ich nicht mehr, wonach ich eigentlich suchte.

Ich hatte sogar vergessen, wo ich überhaupt war, als ich hinter mir etwas schnappen und dann jemanden husten hörte, und als sich mir im Nacken die Haare aufstellten, drehte ich mich um und sah Mr. Green, der auf seiner Seite der Hecke stand und mich beobachtete.

Er trug sein khakifarbenes Hemd und seine Shorts, wie an jedem Sonntag, dazu schwarze Socken und seine Slipper mit Quaste. Sein Gesicht wirkte dünner und blasser. Seine Hände hingen seitlich herunter. Daß er nichts in Händen hielt, schien mir auf obskure Weise falsch. Ich erinnere mich, daß ich dachte, er sollte etwas in der Hand haben, einen Rechen, eine Gartenschere. Er sah wehrlos aus.

Ein leises Rauschen erfüllte meine Ohren. Das Herz schlug so heftig in meiner Brust, daß ich sichtbar geschwankt haben muß. Und doch hatte ich auf diesen Moment gewartet, hatte immer gewußt, daß er kommen würde. Mr. Greens Gesicht wurde immer wieder scharf und unscharf. Die Sonne strahlte senkrecht auf ihn herab und schien dann wieder von ihm abzuprallen, so daß ich den Eindruck hatte, er stünde in einer Glocke aus Sonnenlicht.

Er sagte nichts, sondern sah mich nur an, seine Hände baumelten neben den Taschen seiner Shorts. Die eine Seite seines Hemdkragens war nach innen gekehrt, als hätte er das Hemd nur schnell übergezogen. Ein Fettfleck, so groß wie ein Vierteldollar, befand sich neben seiner Brusttasche. Ansonsten sah er aus wie immer, obwohl er allmählich auch völlig anders aussah, nahezu nicht mehr wiedererkennbar, so wie es geschieht, wenn man Leute lange genug ansieht. Vielleicht ging ihm dasselbe durch den Kopf, während er mich anstarrte.

Eine Biene flog vorbei, summte einfältig. Über uns raschelten die Blätter von Mr. Greens Blutbuche im Wind. Ich roch frisch gemähtes Gras und das Shampoo, mit dem ich mir am Abend zuvor die Haare gewaschen hatte. Sekunden glitzerten vorbei, Minuten, Stunden. Über uns dröhnte ein Flugzeug.

Ich gewöhnte mich fast daran, dazustehen und Mr. Green dabei zu beobachten, wie er mich beobachtete. Es war der schrecklichste Moment meines Lebens, und ich war überrascht, daß ich ihn ertrug. Ich hätte ihn sogar jetzt, da er passierte, verlängert. Irgendwo in meinem Kopf wußte ich, daß er enden würde, daß ich den Rest meines Lebens noch vor mir hatte, aber während ich Mr. Green an diesem sonnenheißen Nachmittag anstarrte, schien es mir unvorstellbar, daß ich jemals wieder etwas anderes erleben würde.

Er blickte mich unverwandt an, blinzelte ein bißchen. Einen Moment blieb er noch so stehen, in Sonnenlicht getaucht.

»Warum«, sagte er endlich.

Nur dieses eine Wort, dem nicht einmal ein Fragezeichen folgte. Ich glaube, daß ich hoffte, er würde mich anschreien, die Hand erheben, etwas tun, was alles rechtfertigte, was ich über ihn erzählt hatte. Aber seine Stimme war vollkommen ausdruckslos, nahezu sachlich, als wollte er mir Informationen geben, über die ich seiner Ansicht nach verfügen sollte.

Als es schien, daß er nichts weiter sagen würde, hörte mein Herz auf zu rasen, und Speichel floß wieder in meinen Mund. Langsam stabilisierte sich die Welt, Hecken, Gras, Bäume; sogar die Sonne blendete ein bißchen weniger.

Dann drehte er sich um. Ich sah ihm nach, wie er langsam über den Rasen ging, Sonnenlicht glitt in immer kleineren Flecken über seinen Rücken, als er unter dem großen Baum weiterging, dann stieg er die Treppe zur Hintertür hinauf und verschwand im Haus. Die Tür fiel ins Schloß. Mittlerweile hatte ich den Mund aufgemacht, um etwas zu sagen, aber ich werde nie erfahren, was.

17

Mr. Green zog eine Woche später aus, an einem feuchten Samstag im August, an dem es nach Teer roch. Es war um die Zeit, als der Parteitag der Republikaner stattfand, den meine Mutter zwanghaft im Radio verfolgte, so wie sie ein Jahr später die Watergate-Hearings im Fernsehen verfolgen sollte.

Von meinem Schlafzimmerfenster aus sah ich zu, wie Mr. Green einen Karton nach dem anderen zu dem kleinen Umzugswagen trug, den er gemietet hatte, so wie ich ihm Monate zuvor zugesehen hatte, wie er sie ins Haus trug. Niemand half ihm. Wenn Mr. Morris oder Mr. Sperling zufällig aus dem Haus kamen, taten sie so, als würden sie Mr. Greens beständige Wallfahrt zwischen Haus und Straße nicht bemerken. Mr. Morris war mit dem Gartenschlauch beschäftigt, und Mr. Sperling beugte sich vor, um die Angeln der Fliegengittertür zu überprüfen. So schnell wie möglich zogen sie sich wieder zurück. Im Hintergrund sendete unser Küchenradio ein beständiges dumpfes Gejubel, das nur von Reden unterbrochen wurde, die für mich alle gleich klangen.

Obwohl es nicht regnete, hing der Himmel im Verlauf des Vormittags immer tiefer, bis sich die Baumwipfel darunter zu neigen schienen, und der Asphalt verströmte einen versengten Geruch, wie verbranntes Fell.

Auf der Straße fuhren keine Kinder mit dem Fahrrad; die Reade-Brüder hörten auf, Basketball zu spielen; die Morris' unterließen es sogar, ihre Hunde auszuführen. Mr. Green trug einen Karton nach dem anderen heraus, jeder mit Kreppband zugeklebt, der Inhalt unsichtbar. Gegen zehn Uhr trug er einen Fernsehapparat heraus, danach einen kleinen Rattanstuhl, eine Matratze, einen Rost mit Sprungfedern, den zusammenklappbaren Tisch und die vier Campingstühle aus Aluminium.

Niemand fragte ihn, wohin er zog. Aus irgendeinem Grund meine ich, daß er nach Süden zog, nach Tennessee oder Georgia vielleicht, in irgendeinen Bundesstaat, wo er wieder jemand sein konnte, der auf dem Land lebte. Nach all diesen Jahren frage ich mich immer noch, warum er überhaupt beschlossen hatte, in unser Viertel zu ziehen. Vielleicht hatte er Geld gespart, und jemand riet ihm, es in Grundbesitz anzulegen. Ratschläge dieser Art hätte ihm mein Vater geben können. Gute Wohngegend, gute Schulen, gute Verbindung zur Stadt. Was konnte mit so einer Investition schon schiefgehen? Er hätte eine nette Nachbarin mit ein paar Kindern kennenlernen können, eine verwitwete oder geschiedene Frau, die vielleicht ein bißchen sonderbar war, ein bißchen ungeschickt und schüchtern, und sie hätten heiraten können, als er schon glaubte, daß sein Leben geregelt war und nichts Neues mehr passieren würde. Vielleicht war er deswegen in unsere Nachbarschaft gezogen, oder weil er dieser Möglichkeit zumindest nahe sein wollte.

Woher hätte er wissen sollen, wie beunruhigend ein ganzes Viertel einen stillen, unauffälligen Junggesellen finden konnte? Einen Mann, der höflich war, normale Gewohnheiten hatte, seinen Garten pflegte und wöchentlich sein Auto wusch. Einen Mann, dessen schwerstes Verbrechen, so scheint es jetzt, darin bestand, ungeschickt gewesen zu sein und an einem tragischen Mangel an Phantasie gelitten zu haben, der ihn darin hinderte zu merken, wie gut er die Alpträume aller anderen verkörperte.

Der letzte Gegenstand, den Mr. Green aus seinem Haus

trug, bevor er die Tür zumachte und mit dem Schlüssel abschloß, war ein großer Spiegel in einem verzierten goldenen Rahmen. Es war die Art Spiegel, die man heutzutage in einem restaurierten viktorianischen Haus zu finden erwartet, in einem dieser riesigen, zugigen Häuser voller antiker Schaukelstühle und Chintztapeten. Als er die Treppe hinunterging, hielt er ihn vorsichtig zur Seite und blickte hinunter auf sein eigenes Spiegelbild. Sogar von meinem Schlafzimmerfenster aus sah ich, daß es ein alter Spiegel war, mit dunklem fleckigem Glas.

Vielleicht war es ein Geschenk, vielleicht hatte er ihn auf einem Flohmarkt gefunden zu einer Zeit, als die Leute noch nicht gemerkt hatten, daß die Möbel ihrer Großmutter wertvoll sein könnten. Aber irgendwie meinte ich, daß er einen Spiegel wie diesen, mit dem goldenen Rahmen und dem seltsamen dunklen Glas, geerbt haben mußte. Der Spiegel sah so aus, als würde Mr. Green ihm gehören, und er muß ihn mitgenommen haben, von Ort zu Ort, wohin immer er versuchte zu gehen.

Julie und Steven kehrten am Tag nach Mr. Greens Auszug von Amy Westendorfs Strandhaus zurück. Sie kamen braungebrannt, schlaksig und ruhelos nach Hause, süchtig nach den nur ihnen verständlichen Witzen, die sie sich über den Tisch hinweg zuflüsterten und über die sie zu laut lachten. Beide schienen viel älter. Bald nach ihrer Rückkehr wurde mein Gips abgenommen. Es war komisch, meinen Fuß wiederzusehen; er war weiß und verrunzelt und sah nicht mehr so aus wie der Fuß, an den ich mich erinnerte.

Ungefähr zu dieser Zeit hörte meine Mutter auf, Zeitschriften für Peterman-Wolff zu vertreiben, und bekam einen besser bezahlten Job als Kosmetikverkäuferin bei Lord & Taylor in der Nebraska Avenue. Es war ein Job, von dem sie bis zur Geschäftsführerin aufstieg, eine Position, die es erforderlich machte, elegante Kostüme und Perlenohrringe zu tragen, während sie in einem blaßgrünen Büro residierte, das nach Gardenienraumspray duftete, eine Position, die sie bis zum vergangenen Jahr innehatte, als sie mit Party, Rentenplan und goldener Schalnadel pensioniert wurde. Aber das lag damals alles noch in weiter Zukunft. Im Augenblick lud niemand sie zum Mittagessen ein, und sie mußte einen weißen Kittel tragen, der sie irgendwie medizinisch aussehen ließ. In der letzten Woche der Schulferien blieben wir drei tagsüber allein zu Hause, während sie zur Arbeit ging.

»Du warst in meinem Zimmer«, beschuldigten mich die Zwillinge, kaum waren sie wieder da.

»Kleines Ungeheuer«, sagte Julie und brachte ihr Gesicht ganz nah an meines. »Ich weiß, was du getan hast.«

Nachmittags lagen wir meistens auf dem Teppich im Wohnzimmer, über uns drehte sich der Ventilator, und traten einander mit den Füßen. Manchmal sahen wir uns Quizsendungen im Fernsehen an und versuchten, die Fragen zu beantworten. Die Zwillinge wollten alles über Mr. Greens Verhaftung wissen, aber meine Mutter hatte ihnen verboten, mir Fragen zu stellen.

»Es war eine aufregende Zeit«, sagte sie. »Laßt sie in Ruhe.«

Zuerst war ich froh, daß die Zwillinge zurück waren, aber nach ein, zwei Tagen schien es, als wären sie nie fort gewesen. Julie lackierte sich die Fingernägel grün und versuchte, aus Grapefruitsaft Eis zu machen, indem sie ihn in Eiswürfelbehälter füllte. Sie rief ihre Freundinnen an, sprach stundenlang mit ihnen und wickelte sich dabei Haarsträhnen um die Finger.

Wenn ich durchs Schlüsselloch in Stevens Zimmer schaute, sah ich ihn mit seinem Skizzenblock auf seinem

Bett sitzen, aber er zeichnete keine Bürste mehr, sondern nackte Männer und Frauen, die sich umeinander wanden, ihre Münder voller Zähne. Und einmal sah ich ihn an sein Kopfkissen gelehnt dasitzen, die Shorts heruntergezogen, die Beine mit den großen Knien aufgestellt, dazwischen verschwommen seine rasend schnell sich bewegende Hand. Einen Moment lang blickte er auf, direkt zur Tür, und ich dachte, er hätte mich gesehen. Aber seine Augen starrten ins Leere, und gleichzeitig lächelte er, ein verkniffenes und zugleich entsetztes Lächeln, wie damals, als er beinahe beim Zigarettenklauen im Drugstore erwischt worden wäre.

Dann kam der Samstag nachmittag, ein warmer Samstag im September kurz vor Labor Day, als meine Mutter uns alle drei vor einer Pizzeria in Rockville absetzte und sagte, sie würde uns wieder abholen, wenn sie alle Einkäufe erledigt hätte.

»Benehmt euch anständig«, sagte sie, ohne uns zuzuwinken, während wir auf dem Gehsteig standen.

Er saß allein auf einer Bank in der Nähe des Fensters. Das Licht fiel auf seinen Kopf, und er saß sehr gerade da und schaute nicht zur Tür. Obwohl ich ihn sofort erkannte, schien er mehr wie jemand, den man in einem Traum wiedererkennt: er selbst, aber in Gestalt einer anderen Person.

Er stand auf, als wir uns seinem Tisch näherten, und er sah älter aus, wie Julie und Steven nach ihren Ferien, und hatte eine leicht veränderte Hautfarbe. Er trug einen braunen Anzug, ein weißes Hemd und eine breite blaue Krawatte mit rosa Schnörkeln darauf, die mich an Regenwürmer erinnerten, und seine rötlichbraunen Koteletten waren buschiger als früher. Als wir bei ihm anlangten, streckte er die Arme aus, hob die Ellenbogen hoch in einer Geste, die Verwunderung zum Ausdruck gebracht haben könnte. Nur Steven trat vor.

Dann ging Julie zu ihm. Sie knickte in den Knien ein, als er sie umarmte, aber einen Augenblick später trat sie steif einen Schritt zurück und setzte sich neben Steven auf die Bank.

»Hallo«, sagte mein Vater zu mir.

Er hielt mir die Hand hin, und nach kurzem Zögern ergriff ich sie. Wir schüttelten uns die Hände; dann zog er mich an sich, und ich roch wieder das zitronige Rasierwasser, das er noch immer benutzte, und spürte durch sein Hemd sein Herz schlagen, und seine Koteletten kratzten mich an der Backe.

»Ich habe mir den Knöchel gebrochen«, sagte ich und machte mich los.

»Ja?« Er lächelte mich etwas verständnislos an, weil mein Gips natürlich schon weg war und ich in seinen Augen aussah, als wäre nie etwas passiert.

Ich erinnere mich nicht, worüber wir am Anfang sprachen, nur daß ich neben meinem Vater saß und sein Profil anstarrte, erstaunt, daß es so normal schien, mit ihm in einer Pizzeria zu sitzen, obschon er ein paar Stunden zuvor noch so weit weg gewesen war, wie eine Person es auf diesem Planeten nur sein konnte. Ich hatte das Gefühl, als hätte ich bis zu diesem Augenblick den Atem angehalten, aber obwohl er jetzt hier war, schien es zu spät, als ob er das, weswegen er zurückgekommen war, schon verpaßt hatte. Ich erinnere mich, daß er zwei Cokes trank. Und er lächelte über alles, was Julie und Steven erzählten, gleichgültig, ob es komisch war oder nicht.

»Wollt ihr noch was trinken?« fragte und klang dabei wie die alte Mrs. Morris mit ihrer Teekanne. »Noch ein Stück Pizza?«

Nach einer Weile riß Julie eine Tüte mit Zucker auf, schüttete den Inhalt auf den Tisch und machte mit der Gabel Zeichnungen in den Zucker. Wann immer mein Vater sie etwas fragte, sagte sie »Ja« oder »Nein« in einem Tonfall, der wie ein Seufzer klang. Schnell sprechend und sich immer wieder unterbrechend, beschrieb Steven das Strandhaus der Westendorfs, erzählte, wie er gelernt hatte, einen Sunfish zu segeln, wie er und Amy in der Sauna der Westendorfs saßen und Wein tranken, den sie aus Mrs. Westendorfs Kühlschrank entwendet hatten. Er erzählte eine Geschichte, wie sie eine Nacht am Strand geschlafen hatten und Amy Westendorf eine Vipernatter in ihrem Schlafsack fand. Er zwinkerte und kicherte extravagant. Mein Vater schien ihm nicht zuzuhören. »Ach ja«, sagte er mehrmals. Als Steven fertig war, lächelte mein Vater.

Allmählich sah er vertrauter aus. Während er mit den Zwillingen redete, betrachtete ich die Leute, die an unserem Tisch vorbeikamen. Mich wunderte, daß jeder, der vorbeiging, uns für eine ganz normale Familie halten mußte. Mein Vater sah in seinem hellbraunen Jackett und mit seiner Krawatte wie ein ganz normaler Vater aus, abgesehen davon, daß Samstag war und die meisten Väter Shorts und ein kurzärmeliges Hemd tragen würden.

»Was habt ihr diesen Sommer sonst noch gemacht?« fragte er die Zwillinge.

»Nichts«, sagte Julie.

»Nichts?«

»Wir haben überlebt«, sagte Steven in einem Tonfall, der sarkastisch klingen sollte.

»Natürlich habt ihr das«, sagte mein Vater.

Draußen auf dem Parkplatz fuhren Autos hin und her, die Sonne blitzte auf den Motorhauben auf. Langsam leerte sich die Pizzeria, bis nur noch wir da waren und eine alte Frau in einem gelben Hosenanzug aus Polyester. Sie saß allein in einer Ecke und hustete gelegentlich in ihre Serviette. Jemand hatte einen Staubsauger mit einem langen geschwungenen Griff im Gang nahe bei unserem

Tisch stehenlassen. Julie riß eine weitere Zuckertüte auf. Steven setzte an, um noch etwas über das Strandhaus der Westendorfs zu sagen, hielt dann inne und schaute aus dem Fenster.

»Die Rechnung, bitte«, sagte mein Vater und hob die Hand.

Während er die Rechnung studierte, sagte Julie unvermittelt: »Und wo ist Tante Ada?«

Mein Vater fuhr mit dem Finger die kurze Reihe der Zahlen hinunter. Er sah nicht verärgert aus, sondern verwirrt, als er die Zahlen addierte, um nachzuprüfen, ob die Summe korrekt war.

»War sie nicht bei dir?« fragte Julie.

»Doch.« Mein Vater sah auf, und in seiner Nickelbrille blitzte kurz ein vorbeifahrendes Auto auf.

»Warum ist sie dann jetzt nicht bei dir?«

Er räusperte sich und lehnte sich zurück. Eine Weile schien er in die Betrachtung der alten Frau in dem gelben Hosenanzug vertieft, als würde er sie kennen und versuchte, sich zu erinnern, woher. Vielleicht hatte er ihr einmal ein Haus verkauft. Möglicherweise erinnerte sie ihn auch an jemanden, den er früher gekannt hatte. Schließlich seufzte er und sah wieder uns an. Er sagte: »Wißt ihr, Kinder, manchmal klappt es einfach nicht besonders gut. So etwas gibt es.«

Er hielt inne, schaute auf seine Hände, die er flach auf den Tisch gelegt hatte. Ein paar Minuten verstrichen. Niemand sagte etwas. Weit weg in der Küche ließ jemand ein Tablett mit Geschirr fallen.

Schließlich blickte mein Vater wieder auf, und wir alle sahen, daß seine Augen gerötet waren. »Es tut mir leid, aber das ist alles sehr kompliziert. Niemand will, daß das Leben kompliziert ist. Ich wollte es nicht. Es passiert einfach. Manchmal wird es so kompliziert, daß man nicht mehr weiß, wie man damit umgehen soll, und deswegen tut man das Erstbeste. Ich will euch nicht ausweichen, Kinder«, sagte er, »aber ich fürchte, eine bessere Antwort weiß ich nicht.«

»Genau«, sagte Steven.

»Du hättest nicht weggehen müssen«, beharrte Julie.

»Damals dachte ich, ich müßte.«

Julie legte die Hände in den Schoß. Sie setzte die vor dem Badezimmerspiegel sorgfältig einstudierte zurückhaltende Miene auf. Sie sagte: »Es war furchtbar für Mom.«

Als sie meine Mutter erwähnte, zuckte mein Vater zusammen. Er nahm seine Brille ab und putzte sie mit seiner zerknüllten Serviette. Dann setzte er sie wieder auf und blinzelte meine Schwester an.

»Ich erwarte nicht, daß ihr es versteht.«

Julie schürzte verächtlich die Lippen und zerriß unter dem Tisch ihre Serviette. Stückchen davon segelten auf den Boden.

»Tut mir leid«, sagte er, »wegen allem, was passiert ist. Aber ich hätte nichts davon verhindern können.«

In vieler Hinsicht war mein Vater schon immer ein weichherziger Mann, jemand, der es haßte, seine Kinder zu bestrafen, der so tat, als würde er kleine Akte der Unhöflichkeit oder des Trotzes nicht bemerken, aber jetzt begann ich zum erstenmal zu ahnen, daß er Schuld kaum ertragen konnte – wie ein echter Romantiker. An diesem Samstag nachmittag setzte er den langwierigen Prozeß in Gang, die Verantwortung von sich zu weisen, bis er in der Lage war, mir bei meiner eigenen Hochzeit vor ein paar Jahren zu sagen, er habe immer das Gefühl gehabt, meine Mutter *wollte*, daß er sich in Tante Ada verliebte.

»Sie hat mich dazu getrieben«, sagte er nahezu wehleidig und befingerte sein Knopflochsträußchen. »Sie wußte, daß ich mich zu ihr hingezogen fühlte. Jahrelang sagte sie immer wieder: ›Gib doch zu, Ada ist die attraktivste von uns. Alle Männer wollen Ada, stimmt's?‹ Aber weißt du, Marsha, ich hätte es dabei belassen. Ich glaube nicht, daß ich aktiv geworden wäre. Aber deine Mutter.« Er schüttelte den Kopf, dann versuchte er zu lächeln, weil Tante Fran ein Foto von uns machte. Als sie fertig war und sich abgewandt hatte, sagte er rasch und mit leiser Stimme: »Deine Mutter hat mir fast das Gefühl vermittelt, daß etwas mit mir nicht in Ordnung wäre, wenn ich *keine* Affäre mit Ada hätte.«

Vielleicht hatte er recht. Seinem Wesen nach war mein Vater eine zurückhaltende Person, außer am Klavier. Ich erinnere mich, wie er nach rechts und links schwankte und manchmal vor sich hin summte. Gelegentlich ließ er seine Finger über die Tasten gleiten und improvisierte Riffs und traurige, diskordante Refrains. Wenn man ihn zum Essen rief, während er spielte, oder seine Schulter berührte, dauerte es einen Augenblick, bis er aufsah. Und wenn er es endlich tat, konnte man nie sicher sein, daß er einen wirklich sah. Er war der Typ, dem man einen Stoß versetzen mußte. Und an diesem Nachmittag in der Pizzeria beschloß ich, ihm einen Stoß zu versetzen.

Steven griff nach dem Salzstreuer und ließ ihn auf dem Tisch kreiseln. Unsere Kellnerin ging mit einem Tablett Ketchupflaschen vorbei. Hinter uns hatte die alte Dame in dem gelben Hosenanzug wieder angefangen zu husten.

»In unserem Viertel ist ein Junge umgebracht worden«, sagte ich.

Alle sahen mich an.

»Er wurde hinter dem Einkaufszentrum umgebracht. Die Leute haben gemeint, daß Mr. Green es war. Mr. Green war unser Nachbar«, erzählte ich meinem Vater.

Nachdem ich den Mund aufgemacht hatte, konnte ich ihn nicht mehr schließen. Ich redete schneller und schneller, versuchte mich an alles zu erinnern, was passiert war, seit mein Vater uns verlassen hatte. Mir schien, daß er verstehen würde, was passiert war, wenn ich ihm alles erzählte, ohne etwas auszulassen. Und wenn er verstand, was geschehen war, dann wüßte er vielleicht eine Entschuldigung dafür, eine Erklärung, und damit würde vielleicht alles plötzlich ins richtige Licht gerückt.

Ich erzählte ihm von Boyd Ellison, der auf dem Hügel hinter dem Einkaufszentrum gelegen hatte, von den vielen Leuten, die dort hingingen und rumstanden; daß Mr. Green die gesamte Nachbarschaft zu einer Grillparty eingeladen hatte, daß aber niemand hinging außer meiner Mutter, die ihm eine Ananas mitbrachte und vergaß, in ihre Schuhe zu schlüpfen; und daß Mr. Green ausgezogen war wegen der Dinge, die ich über ihn erzählt hatte; und daß ein großer Detective zu uns ins Haus gekommen war und mir Fragen gestellt hatte; und daß meine Mutter mich geschlagen und Tante Fran und Tante Claire verboten hatte, sie ständig anzurufen; daß Roy und Tiffany Puppen waren, die nie Kleider anhatten, und daß in Roys Augen Nadeln steckten. Ich sagte, daß Mr. Green eines Tages, als ich allein im Garten war, versucht habe, mit mir zu reden. Ich sagte, daß die Watergate-Einbrecher Trottel waren.

Ich hörte mich sprechen, und ich wußte zwar, was ich sagte, aber gegen Ende begriff ich, daß ich nichts erzählte, was die anderen wirklich verstehen wollten. Ich bin nicht sicher, ob ich am Ende überhaupt noch Worte von mir gab.

»Psst«, sagte mein Vater und sah sich im Restaurant um. »Marsha, Liebes, bitte. Sei still.«

Die Zwillinge starrten mich an. Schließlich sagte Steven »Gaga« und tippte sich mit dem Finger an die Schläfe.

»Nein«, sagte mein Vater, langte über den Tisch und hielt seine Hand fest.

Wir saßen noch eine Weile am Tisch und sahen zum Fenster hinaus auf die Autos, die kamen und wegfuhren. Julie stand auf, um auf die Toilette zu gehen. Unsere Kellnerin, die einen hellblonden Pferdeschwanz und sommersprossige Haut hatte, kam, um die Rechnung und das von meinem Vater hingelegte Geld zu nehmen. »Möchten Sie noch etwas?« sagte sie in einem Ton, der ihre Hoffnung zum Ausdruck brachte, daß wir mit Nein antworten würden. Ein paar Leute betraten die Pizzeria, ein Mann in einem Redskins-T-Shirt, eine Frau mit einem Baby, zwei halbwüchsige Mädchen mit Einkaufstüten. Sie gingen an unserem Tisch vorbei, sahen uns an und blickten dann weg.

18

Die Nachtwache patrouillierte ungefähr noch einen Monat – die Menschen hatten allmählich weniger Angst, oder sie hatten sich daran gewöhnt, Angst zu haben –, dann hörten die Väter auf, ihre Runden zu drehen, und sahen sich wieder *Football am Montagabend* an. Vielleicht lag es an der Aufregung um Mr. Greens Festnahme; alle waren zufrieden, daß jemand verhaftet worden war, auch wenn er sich als der Falsche erwiesen hatte.

Wenn sich jetzt Nachbarn trafen, um Kaffee oder Eistee zu trinken, dann war es wahrscheinlicher, daß sie über George McGovern oder den Watergate-Einbruch oder über Außenpolitik sprachen. Mir schien jedoch, daß die Nachbarn einander seltener besuchten als vor dem Mord. Nach den ersten Wochen hysterischen Interesses fragten die Leute einander nicht mehr, ob sie etwas Neues gehört hätten. Mrs. Lauders Kuchenverkaufsschilder verschwanden eines nach dem anderen, statt dessen hingen jetzt hier und dort Wahlkampfplakate. Die Erinnerung an Boyd Ellison wurde immer verschwommener, bis sie schließlich nur noch aus seinem Namen bestand. Sogar ich wurde es leid, die mageren Fakten aufzuzählen, die ich über ihn wußte. Er war ein kleiner blonder Junge mit einem eckigen Kopf. Einmal hatte er mich gefragt, ob er meine Brille aufsetzen dürfe. Er saß in unserem Keller und knüpfte Knoten. Er quälte ein Insekt mit einem Taschenmesser.

Ich war dabei, flüsterte ich. *Ich kannte ihn.*

Seine Eltern zogen nach Virginia, und irgendwann

hörte ich auf, an ihrem Haus mit dem roten japanischen Ahorn und den zugezogenen Jalousien vorbeizugehen.

Mrs. Sperling ließ Mr. Sperling Schlösser an den Fenstern im Erdgeschoß anbringen und öffnete die Tür erst dann, wenn sie durch das neue Guckloch geschaut hatte. Die Lauders brachten um den Garten hinter dem Haus einen Staketenzaun an. Die Reades kauften sich einen deutschen Schäferhund. Und die Morris' starben, einer nach dem anderen.

Aber da waren wir schon fortgezogen.

Vor nicht allzu langer Zeit bat ich einen Anwalt des Justizministeriums, einen Freund eines Freundes, herauszufinden, ob die Polizei jemals den Mann gefunden hatte, der Boyd Ellison ermordete. Er sagte, er würde einen Bekannten beim FBI anrufen. Ein paar Tage später erzählte er mir, der Fall sei immer noch nicht abgeschlossen. Offenbar versucht die Polizei des Montgomery County jedesmal, wenn ein Kind in einer bewaldeten Gegend ermordet wird, eine Verbindung zum Mord an Boyd Ellison herzustellen. Sie suchen immer noch nach einem Muster, sagte er. Sogar noch nach fünfundzwanzig Jahren.

»Kann es nicht ein Einzelfall gewesen sein?« fragte ich.

Der Freund meines Freundes verneinte. »Niemand verspürt den Impuls, so etwas nur einmal zu tun«, sagte er. »Es ist wie bei einem Mann, der seine Frau betrügt. Wenn er es einmal getan hat und damit durchgekommen ist, wird er es wieder tun.«

Ich sagte, daß mir das als etwas vollkommen anderes erscheine, aber ich dankte ihm und legte auf.

Wenn ich heute durch mein altes Viertel fahre, was nicht sehr oft vorkommt, dann fällt mir stets auf, daß es sich kaum verändert hat. Spring Hill ist fast noch so, wie ich es in Erinnerung habe, ein stiller grüner Ort im Sommer, gepflegte Rasen und Hecken und kümmerliche Ahornbäume, die Schatten auf den Gehsteig werfen. Die Häuser sehen ein bißchen älter, kleiner und etablierter aus; Bäume, an die ich mich als Setzlinge erinnere, reichen nun bis zum ersten Stock, und hier und da ist eine Wand oder ein Zaun völlig mit Efeu überwachsen. Aber die Kinder fahren noch immer auf Fahrrädern oder schwanken auf Rollschuhen die Straße entlang. Männer und Frauen, die aussehen wie die Eltern dieser Kinder, jäten Unkraut in ihren Blumenbeeten oder waschen ihre Autos. Es wirkt wie ein sicherer Ort, sogar wie ein hoffnungsvoller Ort. Vor ein paar Wochen, als ich auf dem Weg zu einem Klienten durch die Gegend fuhr, sah ich Parteiaufkleber auf Stoßstangen und Plakate in ein paar Gärten. Es ist wieder einmal soweit.

Unser Haus gehört nicht mehr den Leuten, denen wir es verkauft haben, und auch nicht mehr den Leuten, die es von ihnen kauften. Als ich das letztemal daran vorbeifuhr, stand ein Paar in meinem Alter mit zwei kleinen Jungen auf dem Rasen; die Frau hatte rotes Haar und einen unangenehmen Mund, aber ihr rundlicher blonder Mann hatte ein hübsches Gesicht und lächelte, als einer der kleinen Jungen mit einem Spielzeugrechen am Gras zerrte. Aus irgendeinem Grund haben sie beschlossen, das Haus schokoladenbraun anzustreichen – vielleicht eine Energiesparmaßnahme? –, was ihm ein breites, brütendes Aussehen verleiht. Das Haus der Lauders daneben sieht noch aus wie früher, aber der Vorgarten wurde weitgehend asphaltiert. Vier Autos parkten davor, als ich das letztemal vorbeifuhr. Die Häuser der Morris', der Sperlings und der Reades wurden renoviert – gläserne Schiebetüren, ein überdachter Durchgang, eine neue Garage –, ohne daß sich das ursprüngliche Aussehen groß verändert hätte. Auch das Haus der Ellisons ist nicht wirklich anders, als ich es in Erinnerung habe; es sieht aus wie jedes einstöckige Haus mit drei Schlafzimmern auf achthundert Quadratmetern Grund.

Merkwürdigerweise hat sich von allen Häusern in der Nachbarschaft nur das Haus, das für so kurze Zeit Mr. Greens Haus war, wirklich verändert. Es hat jetzt einen zweiten Stock und ein ausgebautes Dachgeschoß. Statt der Ringelblumen sticht dort der ehrgeizige Versuch ins Auge, einen japanischen Garten anzulegen, komplett mit bemoosten Steinen, einem kleinen Goldfischteich aus Beton und einer kleinen schwarzen Pagode aus Gußeisen an der Stelle, an der immer sein Rasensprenger stand. Und die riesige Blutbuche hinter dem Haus ist verschwunden, gestorben an Schädlingsbefall oder einem Pilz oder gefällt von den neuen Besitzern, die Landschaftsgärtnerei im kleinen Maßstab vorzuziehen scheinen.

Es überraschte mich, wie sehr ich die Blutbuche vermißte. Man rechnet nicht wirklich damit, daß ein Baum verschwindet, besonders nicht ein so großer. Er war wahrscheinlich über hundertfünfzig Jahre alt, vielleicht der letzte Baum aus den Zeiten, als Spring Hill nur ein Hügel war und Einkaufszentren und Vororte noch nicht erfunden waren. Ich erinnere mich daran, wie breit das Geäst des Baumes war und wie hell sich im Herbst sein Laub verfärbte. Durch sein Fehlen scheint die gesamte Straße etwas aus dem Gleichgewicht geraten zu sein, wie wenn man aus einer Reihe Bücher in der Mitte eines herauszieht. Jedesmal, wenn ich an dem Haus vorbeifahre, halte ich nach dem Baum Ausschau. Und jedesmal muß ich mir wieder vergegenwärtigen, daß er nicht mehr da ist.

Einmal blieb ich tatsächlich für ein paar Minuten gegenüber von Mr. Greens Haus stehen. Jahrelang konnte ich mich nachts damit wach halten, daß ich mir vorstellte, wie er an jenem Sommermorgen aussah, als er aus der

Haft entlassen wurde, wie er seine Aktentasche festhielt, wie sich die Umrisse seines Unterhemds unter seinem zerknitterten weißen Hemd abzeichneten. Jedesmal, wenn ich an ihn dachte, verspürte ich eine heiße Panik, die mir den Atem raubte, so daß ich mich aufsetzen und die Decke zurückschlagen mußte, und nur wenn ich das Licht angeknipst und eine Weile in Zeitschriften gelesen hatte, konnte ich ihn zurück in den Süden schieben, wohin immer er gezogen sein mochte.

Mein Leben schien auf eine Weise mit seinem verbunden, die ich nicht erklären konnte und wollte. Am nächsten kam dem noch das Gefühl, daß mich das, was ich ihm angetan hatte, irgendwie zu *seinem* Kind gemacht hatte und daß er das eines Tages begreifen und zu mir kommen würde.

Aber schließlich wurde all diese schuldbeladene Angst ersetzt von etwas Ruhigerem, als ich an jenem Nachmittag im Wagen saß und auf das Haus starrte, das nie seines sein konnte, und ihm aufrichtig Gutes wünschte. Ich hoffe, er hat einen hübschen Ort irgendwo auf dem Land gefunden. Ich kann ihn nahezu vor mir sehen, wie er hinter einem kleinen Holzhaus einen Gemüsegarten pflegt, zwischen Tomaten und Melonen Unkraut jätet, einen Strohhut auf dem Kopf, wiewohl er mittlerweile ein alter Mann sein muß. Manchmal stelle ich mir vor, wie ich nach Süden fahre, nach Tennessee oder Georgia, und zufällig sein Haus finde. Er steht, auf eine Hacke gestützt, im Garten und wischt sich mit einem ausgeblichenen blauen Halstuch über das rosige Gesicht. Eine Weile starren wir uns an, wie man es bei Leuten tut, die man erkennt, aber nicht benennen kann, dann nickt er mir kurz zu.

Aber wann immer ich diese Phantasie weitertreibe, vermischt sie sich mit Erklärungen meines Therapeuten und meinen eigenen Entschuldigungen, und Mr. Green und seine Hacke verschwinden zusammen mit allem, was ich ihm sagen wollte.

Zwei Tage nachdem er uns in der Pizzeria getroffen hatte, fuhr mein Vater nach Cleveland, seine Heimatstadt, wo der Bruder des Mannes einer Cousine ihm Arbeit bei einer Versicherungsfirma verschaffte. Komischerweise habe ich nie damit gerechnet, daß er bei uns bleiben würde. Was nicht bedeutete, daß ich mich über seinen erneuten Weggang freute, sondern nur, daß ich nicht überrascht war. Im Herbst rief er uns einmal pro Woche an, für gewöhnlich sonntags; ich glaube, daß er einsam war. Mit der Zeit rief er uns seltener an, bis wir nur noch an unseren Geburtstagen, an Weihnachten und Thanksgiving von ihm hörten. Oder wenn ihn etwas Besonderes an uns erinnerte. Normalerweise besuchten wir ihn im Sommer für ein, zwei Wochen. Es war nicht die beste Art, eine Beziehung aufrechtzuerhalten, aber unser Verhältnis war nicht so schlecht wie andere, von denen ich gehört habe. Er sorgte dafür, daß wir alle drei aufs College gehen konnten.

Auch Ada kam in diesem September zurück, und wie mein Vater blieb sie nicht lange. Wir hörten nichts von ihr, es gab nur eine Nachricht für meine Mutter, die sie mit Bleistift auf eine alte Rechnung gekritzelt hatte und eines Nachmittags, als niemand zu Hause war, durch den Briefschlitz warf. Sie lautete: »Ich rufe an.«

Aber statt dessen fuhr sie nach Milwaukee, wo sie in Tante Frans großem Tudorhaus am See unterkam. Laut Tante Fran und Tante Claire schlief Ada fast immer auf dem Wohnzimmersofa. Als ich in jenem Herbst, kurz bevor wir das gemietete Haus in College Park bezogen, eines Nachmittags durch die Küche ging, hörte ich, wie meine Mutter Ada wieder einmal in Schutz nahm.

»Du weißt doch, daß Ada schon immer einen anderen

Stoffwechsel hatte als wir«, sagte sie und schlug mit der Telefonschnur rhythmisch auf den Boden. »Vielleicht schläft sie so viel, weil sie Grippe hat.«

Aber genau an diesem Nachmittag wachte Ada aus ihrem langen Nickerchen auf, warf ein paar Kleidungsstücke in eine große Einkaufstüte aus Papier und verließ Tante Frans Haus. Sie ging zum Busbahnhof, kaufte eine Fahrkarte nach San Francisco und verschwand für die nächsten zwei Jahre.

Niemand hörte von ihr. Tante Fran und Tante Claire heuerten einen Privatdetektiv an. Sie setzten kleine Anzeigen in fünf kalifornische Zeitungen: ADA, WO BIST DU? ALLES GUTE. Aber sie waren erzürnt, daß Ada auf so theatralische Weise verschwunden war, ohne eine Nachricht zu hinterlassen – wie ein Kind, sagten sie, oder eine Verrückte. »Du kennst doch Ada«, sagten sie zueinander, aber jetzt in fragendem Tonfall, weil eindeutig keine von ihnen sie wirklich kannte.

Sie hörten wieder von Ada an Weihnachten 1974, als sie jeder Schwester eine Karte schickte, einen Holzschnitt einer nackten Madonna mit schiefen Brüsten, die auf einem Baumstumpf saß. Sie lebte mittlerweile in Mendocino an der nordkalifornischen Küste und war mit einem Schreiner verheiratet, der nicht weit vom Meer ein kleines Holzhaus für sie gebaut hatte. Sie fertigte Handtaschen und Übertöpfe aus Makramee, die, wie sie sagte, zwar keine »Kunst« waren, die sie aber an Touristen verkaufen konnte.

»Ich denke oft an Dich«, schrieb Ada in lavendelfarbener Tinte an meine Mutter.

Und vielleicht tut sie es immer noch, obwohl sie es vor so vielen Jahren geschrieben hat und meine Mutter, glaube ich, ihr nie geantwortet hat. Oder vielleicht hat sie ihr auch geantwortet, aber entschieden, das, was immer ihr Ada zurückschriebe, für sich zu behalten. Das würde meiner Mutter ähnlich sehen. Aber was mich anbelangt, ist Ada verschwunden. Menschen können verschwinden. Und ich glaube, das ist das Schlimmste, womit ich mich auseinandersetzen muß, während ich auf die Mitte meines Lebens zusteuere. Es sind die Jahre, in denen es normal ist, daß Menschen verschwinden, in denen es nicht mehr so ein Drama ist, jemanden zu verlieren. »Ich habe seit Jahren nichts mehr von ihm gehört«, sagen wir. »Sie ist vor einer Weile gestorben. Wir hatten keinen Kontakt mehr.«

Aber ein Kind zu verlieren – ich weiß nicht, wie man sich daran gewöhnen könnte. Ich glaube nicht, daß man sich daran gewöhnen sollte. Jahre vergehen, und ich denke nicht an Boyd Ellison, aber dann erinnert mich irgend etwas an ihn, und da ist er wieder, dieser Hügel im Juli, das nachmittägliche Sonnenlicht, das in der feuchten Luft hängt wie gelbe Gaze. Es war ein so heißer Tag. Es war ein so gewöhnlicher Tag. Bis eine müde Floristin, die gerade in ihr Auto steigen wollte, diesen leisen Schrei hörte.

Wenn ich meiner Phantasie einmal so weit freien Lauf gelassen habe, stellen sich mir unwillkürlich wieder die alten Fragen. Was, wenn sie zwei Schritte nach links gegangen wäre? Was, wenn sie an diesem Nachmittag ihre Brille getragen hätte? Was, wenn sie besser hingehört hätte, wenn sie nicht mit anderem beschäftigt gewesen wäre? Ich frage mich, ob die Floristin diese wenigen Minuten auch immer wieder durchlebt, ob sie nach diesen vielen Jahren noch davon träumt, die Anhöhe hinaufzugehen, über zerbrochene Flaschen, Heuschreckenhülsen und Kletterpflanzengestrüpp zu steigen. Hätte sie etwas anders machen können? Hätte sie?

Aber erst als ich neulich meiner Mutter dabei half, alte Kartons aus dem Keller ihres Wohnblocks herauszutragen, und dieses Notizbuch fand, begann ich mich zu fragen, was aus Boyds Eltern geworden war. Ich weiß nur, daß sie nach Virginia zogen. Wie Mr. Green zogen sie schnell fort, aber zuvor mußten sie noch seine Verhaftung miterleben. Sie mußten glauben, daß der Mörder ihres Sohnes gefunden worden war, daß sie denjenigen sehen könnten, der ihnen alles genommen hatte, daß sie sehen könnten, daß es ihn wirklich gab, daß er ein Mensch war, daß sie vielleicht sogar die Frage stellen könnten, die sie im Lauf der Jahre nie losgelassen haben wird – Warum? mußten sie sich fragen. Warum? Warum? –, nur um dann erfahren zu müssen, daß es der falsche Mann war, daß der Mörder noch immer frei herumlief. Ich hätte das alles wissen müssen. Und doch war mir bis heute abend, als ich dasaß und in diesem alten Notizbuch blätterte, nicht klar, wie sehr ich auch sie verletzt haben muß.

Merkwürdigerweise fasziniert mich nach den vielen Jahren immer noch, wie die Menschen einander weh tun, warum sie es tun und was sie veranlaßt, so grausam zu sein. Aber ich fürchte, daß mein Interesse heutzutage praktischer Natur ist. Als Kind erregte die Mechanik des Schmerzes meine Neugier. Jetzt will ich sie aus Gründen der Sicherheit verstehen. »Paß auf dich auf« – das ist noch immer der beste Rat, der mir je gegeben wurde. Immer erlebt irgend jemand, den ich kenne, Schmerz, und manchmal glaube ich auf nicht mehr hoffen zu dürfen, als daß nicht ich der Grund dafür bin. In dieser Hinsicht bin ich vermutlich das Produkt meiner Zeit. Meine Generation besteht aus ängstlichen Pragmatikern und Skeptikern, die sich weniger für die Geheimnisse des menschlichen Schmerzes und der menschlichen Grausamkeit interessieren als vielmehr dafür, wie man sie vermeiden kann.

Und deswegen bin ich mittlerweile Mr. Green auf kuriose Weise dankbar. Denn wenn man erlebt hat, wie man selbst einer anderen Person das Schlimmste antut, was man sich vorstellen kann, dann weiß man zumindest, wozu man fähig ist. Zumindest hat man dann den Rest seines Lebens noch Zeit, vorsichtiger zu sein.

Die Leiche eines Kindes auf einem Hügel im Juli. Eine Frau, die im Dunkeln Zeitschriften liest. Ein Mann, der allein auf einer leeren Straße steht. Wie Bilder eines flackernden Projektors tauchen sie auf und verschwinden wieder, aber sie sind immer da. Ich will nicht melodramatisch erscheinen, aber sie gehören zu mir.

Bei einem der letzten Male, als ich mit meinem Vater telefonierte, kurz bevor er im vergangenen Mai starb, sagte ich zu ihm: »Ich möchte, daß du es weißt. Ich werfe dir nichts vor.«

Er klang ungeheuchelt überrascht, als er antwortete. »Warum solltest du mir etwas vorwerfen?« Dann, als würde er sich plötzlich erinnern: »Es ist so lange her, Marsha. Ich weiß nicht, wie lange man an so etwas festhalten soll.«

»Solange man es nicht versteht«, schoß ich zurück.

»Ich habe dich immer geliebt«, sagte er leise und atmete in den Telefonhörer.

»Warum hast du mich dann verlassen?« fragte ich. Und da war es. Ich hatte ihn endlich gefragt. Ich hatte nicht einmal gewußt, wie sehr ich ihm diese Frage stellen wollte, bis ich es getan hatte, bis diese Frage aus mir herausbrach wie ein Schrei. *Warum hast du mich verlassen?*

Eine Weile sagte er nichts. Ich hörte ihm zu, wie er heiser in den Hörer atmete, und stellte mir vor, wie er allein in seinem Sessel in seinem kleinen Apartment in Cleveland saß, das Fenster neben ihm geschlossen und verriegelt, sich mit der Hand durch das schüttere graue Haar fahrend. Draußen begann der Abend zu dämmern, helles Licht fiel sehr schräg auf den Gehsteig. Schließlich sagte er bedauernd: »Ich weiß es nicht. Tut mir leid. Ich erinnere mich nicht mehr.«

»Ist schon in Ordnung«, sagte ich, beschämt, weil ich erleichtert war. »Wir können ein anderes Mal darüber reden.« Aber natürlich gab es kein anderes Mal. Er starb ein paar Monate später an einem Herzinfarkt, den niemand vorhergesehen hatte. Er war erst siebenundsechzig.

Ich war nicht auf meine Reaktion auf seinen Tod vorbereitet. Ich lebte seit fast einem Vierteljahrhundert ohne meinen Vater, doch als mich Julie anrief, um mir zu sagen, daß er tot sei, da war ich plötzlich wieder zehn Jahre alt, und er hatte mich eben erst verlassen, und die Welt war ein großer Ort im Dunkeln, und da begriff ich, als wäre die Erkenntnis neu, daß nichts in meinem Leben je sicher sein würde.

Dank

Ich danke dem National Endowment for the Arts und dem Massachusetts Cultural Council für ihre großzügige Unterstützung. Mein Dank gilt ebenfalls Marcie Hershman, Eileen Pollack, Marjorie Sandor, Alex Johnson, Jodi Daynard, Jessica Treadway, Phil Press und besonders Maxine Rodburg – sie alle haben Entwürfe dieses Romans gelesen, haben mich ermutigt und beraten. Vielen Dank auch an meine Agentin Colleen Mohyde und an meine Lektorin Shannon Ravenel.